살아있는 마네킹

– 성형 · 몸 · 젠더

국립중앙도서관 출판시도서목록(CIP)
살아있는 마네킹 / 지은이: 김정자 외 9명. -- 서울 :
우리글, 2008   p. ;   cm
ISBN 978-89-89376-83-5 03810 : \10000
ISBN 89-89376-35-1(세트)
성형(미용)[成形]
331.5-KDC4306-DDC21   CIP2008001862

살아있는 마네킹

펴낸날 | 2008년 6월 25일 • 1판 1쇄
지은이 | 김정자
펴낸이 | 김소양
편집주간 | 김삼주
편집 | 이윤희. 김소영

펴낸곳 | 도서출판 우리글 • 전화 | 02-566-3410 • 팩스 | 02-566-1164
주소 | 서울시 강남구 역삼동 837-17 삼성애니텔 1001호
이메일 | wrigle@wrigle.com • 홈페이지 | http://www.wrigle.com
출판등록 | 1998년 6월 3일 제03-01074호

도서출판 우리글 2008
Printed in Seoul, Korea

ISBN 978 -89-89376-83-5
         89-89376-35-1   세트
* 잘못된 책은 바꾸어 드립니다.
* 책값은 뒤표지에 있습니다.

성형 · 몸 · 젠더

살아있는 마네킹

金亨子 외 9명

우리글

'변검'의 즐거움, '변검'의 고통

"규율적이 아닌 이 새로운 권력기술이 적용되는 영역은 — 신체를 상대하는
규율과는 달리 — 사람들의 생명이다."

– 미셸 푸코, 박정자 옮김, 『사회를 보호해야 한다』, 동문선, 1998년, 280쪽

'변검'은 가면을 바꾸는 중국의 전통적인 '기예'이면서 '극'으로 알려
져 있다. 순식간에 얼굴을 바꾸어가는 기술을 통해 '일인 다역'을 가능하
게 만들어 보는 사람으로 하여금 즐거움을 선사하는 공연예술의 하나라
고 할 수 있다. 원래 변검은 중국의 전통 지방, 사천 지역의 극에서 사용
된 특이한 기법 가운데 하나였고 사나운 짐승을 쫓기 위해 만들어 낸 것
이지만 극에서는 가면을 바꾸어 극중 인물의 속마음을 보여주는 낭만적
표현수법의 하나로 정착되었으며 이후 따로 독립되어 공연되고 있다. 흥
미로운 것은 이 '기술'이 몇몇 수제자에게만 '비전'되고 있었고 국가가
기술을 외국이나 서양에 노출되지 않도록 관리한, 특별한 기예로 취급되
었다는 점이다. 물론 이제 서구사회와 다른 동양사회에서도 널리 알려져
있지만 말이다.

영화 《변검》(1997년)을 통해서 우리에게 알려진 이 놀라운 능력은 몇 가지
점에서 오늘날의 문화풍경을 성찰하게 하는 중요한 지점으로 설정할 수 있

을 듯하다. 이는 먼저 얼굴을 바꾸는 '기술'이라는 점에서 비롯된다. '변검'이 비밀리에 몇몇 사람들에게만 전수되었다는 사실에서 알 수 있듯이 이 기술은 아주 제한된 신체의 표면에 작용하는 기술이지, 광범위한 방식으로 실현될 수 없었다. 실제로 이 기술이 널리 알려지게 될 때, 지배이데올로기의 입장에서는 관리와 통제가 쉽지 않을 것이고 개별자를 분별하고 도덕적 처벌을 가하는 데에 지극히 어려웠을 터이다. '변검'이 특정한 장에 한정되어야만 했던 것도 어쩌면 이런 점에서 비롯될 터이다. '얼굴'을 자꾸 변형하게 된다면, 대체 그 개별자를 누구라고 지칭할 수 있겠는가.

다른 방식으로 접근해보면 '변검'이 왜 통제되었는지 짐작해볼 수 있다. 이 '기술'이 '사나운 짐승'을 쫓기 위한 방법으로 고안되었다는 점에서 이를 따져보면 흥미로운 지점을 제공해준다. 왜냐하면 사나운 짐승을 말 그대로 실제로 존재하는 짐승으로써 뿐만 아니라 지배 권력을 은유적으로 표현한 것으로 간주할 수 있다면, 가면(얼굴)을 바꾸는 기술을 통해서 지배 권력이 작동하는 방식 자체를 조롱하고 위반할 수도 있는 것으로 파악되기 때문이다. 그러니까, '변검'은 비밀리에 전수되어야만 했고 통제될 수밖에 없었다는 것이다. 한 공동체 집단이 모두 이 기술을 구사할 수 있다면 과연 어떤 방식으로 국가가 그들의 신체를 장악할 수 없고 조세제도나 기타 법적인 규율체계를 가동시킬 수 있겠는가. 그들의 정체성이 매번 교체될 수 있는 데 그들을 무엇이라고 지칭할 수 있을까?

오해하지 말아야 할 것은, 이 기술이 고안되었을 당대의 국가의 형태와 현재의 국가의 형태는 전적으로 다르고 '얼굴' 교체를 둘러싸고 벌어지는 여러 가지 문제도 전적으로 상이한 것은 분명하다. 즉 변검은 아직 얼굴과 가면이 분별된다는 점에서 '성형'을 통해 '얼굴' 자체를 변형시키는 기술과는 거리가 있다는 것이다. 그럼에도 '변검'이 정체성의 정치학이 강화되는 현실을 비켜설 수 있는 지형을 바라보게 만들어준다는 점에서 중요한 대목임에는 틀림없다. '얼굴'이 정체성을 형성하고 구성하는 정치적 장이라면 '변검'으로서 '얼굴'과 그것에 관련된 기술은 정체성의 지도를 찢거나 파열음을 내는 데에 필요한 문화적 상징으로 받아들여질 수 있는 것으로 보인다. 물론 그것을 얼굴이라고 볼 수도 없겠지만, 이런 점에서 고착화되지 않는 얼굴을 생산하는 문화양식을 점검해볼 필요가 있다.

한편으로는 가면을 쓰는 것(혹은 얼굴을 변형시키는 것)과 가면을 쓰도록 만드는 것(혹은 얼굴을 변형하도록 강제하는 것)의 차이를 분별해야 한다. 최근 광범위하게 보급되어 있는 '성형'을 포함한 '신체보정기술'은 '몸'과 '얼굴'을 의료기술을 통해서 쉽게 변화시킬 수 있는 기술 일체를 의미할 수 있는데, 이들 기술은 몸을 고정된 이미지로 파악하지 않고 변형 가능한 것으로 파악함으로써 전통적으로 신체를 이해하던 방식을 넘어서 있기 때문이다. 요컨대, 몸이나 얼굴을 통해 정체성을 강화하는 방식이 더 이상 유효하지 않은 것처럼 보이고 자연적인 몸과 얼굴은 정체성을 구성하는 데에 그리 적당하지 않은 것으로 판단된다는 것이다. 즉 신체보정기술을 통해 성형을 하는 것이 국가나 권력의 자장으로부터 비켜설 수 있는지 의문이라는 것이다.

이를 테면, 역설적으로 과거와 달리 최근에 전도된 몸과 얼굴의 변형 가능성은 신체의 변화를 금기시했던 지난 세기들의 논리와 달리 도리어 지배 권력의 효과가 관철되는 메커니즘으로 이해될 법하다. 몸과 얼굴을

'성형' 하는 일은 차라리 일상적이라고 해도 좋을 정도로 익숙하며 그것을 바라보는 태도도 지난 세기와 달리 문제적으로 받아들여지지 않고 있는 형편이다. 이는 '자연'의 뉘앙스가 변화함에 따라서 '자연' 그 자체를 만날 수 없는 대신 '문화적으로 자연스러운 것'이 각광을 받는 것과 흡사하다고 할 수 있다. 성형 그 자체의 문제와 관계없이 성형의 '실패/성공' 여부에 집중되어 있는 이유도 '신체보정기술'을 통한 '몸'과 '얼굴'을 둘러싼 문제가 낯선 것이 아님을 증명해주고 있다. 즉, '성형'을 했는가, 그렇지 않은가의 여부가 아니라 성공인가 실패인가의 여부로의 이행에 대해 숙고해야 한다는 것이다.

다음으로 변검이 남성적 형식에서 여성적 형식으로 전환되었다는 점이다. 애초에 변검 기술은 남성에게만 전수될 수 있었던 비밀스러운 기술이었고 더군다나 전통적으로 얼굴은 여성이 갖추어야 할 것이라기보다 남성이 갖추어야 할 덕목으로 여겨졌다. 여성은 얼굴을 '갖고' 있었다기보다 얼굴이 그저 '있었을' 뿐, 사회적 관계 형식을 통해 '얼굴'이 얼굴로 기능하기는 어려웠던 것이다. '여성의 얼굴'은 사회적 형식 바깥에 놓여 있었고 실제로 근대사회가 형성되기 전에 여성의 '얼굴'은 은폐되는 것이 마땅했다는 것이다. 하여, 여성의 얼굴과 그 변형에 관한 담론은 두 가지 차원에서 이해되어야만 한다. 여성의 몸이 신체변형담론의 주요한 대상이 되어야만 하는 이유는 무엇인지 그리하여 그것이 신체변형담론이 활성화될 수밖에 없었는지를 밝혀야 한다.

영화 《변검》에서도 '변검왕'으로 불리던 노인이 그 기술을 전수해줄 '남자' 아이를 인신매매를 통해서 데리고 오지만 그 아이가 '여성'임을 알고 전수하는 것을 거부하다 그 여자아이를 후계자로 받아들이게 되는 내용을 눈여겨본다면 이러한 변화가 무엇을 의미하는지를 되새겨보게 만든다. 다시 말해, 신체변형담론은 곧 젠더의 문제에 접근하는 것과 다르지 않게 된다는 것. 사실상, 이 지점에 수없이 많은 결절점들이 녹아들어 있는데, 거기에서 중요한 것은 그것이 '여성성'을 둘러싼 논의와 떼어 놓고 사고할 수 없다는 것이다. 신체변형과 연관된 성형수술, 화장, 다이어트, 출산, 패션스타일, 성 정체성을 결정하는 문제 등등이 대부분 여성화된 양식을 요구하는 것은 무엇 때문인지를 추적할 수 있어야만 하는 셈이다.

마지막으로 미학화 되는 몸과 얼굴의 문제를 고려해야 한다. 아주 간단한 신체보정기술이든, 급격하게 다른 얼굴로 전환되든지 간에, 신체 변형에 대한 욕망이 '미적인 것'과 깊은 관련을 맺는다는 점이다. '미적인 것'이 개입되지 않은 신체보정기술은 없으며 오직 '미적인 것'을 성취하기 위해 신체보정기술을 사용한다는 것은 의미심장한 대목이다. 문제는 '미적인 것'이 주관적이라는 점이다. 미적인 것은 객관적인 표상이 설정될 수 없고 주관적 판단에 근거하는 것이어서, 미적인 것은 반복과 강박, 중독으로 진행될 공산이 매우 크고 궁극적으로 '미적인 것'을 성취하는 것은 불가능하다. 요컨대 '아름다운 얼굴과 몸'은 추상적으로, 그러니까 뿌옇게 주어지거나 흐릿한 것이어서 궁극적으로 어떤 형태로든 자신이 욕망한 미적인 차원에 도달할 수 없는 셈이다.

하지만, 미적인 것의 이런 주관적 속성이 기이하게도 객관적인 표지로 전도되어 욕망될 수 있는 매커니즘으로 기능한다는 사실을 짚고 넘어가야 한다. 주관적인, 그래서 미적인 것이 구체적이지 않고 추상적이라고 하더라도 '미적인 것'은 한 사회가 어느 정도 합의한 준거 틀에 따라 가치가 설정되고 그에 따라 미적인 것이 승인될 수 있다. 따라서 주관적이라고 하더라도 사회가 용인한 준거 틀에 근거하기 때문에 완전히 주관적일 수 없고 '간주간적인 형식'으로 형성된다. '미적인 것'이 주관적이지만 않고 객관적인 차원으로 옮아갈 수 있는 것은 이 때문이며 '미적인 것'을 성취하는 것이 보편적인 욕망으로 자리 잡는 것도 이런 사정에 비롯된다. 그런데 어떻게 미적인 것이 간주관적 형식이 될 수 있는지도 검토할 필요가 있다.

미셸 푸코는 근대사회에 접어들면서 한 가지 중요한 권력의 지배방식이 등장한다고 하는데, 그것은 개인들의 생명 그 자체를 정치의 영역으로 이끌고 옴으로써 가능해진다고 말한다. 즉, 권력의 형태 자체가 근대사회를 경유하면서 급격하게 변화했는데, 근대이전의 군주권력이 '죽게 만들고 살게 내버려두었다면' 근대생체정치는 '살게 만들고 죽게 내버려두는' 권력으로 이행한 것으로 진단하고 신체를 다루는 다양한 기술들의 개발과 미디어를 통해 자본과 정치를 결합하는 방식을 추적한다. 그 가운데, 대중문화와 미디어에서 재현되는 신체를 통해 이상화된 몸과 얼굴을 구조화하고 이상화된 신체관념을 내면화하거나 내면화하게끔 구성하는 장일 터이다. 요컨대, 미디어와 매체가 몸의 미학화, 즉 생체권력이 스며들 수 있는 윤활유 역할을 담당한다고 할 수 있다.

이런 저간의 사정들 탓에 몸과 성형, 젠더를 둘러싼 갖은 사회적 힘들이 작동하는 방식에 대해 성찰할 필요가 있고 문학과 문화의 지형 안에서 어떤 방식으로 재현되고 있는지를 살펴야만, 몸을 자본과 생체권력으로부터 벗어나게 할 단초를 얻을 수 있게 된다. 따라서 이 책에 실린 글들은 몸이 겪는 굴절을 탐색하고는 있지만, 실질적으로 몸에 강력하게 들러붙는 권력과 자본으로부터 탈주하는 어떤 선분을 모색하기 위한 예비적 고찰로 받아들여질 수 있을 터이다. 문학과 문화의 풍경에서 발견되는 몸의 의미와 가속화되는 신체변형이 의미하는 것이 과연 무엇이며 근원적으로 갈취당하는 신체를 어떻게 신체보정기술이 제시하는 경로로부터 이탈시킬 수 있는가를 탐색하는 것과 다르지 않다.

다시 말해, 신체보정기술을 통해 정체성의 정치학을 이탈할 수 있는 가능성을 얻으면서도 동시에 특정하게 미학화 된 얼굴과 신체에 대한 열광으로 전도되고 있다면, 정체성 혹은 여성성이 몇 가지 지표로 제한되고 있다는 사실을 직시해야 한다. 이 때문에 몸에 대한 주권과 권리를 되찾을 필요가 있는 것이다. 마치 발터 벤야민이 「기술복제 시대의 예술작품」에서 말했듯, 몸의 미학화가 자본과 권력이 견고하게 결합된 파시즘화를 초래하고 있다면 정치적인 몸을 복권시키거나 몸의 정치화를 통해 신체보정기술이 이끄는 스펙터클한 자장을 벗어날 수 있을지 모른다. 더군다나, 최근 '음식'들이 주는 공포와 질병들이 전 지구적인 '생명권'에 직접 결부된 문제인 것처럼, 신체보정기술과 그것이 일으키는 효과에 대한 탐색도 실제로 전 지구적인 문제와 직결될 수밖에 없을 터이다. 그러니까, 우리는 몸을 다시 삶의 출발점으로 삼아야 할 것이다.

– 2008년 5월 필자들을 대표하여

목차

1부
'성형'이라는
문화정치학

金亭子

권유리야

정해성

조춘희

진정한 아름다움, 몸의 해방을 위하여

金亭子 (부산대 국문과 교수)

1. 아름다움을 추구하는 세상

아름다움은 감각적 유혹과 세속적 허무로써 두려움의 대상이 된다는 것이 기독교의 가르침이었다. 그러면서도 아름다움은 또한 우아한 신의 이미지로 숭배 받았다. 유대기독교에서의 미에 대한 태도는 유혹으로서의 미와 신의 영광으로서의 미를 융화시키려는 힘겨운 노력으로 나타난다. 미에 대한 태도는 육체적인 아름다움과 정신적인 아름다움 사이에서 벌어지는 힘겨운 노력으로 나타나기 때문이다.*

아름다움이란 형태의 우아함과 색깔의 매력과 더불어 눈을 즐겁게 하고 존경심을 유발해 내는 자질이 탁월한 것이며 감각적 즐거움을 주는 것이다. 또한 생각과 정신을 즐겁게 하는 것으로, 철학자 산타야나는 아름다움을 대상화된 즐거움이라고 하였다. 20세기에 와서는 아름다움이란 사람 자체에만 존재하는 것이 아니라 사물을 보고 그것에 아름다움을 부여하는 사람의 눈 속에 머문다는 것을 알게 되었다. 이상적인 미는 육체가 아니라 생각 속에 존재한다는 것이다. 더 아름다워질 수 없을 만큼 아름

---

* 낸시 에트코트, 이기문 옮김, 『美, 가장 예쁜 유전자만 살아남는다』, 살림, 2000, 207쪽.

다운 사람은 세상에 존재하지 않는다는 알브레히트 뒤레의 말은 이를 보충해 주는 의미로 해석된다. 사회과학자들도 미美란 보는 이의 눈 속에 있으며 개인적 취향과 문화적 지배의 문제라고 말한다.

또한 아름다움이란 시세에 따라 변동하는 시스템이며 정치에 의해 결정되며 남성의 지배를 유지시켜 주는 최후의 시스템이라고 나오미 울프는 말하고 있다. 미는 인간경험의 보편적 부분이며 즐거움을 유발한다. 인류의 발달사를 살펴볼 때 부드럽고 밝은 색소의 피부와 빛나는 머리카락, 늘씬한 허리와 대칭적인 몸의 구조를 가진 미인의 고전적인 코드를 선호하는 것은 인간경험의 보편적인 문제와 연결되기 때문이다. 이는 생물학적인 차원에서 볼 때 더 많은 자손을 얻기 위한 욕망으로도 해석된다. 아름다움을 가진 몸은 현저하게 눈에 띠어서 짝을 짓고자 하는 대상을 유혹하고 그럼으로써 더 많은 자손을 얻을 수 있기 때문이다.

경제학자 데이빗 마트는 미는 인종이나 성별만큼이나 강력한 사회적 제압이라고 했다. 사람들이 화장품이나 성형수술에 거액을 투자하는 것은 아름다워 보이는 것이 살아남기 위한 가치가 된 세상에 부응하는 것이기 때문이다. 아름다운 외모를 가진 사람들은 성적인 동반자를 쉽게 찾아내고 사회적으로 더 관대한 처우를 받는 경향이 있으며 도움을 받을 수 있다. 추하다는 것은 사회적 경제의 불이익과 차별을 가져온다는 것이다.*

발트라우트 포슈는 아름다움이란 뿌리깊이 모순된 성격을 가지고 있다 하였다. 아름다움이란 우리가 추구할 만한 가치가 있는 커다란 욕망의 대상이 되기도 하고, 단순히 피부 한 겹의 허상이며 그것을 갈망하는 것조

---

* 낸시 에트코트, 같은 책, 21-40쪽 참조.

차 가소롭고 피상적인 것일 수도 있다. 그래서 외모가 뛰어난 사람은 빛을 받는 만큼 어둠에 떨어질 위험 속에 산다.*

인간의 아름다움은 물질적/정신적 다양한 차원으로 연구대상이 된다. 화려한 털과 꼬리를 가진 새가 수수한 털과 꼬리를 가진 새보다 먼저 눈에 띠고, 더 좋은 생존의 조건을 가지게 된다. 그러한 생물학적인 조건을 과시용 특성이라고 한다. 이러한 과시용 특성들은 모두 우세한 힘을 가지게 된다. 아름다운 여성이 사회적 경제적인 이익과 관대한 처우를 받게 된다는 것은 부정할 수 없는 사실이다. 그러나 모든 면에서 다 그러한 대우를 받는 것은 아니다. 잘 생긴 남자는 매력적이지 못한 남자보다 취직이 잘 되고 보다 좋은 대우를 받을 수 있다. 그러나 이것이 여자들에게는 그대로 적용되는 것이 아니다. 잘 생긴 여자들이 평범하게 생긴 여자들보다 더 나쁜 대우를 받으며 아름다움으로 인해 오히려 불이익을 당하게 되는 경우가 있다. 아름다운 외모의 여성들은 성적충동을 유발하거나 지나친 여성스러움으로 하여 결단력이 부족하다고 생각한다. 그 결과 권력과 조직적인 지위를 가지게 되는 직업에서는 선호되지 않는다. 그들은 남자들에게 성희롱의 대상이 되기 쉬우며 다른 여자들의 시기를 받고 따돌림을 당하게 된다.**

부유한 가문에서 태어난 아름다운 여성은 그들의 아름다움이 부를 획득하거나 사회적 지위를 상승시키는 조건이 된다. 반면에 저층적 신분으로 가난한 집에서 태어난 여성의 경우에 그들의 아름다움은 권력과 금력의

* 발트라우트 포슈, 조원규 옮김, 『몸 숭배와 광기』, 여성신문사, 2001, 22쪽.
** 낸시 에트코트, 같은 책, 108쪽.

희생이 되고, 성적 희롱의 대상이 될 가능성이 높아진다. 그럼으로써 그들의 아름다움은 수난의 터전이 되고 곤혹한 삶을 만들어 주는 조건이 될 뿐이다. 그러한 미의 조건이 식민지 상황이나 전쟁시대와 조우하게 되면 비참한 현실과 맞닥뜨리게 되고 급기야는 자살이나 버림을 받는 존재로 하락하게 된다.

결국 아름다움이란 행복에 이르는 확실한 길이 못 되며, 여성의 경우 그것으로 하여 더 불행하고 비참한 삶을 살게 하는 수난의 바탕이 될 수도 있다는 것이다.

2. 아름다운 '몸'과 성형수술의 의미

아름다움이 궁극적으로 행복에 이르는 확실한 길이 못 된다는 사실을 인식하면서도, 사람들은 아름다워 보이는 것이 살아남기 위한 가치가 된 세상이라고 한다. 그럼으로써 사람들이 성형수술을 선호하고 한결같이 외모의 아름다움을 추구하고자 한다. 특히 여성에게 매력이 없다는 것은 인격을 전적으로 부정 당하는 것과 같다. 남성들의 경우 아름다움은 호감을 주게 되는 일이지만 돈이나 재능으로 자신의 매력을 더욱 과시할 수 있는 것이 여성의 경우와 다른 점이라고 할 수 있다.

철학적 사유가 엄격한 이원논리로 이루어지고 있었을 때 몸과 영혼은 서로 분리해서 생각해야 한다고 믿었다. 뿐만 아니라 몸이라고 하는 것은 부차적인 문제로 미루어 두고 영혼의 문제를 우선적으로 생각해야 인간의 정체를 파악할 수 있다고 생각했다. 그러나 현대에 와서는 그 반대의 입장으로 생각이 바뀌어져 가고 있다. 영혼의 정체 파악을 위해서는 먼저 몸이 무엇인지를 자기체험과 의식 속에서 체득해야 한다는 것이다. 영혼과 정신의 문제는 몸을 통해서, 몸과 함께 파악될 수 있으며, 인간은 세계속에 몸으로의 육체적 참여를 함으로써 정신과 영혼의 인지가 가능해 진다는 것이다. 몸이란 단순히 신체의 개념 그 자체만을 의미하는 것이 아니고, 의식이나 정신 그 자체와 혼재되어 있는 것으로 보아야 한다는 것이 신체현상학적 입장에서 주장하는 논리이다. 몸이란 정신 혹은 의식이 몸이라는 실체로 표현되는 것이라고 하여 이를 의식의 '몸화' 라고 규정하는 것이다.*

'차르바카' 와 같은 학파에서는 오직 물질만이 유일한 근본의 실재라고 인식한다. 우리의 존재는 물질의 하찮은 변종에 불과하며 의식은 물질적 몸의 해체와 더불어 사라진다. 인간이 사후에 어떤 형태로 존재한다는 것은 터무니없는 이야기다. 몸은 고통의 근원이 아니라 죽음을 극복할 수 있는 가장 확실한 도구이며 신성성은 오직 몸을 통해서만 이루어지며 실현 가능하다.**

몸의 중요성이 강조됨으로써 육체의 아름다움을 추구하는 미용성형 수술은 근대의학에서 중요한 역할을 하기 시작했으며 근대문화사의 중요한 의미로 부각되었다.

매력적인 코드를 갖추고 있는 사람들은 더욱 사교적이고 자신감 넘치며 부정적인 의견을 두려워하지 않는 경향이 있다. 그럼으로써 그들은 타인의 복종과 동의를 이끌어내며 호의를 당연시하고 자동적으로 힘의 특전

---

* 리차드 M. 자너, 최경호 옮김, 『신체의 현상학』, 인간사랑, 1994, 202-263쪽.
** 이거룡, 『몸, 또는 욕망의 사다리』, 한길사, 1999, 37-64쪽 참조.

을 취한다. 아름다운 외모는 능력이 우수하지 못할 때 그 부족을 메울 수 있는 데 도움을 주고, 부가적인 지지를 한다. 그래서 아름다움은 모든 부분에서 인간에게 이득을 가져오게 되며, 사람들은 아름다운 사람들에게 높은 기대감을 가지게 된다.*

외모로 판단되는 세상에서는, 내가 세상을 보는 것처럼 세상 역시 외모를 판단근거로 삼으면서 나를 주시한다. 세상의 시선 앞에서 더 나은 모습의 내가 되는 것은 우리 모두의 소망이다. 이 소망을 위해 피부미용이나 화장술, 장신구 등 갖가지 방법을 동원하게 된다. 이러한 소망에 부응하여 영구히 나를 바꾸어 놓을 수 있다고 생각하는 것이 성형수술이다.**

'옷이 날개'라고 했던 생각은 이제 '몸이 날개'라는 말로 바뀌고, 옷보다 옷 속의 몸이 더 관심의 대상이 된다. 유행에 뒤진 것은 옷이 아니라 뚱뚱한 몸이며 아름다움은 더 이상 옷이 아니라 몸이 그 기준이 된다.***

20세기 말에 이르러 근대 미용성형 외과는 100년의 역사에 이르렀다. 성형수술은 크게 재건성형과 미용성형의 두 가지 종류로 나누어지는데, 사실상 이 두 종류의 성형은 그 범위의 구분이 모호하여 구분 짓기 어렵다. 근대 미용성형 외과 문화의 초석을 제공한 것은 누구든 행복을 얻기 위해 자신을 개조할 수 있다는 계몽주의 이념이었다. 미용성형수술의 가장 중요한 목적인 '행복'은 스스로를 변형시킬 수 있는 개인의 자율권과 관련되어 규정된다. 계몽주의적 자기개조는 공개적으로 이루어졌고, 심지어 패션의 세계에서 신체를 바꾸는 것으로까지 확대되었다. 여성들의

* 낸시 에트코트, 같은 책, 33-65쪽 참조.
** 샌더 L. 길만, 곽재은 옮김, 『성형수술의 문화사』, 이소출판사, 2003, 21-22쪽 참조.
*** 발트라우트 포슈, 같은 책, 46-47쪽 참조.

육체는 개성 없고 교체 가능한 '맞춤육체'로 변경되고 전 세계가 표준규격화 된 육체의 형태를 추구하고 있는 상황이다. 고통스런 성형수술을 받으면서 그것이 진정 자기 자신을 위한 것이라고 믿는다.

미용성형수술을 통한 행복 추구는, 배제와 포함의 명확한 범주들이 이미 존재하고 있음을 뜻한다. 이 경우 행복은 하나의 범주와 다른 하나의 범주를 분리시키는 경계선을 가로지르는 데 있다. 의사는 환자가 행복이라는 범주의 경계선 안으로 들어가 그 집단의 일원처럼 '통과하기'를 도와줄 수 있다고 믿는다. 통과하기란 자신이 바라는 자연스러운 집안으로 들어간 뒤 그 안에서 '비가시적'으로 되는 것을 의미한다.* 자신의 신체적인 결함 때문에 바람직한 존재들의 범주에서 벗어나게 되며, 그것은 불행의 징후라고 생각하는 환자들은, 성형수술로 인해 배제의 차원에서 포함의 영역으로 진입하게 된다고 생각한다. 그럼으로써 비가시적인 범위에 포함되며, 동시에 부정적인 성격에서 긍정적인 성격으로 바뀌고, 부가적으로 행복을 얻을 수 있다고 믿는다.

미용성형외과 의사가 수술 메스를 드는 곳은 모든 인간들의 외모가 의미로 채워진 세계이다. 아름다운 외모에 관한 메시지를 이미 내면화하고 있는 것이다. 샤틀레는 피그말리온 신화를 이야기하면서, 미용 성형술은 희랍신화를 역으로 바꾸어 놓은 것이라고 했다. 신은 피그말리온의 조각작품에 생명을 불어 넣어 주었지만, 현대의 성형술은 생명 있는 육체를 조각품으로 만들어 놓았다고 하였다.* 성형외과 의사는 현대판 올림푸스

---

* 샌더 L. 길먼, 같은 책, 38-45쪽 참조. 여기서 '가시적'이라고 함은 어떤 집단의 범주 안에서 보편적인 외모를 갖추지 못하여 사람들의 눈에 띄고 거슬리게 됨으로써 따돌림과 멸시를 당할 수 있는 가능성의 문제를 의미함이다.

의 새로운 신이며 20세기 변형의 신이 되었다. 우리 사회에서 정신이 조금씩 사라져 가고, 정신의 고통을 감당할 힘이 없어 성형외과에 의존하는 것이 아니냐고 한다. 의사는 여자의 유방을 반죽처럼 주무르고 문지르며 투명한 튜브를 넣기 위해서 금속손잡이를 이용해서 가슴 안쪽에 아주 심하게 구멍을 파낸다. 그는 가슴 성형 수술을 목격하면서. 그것은 가슴에 대한 폭력이며 강간이라고 말한다.

깨끗함에 대해 너무나 큰 갈망을 하는 사회, 모든 것을 소독하고, 체계적으로 일소하는 사회에 살고 있다고 한 롤랑 바르뜨의 말처럼 우리의 얼굴과 몸에 대해서까지 그 자체의 언어를 박탈하고 그 의미를 비워 버리는 위험을 무릅쓰면서 불결함의 흔적을 제거할 것이냐고 그는 의문을 던진다.

사회는 젊음이란 것에 대해 병적인 가치를 두고 육체에 대한 지나친 관심과 가치부여를 한다. 그러나 젊어지려는 성형수술의 길을 택하려는 것은 인간이 자기성찰을 피하려는 것과 같다. 개인의 기쁨과 고통과 격정의 표현은 얼굴의 모습을 특징적으로 나타낸다. 그리고 수많은 주름 하나하나는 인간 삶의 숭고한 아름다움의 흔적이라고 할 수 있다. 주름은 인간이 전달할 수 있는 가장 심오하고 신빙성 있는 메시지이다.**

육체와 젊음에 대한 지나친 과신으로 인해 성형수술이 만연하고 있는 것이라는 성찰과 논리. 그럼에도 불구하고 21세기의 성형수술에 대한 매

---

* 노엘 샤틀레, 박은영 옮김, 『성형수술세계로의 여행』, 사람과 책, 2002, 48-53쪽 참조. 그리스 신화 속의 피그말리온 왕은 자기가 이상으로 그리는 여자를 상아로 조각하였다. 그는 여성들이 타고난 수많은 결점이 역겨워 독신으로 살면서 그 조각한 여인상인 갈라테이아를 사랑하였다. 그는 조각상에 온갖 장신구를 만들어 주고, 비너스에게 그 조각사에 대한 사랑을 고백하였다. 비너스는 마침내 그의 소원을 들어 주어 갈라테이아 조각상에 생명을 불어 넣어 주었다.
** 노엘 샤틀레, 같은 책, 259-260쪽 참조.

력과 선호는 과거의 그것에 비해 결코 줄어들거나 희석되지 않고 그 성행

일로를 달리고 있다.

아름다운 몸을 가꾸기 위해서는 고통을 이겨내어야 하는 것이 당연하다

고 생각한다. 자신들을 괴롭히고 허리띠를 졸라매며 굶고 뛰고, 몸무게를

줄이려고 노력하며, 몸무게가 개인의 품행과 가치평가에 결부된다고까지

생각한다. 아름다운 몸에 대한 절대적인 신뢰는, 몸이 최우선의 가치로

경제적 시스템 속에서 교환대상이 된다는 신념으로 연결된다. 아름다운

몸을 위하여 마침내 성형외과의 수술대 위에 자신의 몸을 눕게 하는 현대

의 몸 이데올로기는 과연 어디까지 치달을 것인지 알 수 없는 일이다.

3. 영화《미녀는 괴로워》와 맞춤육체

여성들은 객관적으로 볼 때 체중 때문에 심각하게 걱정을 하지 않아도

될 경우에도 자신의 몸의 체중에 대해 강박적인 염려증을 가지고 있다.

몸무게가 1Kg만 늘어도 먹는 것을 줄이고 운동량을 걱정하는 등 다이어

트에 신경을 곤두세운다.

마르고 뚱뚱한 것은 대개 유전적으로 결정된다. 여기에 대해 일반적으

로 20~30퍼센트 사람들은 약간 더 살이 찔 수도 있다. 이들은 신체열량

을 마련하는 데 적은 칼로리만을 필요로 한다.* 기름진 음식을 먹는 것은

말할 것도 없고 물만 먹어도 살이 찌는 사람이 있다. 동일한 환경에서도

인간은 다른 모습으로 살아가게 되어 있으며, 70퍼센트 정도는 유전적으

---

* Beauvoir, Simone de 『Das andere Geschlecht; Sitte und Sexus der Frau 1949』
Reinbek bei Hamburg 1968. p.517.

로 결정되어 있다.

날씬함은 행복과 성공, 섹시함, 철저한 자기관리, 매력, 사랑 등을 연상시
킨다. 이와 반대로 뚱뚱함은 멍청하고 게으름, 무기력, 의지박약, 실패, 매
력 없음, 자기관리의 허술함, 무능력, 통제력 부족, 등을 연상시킨다. 몸무
게가 개인의 가치평가에 결부되면서 심각한 부작용을 초래한다.*

날씬한 사람은 성격과 자질에 있어서도 긍정적인 평가를 받고, 사회의
평범한 일원으로서 인정을 받게 된다. 반면에 뚱뚱한 사람은 열등감과 죄
책감에 시달리며 평범한 사회의 일원으로서가 아닌 가시적인 존재가 된다.

이러한 비가시성적 존재에 대한 열등감은 남성의 경우보다 여성의 경
우가 더 심각하지만 오늘날에는 남성도 결코 이 문제러부터 자유롭지 못
하다.

한상준 : 집 키 카드 다 내놓고 차키도 반납하고 그러고 버릇 고쳐줘.

　　　(상준의 말에 눈물 흘리는 아미)

　　　왜 울어? 왜 울어?

　　　울어야 할 사람은 강한나야.

　　　걘 재능 있어도 못생기고 불쌍한 애고

　　　넌 재능 없어도 예쁘고 쭉쭉 빵빵해서 복 받은 애고

　　　걘 널 위해서 존재해.

　　　(강하게) 잘 들어. 우린 강한나 이용하는 거야, 이용.

　　　도망가기 전에 잘해 줘. 도망가면 끝이야.

* 발트라우트 포슈, 같은 책, 199-200쪽 참조.

파티장을 울면서 나가는 한나

— 영화 《미녀는 괴로워》 중 #화장실

　강한나는 엄청나게 뚱뚱한 몸매를 가진 여자이다. 한나는 그나마 아름다운 미성을 가지고 있는 탓으로 '아미'라는 아름답고 늘씬한 섹시가수가 무대에서 립싱크를 하면서 춤을 출 때 무대 뒤에서 섹시가수의 모니터를 보며 노래를 불러준다. 그럼에도 한상준이라는 무대감독을 연모한다. 노래의 감정을 그대로 살리기 위해 한나도 춤을 추면서 노래를 하다가 몸무게를 이기지 못한 무대장치가 무너지면서 무대 밑으로 추락하기도 한다. 그 때문에 노래가 끊어진 무대 위의 상황은 다급하게 돌아가는 비상사태를 맞이하기도 한다.

　한나에게 호의를 베푸는 상준이 자신에게 호감을 갖고 있는 것으로 생각하는 한나에게 화장실에서 주고받는 한상준과 섹시가수 아미의 대화는 엄청난 충격이 된다.

　뚱뚱하고 못난 자신은 남자의 사랑을 받을 수도 없고 무가치한 존재밖에 아무 것도 아니라는 깨달음이 한나를 무섭게 괴롭힌다. 아무 것도 아니라는 것, 결국 한상준의 호의는 자신을 이용하고자 하는 술수에 불과했다는 것을 알게 된 한나는 음독자살을 시도하지만 실패한다.

　한나는 마침내 성형외과 의사를 찾아간다.

　　강한나 : (강하게) 전 이제 선생님에게 달렸어요.

　　　　　　이렇게 죽이시든지 살리시든지.

의　사 : (포기) 수술 일정 다 가지고 와.

의　사 : (한나와 컴퓨터로 의논) 황신혜는 눈이지. 코는 누구 할까? 고소영 점
　　　 빼자. 얼굴형은 심은하 이영애 누구 할래?

강한나 : (신이 나서) 음— 이영애요.

(…)

의　사 : (붕대를 풀면서 진지하게) 압박 받아온 세월은 지났어. 이제 지워버리
　　　 는 거야.

　　　 (다시 서둘러 붕대를 감으면서) 코만 다시 하자, 코만.

(…)

드디어 붕대를 풀게 된 한나

의사와 간호사도 놀라고

거울 앞에 선 한나

자신의 얼굴을 보고 놀라는데.

강한나 : 아— 아—

　　　 (턱에서 소리가 난다.)

의　사 : 소리친다) 아— 너 그렇게 크게 입 벌리면 안 돼, 턱 빠져.

의사에게 안겨온다.

— 《미녀는 괴로워》 중 #병원

　성형외과 병원에서 전신성형수술을 완벽한 성공으로 끝낸 한나는 전혀
새로운 삶이 기다리고 있는 것을 느끼게 된다. 행복감으로 충만하고, 세
상은 딴 세상이 되기 시작한다. 한나의 아름다움에 정신을 잃은 배달원은

접촉사고를 내고, 한나는 50만 원짜리 중고차를 싸게 사서 신이 나게 달리다가 택시기사의 차와 접촉사고를 낸다. 욕설을 퍼붓던 기사는 한나의 아름다운 모습을 보고 너무나 놀란다. 머리에 피가 흐르는 줄도 모르고 그는 마냥 괜찮다고 변명한다. 경찰도 한나의 아름다운 모습을 보고 한나에게 유리한 변호를 해준다.

아름다운 외모는 능력이 우수하지 못할 때 부족을 메울 수 있는 부가적인 지지를 받고, 모든 부분에서 이득을 가져오게 된다. 낸시 에트코트는 사람들이 화장품이나 성형수술에 수천의 돈을 쓰는 것은 이유 있는 것이라고 한다. 이는 예뻐 보이는 것이 살아남기 위한 가치가 된 세상과 부응하는 것이기 때문이다. 아름다운 사람들에 대한 우선적인 대우는 극단적으로 드러나기 쉽다. 영·유아기에서 성인기에 이르기까지 아름다운 사람들은 우선적으로 대우받고 더 긍정적인 것으로 보여진다. 이것은 여성에게만이 아니라 남성에게도 적용된다. 아름다운 사람들은 법정에서는 더 관대한 처분을 받고 낯선 사람으로부터 도움을 이끌어 낸다. 아름다움은 다분히 현실적인 사회 경제적 이익을 가져온다. 결국 추하다는 것은 사회 경제적 불이익과 차별대우를 주도한다는 말과 같다.*

친구 정민이 마저도 몰라볼 정도로 아름다워진 한나는 자신이 사라진 다음 노래를 불러줄 사람을 탐색하느라고 혈안이 되어있는 한상준 스태프들을 찾아간다. 한나는 마침내 한상준의 녹음실을 찾고, 다른 여자들 틈에서 오디션을 받는다. 재미교포 '제니'라고 속이면서 오디션을 받는 한나의 노래를 들은 스태프들은 모두 놀란다. 더구나 아름다운 그의 외모

* 낸시 에트코트, 같은 책, 40쪽

에 경악한 그들이다.

한상준은 아미를 내치고 제니(한나)를 전격적으로 채용한다. 코와 눈을 성형 수술하라는 매니저의 말에 한나는 경악한다. '성형수술'이란 자신에게 자신 없는 사람만이 하는 짓이라고 말하는 한나는 수술한 데가 한 군데도 없느냐는 한상준의 말에 당연하다고 대답한다. 성형수술을 하지 않은 얼굴은 돈으로 살 수 없는 신선한 아름다움이라고 한상준은 말한다.

성형수술한 자신의 미를 당당하게 받아들이고, 매력적인 포즈로 노래하라고 권하는 의사의 충고를 생각하며 한나는 녹음실에서 녹음을 하고 있다. 그런 모습을 바라보던 한상준은 못마땅해 한다. 그는 예전의 한나가 노래를 부르던 장면의 비디오를 보여준다.

한상준은 누군가를 향해 마음을 담아서 노래를 하고 있는 비디오 속의 저 여자 같이 노래를 불러 보라고 한다. 그리고 비디오 속의 저 여자(한나)는 내겐 소중한 사람이었다고 말한다. 제니도 저 여자 때문에 노래를 부를 수 있었던 거라고 하는 한상준의 말을 들으면서 제니(한나)는 감동하여 눈물을 흘리고, 한상준은 이를 의아하게 생각한다.

자신이 제니가 아니라 강한나라는 사실을 한상준에게 고백하겠다고 하는 제니(한나)를 향해 친구 정민은 소리친다.

정민 : (팩을 하다 놀라서) 너 미쳤니? 차– 그래서 고백하겠다고? 지금까지 속여 놓고? 막말로 너 사기 친 거야.

제니 : (희망을 가지고) 그러니깐 더 늦기 전에 고백해야지– 상준씬 이해할 거야–

정민 : (정신 차리라면서) 흠… 내가 세상에 세 종류의 여자만 있다고 했지?

제니 : 예쁜 여자 됐으니깐 된 거 아니야?

정민 : (기분 나쁘게) 아니, 너 해당 사항 없어. 너 왠지 알아? 성형한 건 여자가

아니라 괴물이거든.

제니 : (섭섭) 야, 박정민…

정민 : (잘 들으라는 투로) 남자들?? 다 똑 같아. 성형한 게 뭐가 문제냐고 말하

지. 하지만 내 여자는 절대 안 돼.

그게 남자야…

(비꼬면서) 한상준도 별 수 없는 한국 남자고, 아니면 게이거나.

— 《미녀는 괴로워》 중 #한나의 방

예쁜 여자는 '명품' 이고, 평범한 여자는 '진품' 이고, 뚱뚱하고 못 생긴 여자는 '반품' 이라고, 친구 정민은 말했다. 그러나 성형을 한 여자는 인간이 아니라 '괴물' 이라고 말하는 정민이다.

아름답지 못한 여성은 불완전한 여성을 의미하며 아름다운 여자만이 여자라는 이름을 가질 권리가 있다. 여성적인 매력이 없다는 것은 몸에만 해당되는 것이 아니라 그 사람 전체의 인격에 상당하는 것이 된다. 사회적으로 인정받기 위해서는 날씬해야 하고 젊고 산뜻해야 한다. 완벽한 몸을 위한 노력은 정당화 되어 있어서 성형이라는 사실이 그다지 과도한 아름다움 추구로 생각되지 않는다. 성형이란 아름다움을 요구하는 사회적 규범에 순종하는 것일 수 있다. 여성의 몸은 근원적으로 불완전하고 수정될 필요가 있는 것으로 인식하고 있기 때문에 아름다워지기 위한 끊임없는 노력으로 자신의 몸

과 삶을 정상적으로 만들고, 사회적으로 인정받는 존재로 살아가고자 한다. 그럼으로써 여성으로서의 성정체성을 획득할 수 있다고 생각하는 것이다.*

아름다워지려는 이 같은 노력으로 성행되는 것이 성형수술이라는 사실이다. 이러한 사실이 사회적으로 정당화되고 묵인되는 상황이라 하더라도, 남성들은 자신의 상대역이 되는 사람이 성형으로 몸을 바꾸는 것을 결코 원하지 않는다. 적어도 자신이 사랑하는 여자만은 천연 그대로의 모습으로 아름다운 여자이기를 원하는 것이 통상적 사고라고 할 수 있다.

이는 남성들의 이기적인 욕심이며 인식이지만 그들은 그러한 사고의 양태를 변경하기 어려울 뿐 아니라 그래야 한다는 정당성을 그다지 느끼지 못한다.

한나는 고백하러 갔다가 성형에 대한 상준의 말을 듣고 우울해 하고 있다.

이를 보고 상준은 제니의 마음을 달래주려 다시 말을 한다.

상준 : (달래주려고 다정하게) 성형하는 거 말이야. 내가 곰곰이 생각해 봤는데
　　　 이해는 할 수 있을 거 같아.

그 말을 듣고 한나는 다시 웃음을 되찾는다.

상준 : 내 여자만 안 그러면 되지- 뭐-
　　　 (고개를 저으면서) 난 딱 질색이야 질색!

다시 우울에 빠지는 한나

상준 : (고개를 끄덕거리며) 그래도 이해는 안 가.

— 《미녀는 괴로워》 중 #상준의 차안

* 발트라우트 포슈, 같은 책, 162-6쪽 참조.

아름다운 여자를 선호하면서도 성형미인을 인정하지 않으려는 것은 커다란 비극적 양상을 지닌 사회의 모순이다. 결코 완전하지 못한 여성의 몸을 향하여 보다 완전한 아름다움을 요구하는 사회적 인식. 이는 여성에게 더욱 아름다움에 대한 욕망으로 치닫게 하고 자신을 괴롭히는 족쇄가 되어 돌아오는 부메랑이다.

제니(한나)는 뛰어난 가창력으로 무대에서 노래를 부르고 방송관계자나 관중들을 열광하게 한다. 제니(한나)도 혼신을 다해 노래를 부르고, 성공적으로 첫무대를 끝낸다.

한나의 인기는 점점 높아진다.

녹음실에서 한나와 상준은 와인을 마시며 기분 좋아한다.

상준은 한나의 곁으로 다가갔다.

한나가 들고 있던 와인 잔을 한나의 뒤쪽 선반에 올려놓고 그윽한 눈으로 한나를 바라본다. 그리고 점점 다가가 한나의 가슴을 만지면서 키스를 한다.

– 회상하는 장면 –

성형외과 안

의사 : 근데 가슴은 만지면 약간 티는 나– 응?

제니는 순간 떠오르는 의사의 말을 떠올리고 가슴을 만지려는 상준의 손을 덥석 잡는다.

한나(제니) : (손을 잡으며) 어? 여기도… 좀…

상준 손을 허공에 놓고 키스를 한다.

키스를 하면서 고개를 돌리는 순간 코가 부딪친다.

한나(제니) : 윽! (아파하며) 흑.

한나의 행동에 기분 상한 상준.

담배를 물고 한나는 가방에서 거울을 꺼내 코를 확인한다.

— 《미녀는 괴로워》 중 #녹음실

엉덩이를 성형할 경우에 이를 전체적으로 혹은 단순히 일부만을 줄일 수 있는데, 가장 힘든 것은 둥그스름하게 곡선을 그대로 유지한 채 크기만을 줄이는 일이라고 한다. 단단한 실리콘으로 만들어진 엉덩이 보형물을 삽입하기도 하고 피하주사기를 써서 엉덩이에 지방을 주입하는 방법을 동원하기도 한다. 이 경우 본인의 지방을 주입하는 것인데 지방질이 녹아내릴 수 있다는 단점을 가지고 있다. 어떤 경우에는 앉을 때 갑자기 허벅지에서 엉덩이가 떨어져 내리는 불행을 겪기도 한다.* 엔니그는 우리를 결코 배신하지 않는 엉덩이에게 그토록 가당찮은 일을 자행하는 일이 과연 정당한 것인가를 역설한다.

성형 수술한 한나의 엉덩이뿐 아니라 가슴과 코, 모든 부분이 언제 어떻게 위기에 봉착할 지 알 수 없는 일이다. 키스한 후에 코의 모양이 어그러지지나 않았는지, 성형한 유방의 모습이 어딘가 어색하고 티가 날 것은 아닌지를 평생을 두고 고민하고 염려해야 할 것이다. 또한 성형한 육체의 효능이 얼마만큼의 시간 동안 가능할 것인지도 아직 검증이 되지 않은 상

* 장 뤽 엔니그, 이세진 옮김, 『엉덩이의 재발견』, 예담, 2005, 82-85쪽 참조.

태이다.

이러한 경우 성형수술이란 인간에게 과연 행복을 가져올 것인지 어떨 것인지. 행복해지고, 사람들에게 인정받고, 좋은 대우를 받으면서 사랑도 하고 싶었던 여자. 한나가 앞으로의 인생에서 겪어야 할 문제들은 과연 어떤 것이겠는가.

생물학자들은 생물학적 형태에 있어서 거부할 수 없는 아름다움은 대중성을 뛰어 넘는 그 무엇이라고 했다. 아름다움은 임의적이거나 변덕스러운 것이 아닌 의사소통의 한 형태라고 그들은 주장한다. 성형외과 의사들은 인간의 가장 이상적인 형태로서 제시된 유명한 화가들의 그림을 보고, 그에 걸맞은 이상형을 만들고자 했다.* 이러한 어려운 작업을 자신들의 책임 하에 진행하면서 그들은 스스로를 신의 경지로 끌어 올리고 있다.

영화 《미녀는 괴로워》에서 한나라는 여자를 성형해 준 의사는, 성형외과 의사로 인정받지 못하는 것은 생명을 다루지 않기 때문이라고 한다. 그러나 한나는 허영 때문이 아니라 하루라도 사람답게 살고 싶어서 성형을 하고 싶다고 간절하게 소망한다. 이러한 경우에 성형을 받고자 하는 환자에게 있어 의사의 기술은 필연적으로 신의 경지에 도달할 수밖에 없게 된다.

온갖 기대와 염려 속에서도 제니(한나)의 앨범발매기념 무대는 진행된다. 방청객들은 환호성을 지르고, 수많은 기자들, 팬들이 환호하는 속에 제니는 어리둥절해 한다.

이 때 갑자기 아미가 등장하며 축하한다고 한다. '너 무지 보고 싶어 하는

---

* 낸시 에트코트, 같은 책, 173쪽, 207쪽 참조.

사람 왔다.'고 소리친다. 한나(제니)의 아버지가 나타나면서 바비인형을 들이민다. 이미 모든 것을 알아챈 상준은 멀리서 이를 지켜보고 있다.

누가 제니는 가짜라는 제보를 했고 모든 것이 드러나게 되었을 때 상준은 의외로 담담하고 단호하게 제니(한나)를 옹호하고 나선다.

> 대기실에서 안절부절 못하게 망설이고 있는 한나.
>
> 대기실 뒤로 들리는 관객의 함성소리
>
> 제니- 제니-
>
> 한나는 그 소리에 솔깃하며 힘을 얻는다.
>
> 상준은 나가라고 용기를 넣어주지만 한나는 눈물만 글썽거린다.
>
> 한나는 너무 떨려서 자리에서 일어서며 안절부절 한다.
>
> 상준 : (어깨를 잡으며) 내 말 모르겠어? 이제 아미 때문에, 나 때문에, 누구 때문에 그거 다 필요 없으니깐 그냥 널 위해서 해봐- (애절하게 부탁) 단 한 번만이라도 널 위해서 해-
>
> — 《미녀는 괴로워》 중 #콘서트장 대기실

콘서트장 안에서는 제니를 외치는 팬들의 열기가 뜨겁다. 한나는 천천히 떨리는 모습으로 무대 위로 올라와 걸어 내려온다. 한나가 노래를 부르지 않자 관객들과 코러스 팀은 이상하게 생각한다. 보디가드에게 끌려나가는 아버지를 보자 한나는 당황하며 '그만'을 외친다. 한나(제니)는 고개를 숙이고 울먹이면서 그만 하겠다고, 진짜 노래를 못하겠다고 한다. '죄송합니다. 전 제니가 아니에요. 전 한나에요, 강한나.'

이렇게 고백하기 시작하는 한나를 보고 관객들은 수군대기 시작한다.

한나(제니) : 그렇게 해서 예뻐지니깐 이렇게 노래도 하고 사랑도 해보고

(울면서 울먹이면서) 제니가 돼서 정말 행복했었는데……

(흐느끼면서) 근데 미안해요. 내가… 망쳐버렸어요.

친구도 잃었고요.

아빠도 버렸고요.

(웃고 있는 아빠)

저도 버렸어요.

라디오를 듣고 있는 정민

한나(제니) : (울면서) 지금은 진짜 제가 누군지 모르겠어요.

내가 어떻게 생겼는지 하나도 기억이 않나, 하나도

강한나 보고 싶다.

마음 아파하는 상준

놀라서 수군대는 관객들

한나 뒤에 스크린에 과거의 강한나

별 노래를 부르고 있다.

한나(제니) : (스크린을 보면서) 한나다. 저에요. 강한나.

배달원 : (울면서) 괜찮아 괜찮아

관객들 : (관객들 주위를 둘러보며 한 두 명씩 모두) 괜찮아 괜찮아 괜찮아……

형 : (울면서) 으윽 으윽 아버지

한나(제니) : 여기 제니는 없어요. 하지만 저 뚱뚱하고 못생긴 한나의 노래가 듣고 싶어서 오신 분들은 (애타게 손가락으로 한 번을 가리키면서) 마지막으로 한 번만 한 번만 들어 주세요. (울먹이며 숨을 가다듬으면서 조근조근) 꿈을 꾸듯 다가오네요. 유난히도 밝은 나의 별 하나 눈부시게 반짝이며 어깨 위로 내려와

― 《미녀는 괴로워》 중 #콘서트장

고통스런 성형 수술을 받으면서 예뻐지려는 고독한 노력 끝에 아름다움을 찾은 한나이다. 그러나 어디에서 스스로의 진정한 아이덴티티를 찾을 것인지의 문제에 부딪칠 때 그는 막막하고 안타까울 뿐이다. 성형 이전의 자신을 그리워하는 그의 안타까운 눈물에서 우리는 성형 문제의 근원적인 고민에 빠지지 않을 수 없다.

노래를 부르는 한나를 바라보는 상준, 정민, 의사, 형… 그들은 성형의 결과를 지켜보는 다양한 관중들이며 대중들이다.

'그렇게 제니는 망했습니다.' 라는 상준의 내레이션이 들린다. '대신 강한나는 성공했죠. 저도 그 이유는 잘 모르겠습니다.' '강한나는 그전보다 팬도 많이 늘었고, 대신 안티도 많이 늘었다.' 고 하면서 '인정하고 싶지 않지만 사람들은 이제 제가 더 좋아한다고 하더군요.' 라고 내레이션을 끝낸다.

다시 성형외과에는 손님이 붐비고, 성형 수술한 여자는 여자가 아니라 '괴물' 이라고 했던 한나의 친구 정민은, 성형외과를 찾아와서 전신성형수술을 해달라고 부탁한다.

영화 《미녀는 괴로워》에서는 성형수술에 대한 열망과 실행, 그리고 반

대와 부정, 그 다음으로 오는 행복과 불행의 엇갈림으로 드러나는 이중성과 아이러니를 여지없이 파헤치고 있다.

아름다움을 추구하는 인간의 원형적 욕구를 어떻게 해결하고 극복할 것인지 그 정답을 유보한 채 영화는 처음으로 다시 돌아가고 있다. 성형의 문제는 이제부터 다시 고민하고 생각해 보아야 할 과제로 남게 된다.

4. 아름다운 몸과 성형수술 - 행복과의 진정한 화해를 위하여

성형수술이 머리염색 만큼이나 통상적인 일이라는 데 동의했다는 미국의 한 갤럽조사 결과를 본다.*

성형수술의 70퍼센트 이상이 여자들에게서 행해지고 있다는 것이다. 노화란 남녀를 막론하고 일어나는 현상이지만, 그 문제는 여자들에게 있어서 더욱 심각하다. 사람들은 얼굴이 더 늙도록 내버려 두지 않고 노화의 신호가 보이기 시작할 때 성형외과를 찾는다. 성형수술을 50대나 그 이상의 나이가 아닌 30대에 이미 시작한다는 것이다.

21세기로 들어선 지금은 그 정도가 더욱 심각해진다. 이제는 전신성형수술의 시대로 변모하고 있다. 사람의 본체를 변형시키고, 피그말리온 신화는 역으로 이행되고 있다. 조각품에게 생명을 불어 넣어준 신의 존재는 성형외과 의사의 손으로 변모하였다. 생명 있는 것에서 조각품을 만들어 내고, 영혼을 빼앗아 가는 기술의 시대로 들어선 이 현란한 시대를 어떻게 이해하고 해석해야 하는 것인지를 알 수 없다.

특별히 여자의 아름다움은 행복하게 되는 지름길이기도 하다. 그러나 그

---

* 『Health』 1998, 3-4, 「The Great American Make-over. Health-Gallup Poll」

것이 또한 그 여자를 불행하게 하기도 한다. 인간이 매사에 긍정적이고 적극적인 삶을 살며 만족스럽게 생각할 때 진정한 행복이라는 것이 이루어질 수 있다는 것을 우리는 때때로 너무나 아득히 잊고 산다. 좋은 외모는 인간을 행복하게 한다. 그러나 그것이 인생에 있어서의 만족감을 얻어내게 하는 관건은 아니다. 행복은 인간의 외모나 권력과 돈에 있는 것이 아니라 그가 지니고 있는 인성과 인간적 자질의 문제이다. 어떻게 고난과 역경을 견뎌내고, 절망과 좌절을 극복하며, 사람과 자연에 대한 사랑을 얼마나 더 많이 느끼고 살아가는가. 얼마나 사람을 깊이 이해하고 매사를 긍정적이며 적극적인 태도로 살아가는가. 그런 것들이 삶의 만족감이라는 것으로 연결되고, 그것으로 인해 그는 더욱 행복해질 수 있다는 것을 우리는 알고 있다. 그러나 그러한 논리마저 또한 아득히 잊고 살아가는 것 같다.

'절대적 빈곤'이란 개념을 우리는 잘 알고 있다. 남보다 더 아름답고, 더 부유하고, 더 권위와 권력을 거머쥐고 살고 싶어 하는 생각 때문에, 언제나 초조하고 언제나 불안하다. 마치 희랍 신화 속의 빈곤의 여신 페니아처럼 아무리 풍요한 것들 속에 있어도 늘 빈곤을 걱정하며 안달하며 초조하다. 행복의 조건이란 더 많은 것이 더 좋은 것이라는 생각을 무시하고 버리는 것에서 시작된다. 여기 이 자리에서 우리가 가지고 있는 것에 대한 감사한 마음과 만족감을 느끼려고 끊임없이 노력해야 한다. 그래야 우리는 행복해진다.

영화 《미녀는 괴로워》의 한나는 전신성형 수술에 성공함으로써 많은 것을 얻고 성공과 돈과 사랑의 대상마저 확보했다. 그만큼 힘들고 고통스런 과정을 겪어내기도 했지만 결과적으로는 성형 이전에 상상하지도 못했던 새로운 인생의 국면에 도달했다. 그 여자가 남아 있는 인생을 얼마만큼 더 행복하게 살아갈 것인가. 그의 먼 미래는 과연 어떤 방식으로 전개될 것이며, 사랑은 어디까지 진실하게 이루어질 것인지. 인기가수로서의 생명은 얼마만큼 지속될 것인지.

다만 현재가 중요하며 미래라는 것은 없다는 결론에 도달하면, 우리는 그의 행운과 행복을 지켜보며 성형 찬미론으로 결말을 보게 될 것이다.

미래는 없고 현재만이 중요하며, 미래가 있다고 하는 것은 다만 종교적인 폭력에 불과하다는 아도르노의 이론은, 이러한 경우에 적용되는 의미인가. 미래가 없다는 것은 현재도 없다는 의미이다. 아도르노는 우리가 끊임없이 미래에만 매달리고 현재를 중요하지 않은 것으로 치부하는 사고에 대한 경고를 한 것이지 결코 미래를 부정하는 것은 아니다. 그만큼 현재라는 것, '오늘'이라는 것이 중요함을 역설하기 위한 아이러니를 결코 평면적 의미로 받아들여서는 안 된다.

아름다운 몸과 그것을 위한 성형 수술을 전적으로 부정할 수는 없다. 그러나 아름다운 몸이 행복의 절대적인 조건이 못 된다는 사실을 깊이 숙고할 때 아름다움의 진정한 의미가 견고하게 성립될 것이다.

아름다움 내지 아름다운 몸은, 이제부터 행복과의 진정한 화해를 생각하면서 성형외과 의사의 손을 조심스럽게 잡아야 할 것이다.

가장무도회, 21세기 나르시스의 몰락

권유리야 (부경대 강사)

1. 육체, 소비문화시대의 새로운 징후

시선을 놓아주지 않는 아름다운 얼굴과 날씬한 몸매는 현대인들에게 부와 명예의 상징이다. 소비문화시대 멋진 육체는 사유재산과 동일한 지위를 부여받고, 물신으로까지 숭배된 지 오래다. 물론 숭배의 대상이 되는 육체가 어머니의 자궁으로부터 나오는 경우는 드물다. 그것은 철저한 미학적 기준에 따라 만들어진다. 자본주의는 태생적으로 유행을 빌미로 끊임없이 소비를 창출할 수밖에 없다. 이러한 자본주의의 유행의 바람이 이제는 육체 위에까지 불어 닥치면서 오늘날의 육체는 유행을 좇아 끊임없이 자신을 소비하지 않으면 안 되게끔 되었다. 보드리야르의 말처럼 현대에서 육체는 가장 좋은 소비의 대상이다. 수세기 동안 육체를 무시해오던 근대의 정신주의자들이 이번에는 거꾸로 육체가 얼마나 매력적인가를 설득하는 모습은 놀라운 일이다. 그리하여 과거에는 꿈도 꾸지 못했던 육체의 '개조'에 이 시대 사람들 모두가 동참하고 있는 것이다.

이렇게 육체의 아름다움에 집착하는 경향은 성형의학의 지원이 없이는 불가능하다. 화장이나 의상을 이용하여 외모의 결점을 가리는 데 만족하

'성형'이라는 문화정치학 39

지 못한 현대인들은 성형테크놀로지의 도움으로 근본적으로 자신의 몸을 개조하려 한다. 현대의 의료계는 인간의 육체를 '관리' 하느라 그 어느 때보다 분주하다. 머리끝에서 발끝까지 육체의 모든 부분은 성형의 대상으로 떠오른다. 이제 육체는 아름다움을 생산하고 소비하기 위해 온 사회가 결탁하여 만들어 내는 상품의 신세로 전락하여 버렸다. 물론 이것은 육체가 언제든지 수정될 수 있는 가변적인 물체라는 의식이 내재해 있기에 가능한 일이다. 육체는 더 이상 개인적 정체성을 담는 그릇이 아니다. 오직 육체는 시간과 금전을 투자해서 끊임없이 재구성되고, 그 치수와 형태에 따라 사회적 등급이 매겨져 출시를 기다리는 상품일 뿐이다.

흔히 사람들은 아름다운 육체를 무기로 세상을 편리하게 통과할 수 있다는 점에서 성형은 인간에게 행복을 가져다준다고 믿곤 한다. 그러나 육체에 새겨지는 성형의 흔적들이 과연 아름다움이 보장하는 행복의 최대치이며, 개인의 황금시대를 연출하는 보증서인가에 대해서는 쉽게 동의할 수 없다. 성형테크놀로지의 발달이 육체의 한계를 무너뜨리면서 인류에게 기쁨을 선사한 것은 사실이지만, 그에 따른 부작용 또한 만만치 않았기 때문이다. 이 시대의 성형산업은 각기 다른 육체에서 출발하여 단일한 육체 미학을 향해 가는 표준화산업이다. 성형 육체의 주인공들은 자아정체성과 타자를 내팽개치고 균일한 단 하나의 미학을 향하여 맹목적으로 질주하고 있다.

그렇다면 이제는 성형수술이 인류의 심성이나 사유 체계를 얼마나 심각하게 변화시켰는지 진지하게 생각해 보아야 할 때이다. 미학적인 육체에 가려진 소비문화시대의 새로운 문화적 징후를 파악하지 않으면 안 된다.

성형에 눈먼 현대인들의 의식 밖으로 밀려나 버린 것은 인간의 실존적 질문들, 즉 '타자'의 문제와 그로 인한 '정체성'의 문제인 것이다.

2. 젊음의 이데아, 노년의 종언

늙어버린 나르시스를 상상해 본 일이 있는가. 나르시스는 샘물에 몸을 던짐으로써 영원히 젊은이로 기억될 수 있었다. 나르시스뿐만 아니라 신화 속 요정들, 여신들의 육체는 하나같이 젊은 모습이다. 소비시대의 아름다움 역시 이러한 젊음에 동참한다. 소비시대는 본질적으로 젊음의 시대이다. 물론 어느 시대를 막론하고 젊음은 생명력과 새로움의 원천으로 인식되어 왔다. 하지만 젊음의 변화생성력을 소비시대만큼 아름다움의 소비시장으로 활용하는 사회는 찾아보기 어렵다. 성형산업은 끊임없는 소비를 창출하기 위해서 미의 최고 가치는 젊음에 있다고 강조한다. 성형산업에 있어서 젊음을 끊임없이 소멸시키는 시간만큼 고마운 것은 없으며, 성형산업은 여성들에게 시간의 흐름에 거역하라고 제안하고 있다.

이러한 점은 최근 TV나 영화 매체의 여배우들의 얼굴을 보면 좀 더 분명해진다. 배우들의 얼굴은 과거보다 현재가 훨씬 아름답고 젊다. 그러나 시간의 퇴적층을 용케 탈출하여 팽팽한 피부와 얼굴을 유지하는 것은 성형의학의 도움이 아니고는 생각하기 어렵다. 성형의학의 발달과 이를 수용할 수 있는 돈이 있는 한 배우들은 젊음을 끈질기게 붙잡을 수 있다. 사회의 조직화된 시스템은 미모의 스타들을 대거 동원하여 노년의 나이를 성형해야 할 필요성에 대해 전력을 다해 설득하고 있는 것이다. TV는 그 주된 매체이다. 성형의술의 도움이 없는 스타 이영애를 상상할 수 있을

까. 현대 한국의 스타로 떠오를 수 있는 이영애의 힘은 사그라질 줄 모르는 젊음에서 나온 것이며, 그 힘의 공급원은 당연히 현대의 성형의학이다. 그녀는 수천만 원대에 이르는 피부 클리닉을 통하여 얼굴 위의 시간을 정지시킨다. 주름 하나 없는 그녀의 매끄럽고 투명한 피부는 성형이 얼마나 인생을 윤택하게 만들어주는가를 잘 말해준다. 이미 그녀의 젊고 투명한 이미지는 광고, TV 드라마, 영화를 통해서 불티나게 팔려나가면서 제작자들에게 대박으로 보답한 바 있다. '산소 같은 여자' 라는 CF를 통해 한 번 완성된 순수의 이미지는 스스로 복제를 거듭하면서 이영애라는 이름 자체를 숭배의 대상으로 끌어 올린다. 대부분의 사람들은 이 젊음이 성형에 의해 조작된 것임을 알면서도 성형의 가치는 부정되거나 배척되기는커녕 오히려 적극적으로 조장된다. 물론 젊음은 개인적인 문제에 국한되지 않는다. 청년정신을 강조했던 어느 광고 카피가 시사 하는 바와 같이 이 사회 모두가 '젊음에 대한 열병' 으로 가득 차 있다. 가수들의 연령이 10대까지 내려가고, TV의 채널권은 청소년들 손에 넘어간 지 이미 오래이다. 대통령마저 이마에 주름을 펴고 쌍꺼풀을 하는 현실에서 젊음은 이제 '국시國是' 가 되었다.

이렇게 젊은 육체를 강조하는 것은 그것이 소비문화시대에 가장 값나가는 '자본' 이기 때문이다. 경기가 침체될수록 성형을 하려는 사람들로 들끓는다. 남보다 탁월한 외모로 경쟁에서 유리한 위치를 선점하려는 노력들이 성형에 모든 것을 걸게 만드는 것이다. 성형외과를 찾는 것은 치료가 아닌 경제적으로 매우 유효한 투자다. 육체는 하나의 자산으로서 관리 정비되고, 우월한 사회적 지위를 표시하는 여러 기호 형식 중의 하나로서 조작된다. 바야흐로 성형을 바탕으로 하는 새로운 카스트 사회가 도래한 것이다.

하지만 모든 사람이 똑같은 교육기회를 갖지 못하는 것처럼 모든 사람이 똑같은 성형의 기회를 부여받는 것은 아니다. 학교와 마찬가지로 성형은 하나의 계급 제도로 성립한다.* 선택받은 소수의 몇몇 사람만이 아름다움의 극치에 도달할 수 있기 때문이다. 그만큼 성형은 철저하게 자본의 논리와 결탁한다. 따라서 IMF도 피해 갔다는 성형외과의 번창이 아름다움의 평준화를 이룩했다고 믿는다면 큰 오산이다. 성형외과가 아름다움에 대한 접근성을 용이하게 한 것은 사실이지만, 아름다움의 차별화를 조장한 것 또한 사실이다. 성형의술이 생산하는 것은 소수의 미인과 다수의 성형부작용 사례이다. 성형 부작용으로 고통 받는 사례들은 어제 오늘의 일이 아니다. 그리하여 소비사회에서 미인의 기준은 오직 고급스런 성형테크놀로지를 도입할 수 있느냐에 따라 결정된다. 자본의 동원 능력이 미인의 탄생 여부를 결정한다는 말이다. 젊음이 은총인 시대는 지나갔다. 거액을 들여 성형하는 자는 젊을 것이며, 그렇지 않은 자는 늙을 것이다. 이렇게 젊음은 철저하게 자본의 논리에 따라 운용되고 유지되며 심지어는 세습되기까지 하는 것이다. 소비사회에서 젊음의 생산과 유통은 이렇게 불평등하다.

성형에 의한 신분증명제도를 꾸준히 유지하기 위해서는 성형에 대한 지속적인 수요 창출은 기본이다. 하지만 '성형=젊음'이라는 공식에 따르자면 수요는 자동적으로 창출된다. 시간의 흐름에 따라 육체가 노쇠의 길을

* 장 보드리야르 지음, 이상률 옮김, 『소비의 사회』, 문예출판사, 1992, 69쪽 참조.

밟는 것이 인간의 숙명이기 때문이다. 즉 성형 카스트를 유지하는 비결은 꾸준한 세대교체와 젊음에 대한 욕구라는 진부한 공식이다. 한국은 실버 시대 진입을 눈앞에 두고 있고, 평균 수명 100세를 앞둔 시대에 젊음은 값진 무기가 될 수 있다. 세대 간의 연계가 희미해지기 시작하면서 현세 대가 미래의 세대 속에서 대신 살 수 있다는 위안은 더 이상 적용되기 어 렵다. 평생을 치열하게 살아온 대가가 고작 죽음이라는 생각은 참으로 인 간들을 견딜 수 없게 하며, 젊음을 무한히 연장하려는 데 매달리게 한다.

이러한 동일시의 바탕에는 아름다움에 대해서까지 사회적 합일을 이끌 어내려는 사회의 지배적 의식이 깔려 있다. 미감美感만큼 주관적인 정서는 없다. 하지만 오늘날은 이러한 주관성마저 철저하게 계량화하고 객관화 하여 일률적인 잣대로 미美를 측정하는 시대이다. 각종 미인대회는 대표 적인 사례이다. 젊음에 있어서도 이점은 마찬가지이다. TV의 건강관련 프로그램은 현재 20종에 육박한다.* 건강하고 젊은 연예인들이 건강을 오락거리 삼아 웃고 즐긴다. 혈당지수, 맥박수, 심장 박동수, 허리의 유연 성, 시력 등을 수치화하여 '노년을 포기' 할 것을 강요하고, 젊음을 취득하 라는 전 사회적인 공모가 온갖 방법으로 행해지고 있다. 사회 전반에 불 고 있는 웰빙 바람 또한 노년의 여유와 고요에 대하여는 고려하지 않는 다. 건강이 젊음으로 직결되는 이 사회에서 가장 쉽게 노년의 불안을 극 복하는 방법은 성형이다.

하지만 이런 논리는 무차별적으로 '젊음에 대한 동일시' 를 강요하는 것

---

* 윤선미, 「미디어와 자본주의 사회가 만들어낸 몸의 상품성」, 《지역학 논집》 5집, 숙명여자대학 교 지역학 연구소, 133쪽.

이다. 노년기는 젊음의 방황과 좌절을 이끌어 줄 사회적 스승이다. '노년의 상실'은 바로 젊음을 비추어 줄 '타자의 상실'이다. 젊어지기 위한 성형시술이 보편화 일상화된 사회는 노년이 실종된 사회이다. 사라져버린 것은 노년의 형이상학이다. 따라서 이제는 젊음과 경쟁하는 것은 문제가 되지 않는다. 문제는 타자 부재의 시대를 맞아 진정한 '노년의 타자를 생산'하는 것이다. 어쩌면 성형의 메스에 의해 지구상의 모든 노년이 한결같이 젊음으로 환원되는 극단적인 동일자 시대로 마감할지도 모른다. 노년의 부재, 분명 이것은 인류의 커다란 위기이다. 또한 이는 미래가 없다고 믿는 시대적 불안이 독특한 형태로 표출된 것이기도 하다.

3. 에로티즘의 생산, 성차의 소멸

나무로 만든 꼭두각시 피노키오는 코를 매개로 생명을 얻는다. 피노키오가 거짓말을 할 때마다 길어지는 코는 영혼의 진실에 대한 은유다. 흙으로 빚은 아담의 코에 생령을 불어넣었다는 성경의 이야기도 이런 맥락에서 그리 멀지 않다. 이러한 현상을 바라보는 입장들은 육체가 정신에 선행한다는 논리에 기대고 있다. 정신과 육체의 이분법을 채택하고 인간을 정신적 존재로 정의하게 만드는 데카르트식의 전통으로부터 이탈한다는 것이다. 하지만 이러한 논리는 소비사회에서 적용되기 어렵다. 현대의 신화가 만들어낸 육체는 물질에 속하지 않는다. 육체도 하나의 관념이다.* 만져지는 관념이다. 이것은 근본적으로 육체와 정신의 이분법적 구분 자체를 무효화하는 제3의 입장을 창출한다. 오늘날의 성형은 가면 그

---

* 장 보드리야르, 앞의 책, 203-204쪽.

자체로 얼굴이 되어버린 얼굴없는 가면과 같다. 성형의 메스가 추구하는 핵심에 놓인 것이 바로 '내면 없는 신체'이다. 의사가 열고 재단하고 자르고 마음대로 꿰맬 수 있는 그저 대상으로서의 육체이며, 무감각한 수공업의 대상일 뿐이다.

여기서 하리수를 떠올리는 것은 그리 이상하지 않다. 긴 생머리, 가녀린 몸매, 여자도 반할 정도의 예쁜 얼굴로 등장한 그녀가 한 화장품 회사의 CF 광고에 출연하면서 유교의 정신적 패러다임에 거대한 지각변동을 몰고 왔다. 34-24-35라는 하리수의 신체 사이즈는 현대 상품미학의 틀에 맞추어 특수 제작되었다. 하지만 그녀의 상품성은 시중의 상품들이 갖고 있는 이데올로기를 과감히 무너뜨린다. 제조와 포장의 공정을 완벽하게 마친 후의 상품이 아니라, 성형의 '과정' 자체를 하나의 상품으로 내어 놓고 시청자들을 현혹한다. KBS 방송은 2001년 6월 11일부터 15일까지 장장 5일에 걸쳐 트랜스 젠더 여성의 분만을 온 천하에 알렸다. 그 결과 《인간극장》은 그간의 평균 시청률 5~6%의 3배 이상인 16~18%를 기록하였고 인터넷 게시판은 2만 2000여건 이상의 시청자 의견으로 도배를 했다.*
커밍아웃한 동성애자 홍석천을 1년 6개월 동안 실업자로 내몰았던 방송가가 유교적 성 질서를 흔들어 버린 하리수에게만 유독 관대했던 것은 그녀의 육체를 휘감고 있는 상품성, 즉 '에로티시즘' 때문이다. 성적 매력이 넘치는 하리수의 몸매는 남성들의 눈을 유혹하고 소비자들의 욕망을 부채질하는 것이지만, 홍석천이 가진 가냘픈 몸과 이미지는 대중이 요구하는 강

---

* 윤선미, 「미디어와 자본주의 사회가 만들어낸 몸의 상품성」, 《지역학 논집》 제5집 숙명여자대학교 지역학 연구소, 2001, 141쪽 참조.

한 남성의 조건과는 거리가 멀다. 즉 이영애의 성형이 젊음의 이데올로기와 손을 잡았다면, 하리수의 성형은 에로티시즘에 근거를 두고 있다.

오늘날 육체의 재발견과 소비를 포괄하는 개념은 성욕이다. 아름다움의 지상명령은 성욕의 개발자로서의 에로티시즘을 초래하는 것이다. 그리고 에로틱한 육체를 지배하는 것은 교환의 사회적 기능이다.* 육체의 에로티시즘에는 매상을 늘리는 힘이 있다. 이것이 하리수의 성전환을 결정짓는 가장 중요한 요소다. 하리수의 몸매는 시청자들의 호기심에 가득 찬 시선을 끌어당기고, 방송 시청률은 연일 최고치를 기록했다. 그녀의 몸 전체에는 노골적인 성적 이미지가 씌워지며, 그녀가 내뱉는 성적 언어들은 사람들의 입에 오르내리며 지속적으로 소비된다. 소비시대에서 아름다움과 에로티시즘은 불가분의 개념이며, 에로티즘의 자질은 근본적으로 남성보다는 여성 쪽이 훨씬 더 풍부하다. 대중매체가 하리수에게 열광하는 이유는 바로 이 '여성의 육체'에 내재해 있는 에로티즘과 그것의 경제적 가치 때문이다.

하리수의 성공 사례를 통해 볼 때, 소비사회에서 성적 욕망과 매력을 생산해야 하는 것은 여성들의 숙명이다. 하지만 행복과 쾌락을 생산하기 위해 수도사적인 금욕과 싸우느라 오늘날 여성의 육체는 매우 지쳐있다. 대중매체들은 온갖 이벤트 등을 통하여 전 세계의 표준 아름다움을 저해하는 온갖 욕망을 잠재우라고 압력을 넣고 있다. 이것은 명백한 억압이다. 현대 소비사회에는 어떠한 억압적 규범도 존재하지 않으며, 심지어 그러한 규범

---

* 물론 여기서는 현대사회에서 교환의 일반적 영역인 에로티시즘과 본래 의미의 성욕을 분명하게 구별할 필요가 있으며, 또한 교환되는 욕망의 기호를 매개로하는 에로틱한 육체와, 환상의 무대이며 욕망의 거처로서의 육체를 구분해야 한다. 장 보드리야르, 앞의 책, 195쪽.

을 원칙적으로 배제한다고 믿는다면 그것은 대단한 오해이다. 호리호리한 몸에 대한 매혹이 이만큼 큰 힘을 발휘하는 이유는 그것들이 '폭력의 한 형식'이기 때문이다. 168cm의 키에 몸무게 48kg, 24인치의 허리, 35인치의 가슴둘레를 유지한다는 것은 거의 불가능하다. 야윈 모델들의 사진에 나르시즘적으로 빠져들기 위해서는 육체를 남성의 미학적 기준에 굴복시키고 괴롭히지 않으면 안 된다.* 현대 성형의학이 분만한 하리수의 육체는 이렇게 숭배와 학대라는 두 개의 폭력이 치열한 각축전을 보이는 전쟁터이다. 현대 미술가 바버바 크루거가 인간의 몸은 전쟁터라고 일찍이 선언한 것처럼 몸을 둘러싼 소유와 통제의 싸움은 이제 성적 욕망과 매력을 생산하는 성형이벤트 산업의 발전과 함께 더욱 치열해지고 있다.**

하지만 화려한 육체의 불꽃놀이에 밀려 정작 놓쳐버린 것은 '성 정체성'에 관한 물음이다. 하리수를 탄생시킨 '성형性形' 기술과 '성형成形' 미학의 결합으로 정체성의 동요는 표면화된다. 대한민국 법원이 합법적인 여자로 선언한 이경은이 자궁 없는 불임의 여성이라는 사실은 언뜻 받아들이기 힘들다. 음성변조기를 통과한 것처럼 안으로 감기는 듯 불투명한 하리수의 목소리에서 어렵지 않게 남녀를 구분할 수 있었던 기존의 성관념은 무력해진다. 하지만 자본주의 상품미학은 이러한 혼란마저도 상품화한다. 시청자들은 하리수의 곡선에서, 목소리에서 남성과 여성의 교묘한 착종에 호기심어린 혼란을 경험한다. 이러한 혼란은 현대에서 성 정체성이란 더 이상 개인의 내부에 존재하는 동질적이고 고정된 본질이 아니라

---

* 장 보드리야르, 앞의 책, 214-215쪽 참조
** 윤선미, 앞의 글, 147쪽

는 점을 반영한다. 인간의 선택권을 벗어난 결과로 무조건 수락해야 할 운명으로 인식되지도 않는다. 현대인들이 사로잡힌 것은 동물의 변태變態 과정과 똑같이 성형수술대 위에서 육체가 계속 진화해 나가는 과정 그 자체이다. 영원히 완결을 바라지 않는 육체의 탈피 놀음에서 정체성을 정의한다는 것은 하리수의 광고 카피처럼 '새빨간 거짓말'이다. 보드리야르는 포스트모던 사회 현상 중 특히 이 다름, 구별, 차이의 제거에 초점을 맞추고 있다.* 즉 하리수의 육체는 남성 아니면, 여성이라는 이분법의 전통적인 성 정체성과는 그 성격이 판이하다. 하리수의 육체는 새로운 형태의 가장假裝이기 때문에 전통적인 성 정체성이 가지고 있는 사실성에 의해서 규제되지 않는다. 이것은 어떠한 정체성과도 무관한 여성성의 시뮬라르크이다. 본인의 주장과는 달리 하리수는 여성도 남성도 아니며, 그렇다고 제3의 성도 아니다. 그렇지만 하리수는 여성인 체한다. 시뮬라르크의 속성 그대로 하리수는 여성으로서의 '진짜' 징후를 생산해 낸다는 점이 문제를 어렵게 만든다. 이미 법원은 주민등록번호 뒷자리 숫자 '2'를 부여함으로써 하리수를 여성으로 규정하였으며, 하리수 역시 완벽한 여성의 삶을 살고 있다. 여성 화장품 모델로 당당히 연예계에 데뷔한 것은 잘 알려진 사실이다.

심리학과 의학은 바로 여기서 동요하는 이 성 정체성 앞에서 그만 무력해지고 만다. 그렇다면 하리수의 성전환 성형수술을 통해서 찾아낸 육체의 진실은 무엇일까? 그것은 '성 정체성에 대한 허무'이다. 여성도 남성도, 제3의 성도 아무것도 아닌 완벽한 '성적 타자의 상실', 그것이 하리수

* 장 보드리야르 지음, 하태환 옮김, 『시뮬라시옹』, 민음사, 2001, 10-19쪽 참조.

의 성형수술이 남긴 허무의 실체이다. 이제 하리수는 전례가 없는 원본 없는 이미지이며, 이미지 그 자체로 현실을 대체하고 끊임없는 복제 이미지를 만들어 내고 있다.

4. 하얀 가면, 검은 역사의 망각

육체에 대한 정치적 변형은 성형수술의 역사에서 매우 중요하다. 육체는 시간의 풍화작용에도 불구하고 어디서나 통용되는 화폐이며, 여전한 잠재력과 견인력으로 권력이라는 테마를 이끌어 낸다. 현대사회에서 성이 권력 행사의 중심부로 부상하며, 이러한 권력은 사회구성원의 신체를 통제함으로써 지배력을 과시한다. 즉 육체는 힘의 불균형을 반영하거나, 때로는 적극적으로 생산하는 공장이기도 하다. 이제 성형의학은 육체에 단순히 아름다움을 주입하는 것을 넘어, 얼굴 위의 '인종과 역사'를 '수정'하는 데로까지 활동 영역을 넓혀간다. 성형의학은 자신들의 번창에 이제는 인종론까지 이용하고 있다는 이야기이다. 인종론은 누가 튼튼하며 누가 병에 걸렸는지, 누가 종을 재생산하고 개선시킬 수 있으며, 누구를 배제해야 하는가를 결정하는 수단으로 외모를 이용했다. 푸코의 말대로 육체의 규율과 인구의 조절이라는 계몽주의적 이상에 기반을 둔 세계에서 성형외과 의사들은 신체 개조의 수단을 제공하고 신체를 인종적으로 용인할 만하도록 만들기 시작했던 것이다.* 육체 위의 시간을 성형하고, 성^性의 전환을 거쳐 이제는 인종 청소부 노릇까지, 성형의학의 미래는 끝이 없어 보인다.

---

* 샌더 L. 길먼 지음, 곽재은 옮김, 『성형 수술의 문화사』, 이소출판사, 2003, 36-37쪽 참조.

'얼굴 미학'은 '인종 미학'이다. 서구중심의 논리에서 신은 백인만을 좋아한다고 믿어진다. 기독교 예수의 얼굴도 서구적인 인종 미학이 만들어낸 것이다. 예수의 얼굴이 서양의 백인 중년 남자의 평균 얼굴이었다면, 그렇게 만들어진 얼굴은 하나의 모델로 새겨지게 된다. 그런 식으로 예수의 얼굴 위에는 서구의 오만한 지배 이데올로기가 작동하고 있는 것이다.* 백인에 의한 선택과 배제의 논리에 의해 밀려난 것은 흑인의 납작하고 짧은 코, 번들거리는 검은 피부, 유난히 반짝이는 하얀 치아이다. 백인 중심의 인종미학에 의하면 흑인의 까만 피부는 미개의 상징이거나, 부패와 악덕의 상징이다. 제2차 세계대전 당시 독일인이 되고 싶었던 유대인은 독일인이 사회적 구성물이라기보다 실제로 정의된 객관적 범주라고 당연히 생각했다. 이것은 흑인과 백인에 대해서도 마찬가지이다.

이렇게 피부색으로 행, 불행이 결정되는 사회에서 성형의학은 흑인들이 비극적 운명을 뒤집을 수 있는 절호의 기회다. '검은 피부'가 '하얀 가면'을 쓴다는 것은 부정적 운명에서 긍정적 운명으로 옮겨갈 수 있다는 것을 의미한다. 마이클 잭슨은 그 대표적인 사례이다. 마이클은 검은 피부라는 생물학적 요인에 의해 결정되어 버린 자신의 얼굴, 자신의 운명에 반역을 꾀한다. 그의 성형 이력서는 그의 노래 경력만큼이나 오래되었고 다채롭다. 성형은 잭슨 파이브 시절부터 시작해서 1990년대 들어 수차례에 걸쳐 시술되었다. 실제로 미국에서는 고수머리를 펴고 피부색을 밝게 하는 시술이 20세기 초 아프리카계 미국인 사이에서 엄청난 인기를 누렸다. 조금이라도 덜 흑인처럼 보이려는 소망은 백인의 외모를 닮으려는 사람들과

---

* 이진경, 『노마디즘 1』, 휴머니스트, 2002, 572쪽, 〈그림 7.18〉 해설 참조.

미용시술자가 결탁하게 해 주었다. 미국인 워커 부인은 미백용품과 고수 머리 펴는 기구 덕에 최초의 아프리카계 미국인 백만장자가 되었다.* 마이클의 〈Black or White〉나 〈They Don't Care About Us〉에서 "희거나 검거나 중요하지 않다.", "희다 검다 말하지 마."라는 흑인 옹호적인 가사와는 대조적으로 하얀 피부에 대한 열망을 감추지 않는다. 뮤직 비디오에서 세계 최초로 시도한 몰핑기법은 바로 검은 피부가 서서히 하얀 피부로 변해가는 자신의 성형 인생과 일치한다.

그러나 그의 피부는 그의 노래가 그런 것처럼 아름다움을 생산하지 않는 온갖 성형 테크놀로지가 유아독존적으로 버티고 있다. 몇 년 전 서울 공연에서 보여준 바와 같이 한 번 공연에 144개의 스피커, 190여 명의 출연자와 스태프, 대형 리프트 웬만한 소도시가 쓰는 전력 소비, 총 430통의 장비, 컴퓨터로 조정되는 바리 라이트가 없다면 공연은 형상화되기 힘들다.** 그러나 그의 공연에서 테크놀로지는 이야기성의 단단함이나 풍부함을 지원하는 병참이라기보다 그것만이 앞장을 서는 독존적 형태라는 점에서 전도의 양상이 두드러진다. 이렇게 마이클 잭슨은 피부도 그렇고 음악도 그렇고 절대적으로 테크놀로지에 의존한다. 백인의 하얀 아름다움에 대한 열망으로부터 시작된 성형 이력은 이제 얼굴을 드러낼 수 없는 흉악한 몰골만을 남기고 끝이 났다. 한때 건강과 희망과 권력의 상징이었던 하얀 피부가 지금 그에게는 재앙의 상징이다. 하얀 피부를 갖기 위해 마이클은 '모멸당하는 아프리카를 망각' 해야 했고, '굴종의 역사를 수락'

---

* 샌더 L. 길먼 지음, 앞의 책, 153쪽.
** 이성욱, 「테크놀로지교의 전도사 마이클 잭슨」, 『말』, 제125호, 1996년 11월, 237쪽.

해야만 했다. 그의 성형은 개인의 피부색과 니그로의 역사를 맞바꾼 어리석기 이를 데 없는 거래이다. 역사를 망각한 마이클의 피부는 지나친 성형으로 인해 지금 썩어 들어가는 중이다. 1980년대 후반부터 백반증 증세가 온몸을 덮어버렸다. 하얗게 타들어가는 피부, 마이클 잭슨은 이제 백인보다 더 하얀 피부를 가졌다. 그토록 소망하던 하얀 가면은 이제 진짜 피부가 된 것이다.

알렉스 헤일리의 소설 「뿌리」에서 보았던 바와 같이 백색 대륙 최초의 흑인노예 쿤타킨테는 엄지발가락을 잘라 인종 차별에 온몸으로 저항했다. 그러나 자본주의의 위력은 쿤타킨테의 이러한 반역마저 녹여버린다. 손에 돈을 쥔 쿤타킨테의 후예들은 반역보다는 성형의학에 의지하고 타협하는 정신을 기른다. 그 결과 성형외과 의사들은 백인의 피부를 열망하는 자에게 얼굴을 변형시켜주는 대가로 흑인의 정신적 순결을 빼앗아 버렸다. 성형의사의 손을 움직이는 원리는 쾌락과 행복이지, 진실을 검열하는 기능은 없기 때문이다. 백인에게는 하나의 사실이 있다. 스스로를 흑인보다 우수하다고 생각하는 사실 말이다. 흑인에게도 하나의 사실이 있다. 어떤 대가를 치러서라도 백인에게 뒤떨어지지 않는 가치를 증명하려고 애쓴다는 사실 말이다.* 성형수술은 달콤한 목소리로 운명을 개척한다는 거짓 자부심을 심어주고, 민족과 역사를 배신하게 하는 의무를 지웠다. 흑인에게는 오직 하나의 운명만이 존재한다. 그것은 백인이다. 성형수술은 이런 비뚤어진 사고의 위에서 전개된다. 검은 피부에는 흑인의 처절한 저항의 역사가 담겨 있다. 성형은 흑인의 '검은 역사를 망각' 하게 한다. 성형은 단지

---

* 프란츠 파농, 이석호 옮김, 『검은 피부, 하얀 가면』, 인간사랑, 1998, 15쪽 참조.

흑인성이라는 봉인에 갇혀 있던 마이클을 백반증이라는 질병 속으로 가두어 버렸을 뿐이다. 마이클 잭슨처럼 정서적 탈선의 결과로 뿌리를 내리지 말아야 할 곳에 오히려 뿌리를 내리는 비뚤어진 현실의 결과이다. 다시 말하면 그것은 '인종 성형이 빚어낸 타자 상실의 비극'이다.

5. 역사의 막다른 골목

인류 역사에서 거울은 분쟁의 시작이다. 거울이 없던 원시시대 인류는 타자의 반응을 통해서 자신의 얼굴을 짐작할 수 있었다. 원시시대에는 자신의 정체성을 확립하기 위해서 타자의 존재 혹은 타자와의 관계는 필수적이었다. 그러나 거울이 등장하면서 인류는 타자의 도움이 없어도 자신을 발견할 수 있게 된다. 거울에 비친 얼굴은 온전히 나만의 소유이다. 거울의 등장은 이렇게 관계 중심의 역사에서 자기중심의 역사로 이행하는 분기점이 되었다. 거울의 위에서 싹튼 성형의 이데올로기도 자기중심의 문제로부터 자유롭지 못하다.

성형이 생산해낸 육체, 그 외모에 대한 관심은 20세기의 불문율이 되었고, 독재 권력처럼 흉포하지는 않았지만 줄기차게 암묵적 동의를 얻어왔다. 현대의 표준미학에 순응해야 하는 대중들에게 그 불문율은 견디기 힘든 부담이 아닐 수 없다. 노년은 젊어지기를, 남성은 여성이 되기를, 그리고 흑인은 백인 되기를 실천하여 어떻게든 규정된 아름다움의 지경으로 편입되지 않으면 안 된다. 소비문화시대 아름다움은 의무이며, 추함은 금기이기 때문이다. 아름다움을 획득하기 위해 이 시대 시민들은 오직 거울에만 집중하는 나르시스트가 될 수밖에 없다. 21세기 나르시스트들은 샘물이 아닌 TV를 응시하면서 자기도취에 빠진다. 그러나 샘물이든 TV이든 여기에는 타자가 끼어들 여지는 없다. TV 속의 얼굴들조차도 자아와 동일시의 대상이라는 점에서 타인이지 타자는 아니다. 나르시스트를 사로잡는 것도, 나르시스트를 유혹하는 것도 오로지 자기 자신이다. 이렇게 성형의 이데올로기는 거울의 끊임없는 자기 반영성, 즉 자기가 자기를 반복해서 비추는 '자기중심의 이데올로기' 이다.

그러나 인류가 거울의 끈질긴 압력, 즉 성형의 이념에 사로잡혀 있는 한 21세기는 새로운 밀레니엄의 시작이 아니라 역사의 막다른 골목으로 표현될 수밖에 없다. 오직 아름다움을 향해 미친 듯이 몰려드는 사람들로 성형외과가 성시를 이루는 것은 거울의 자기도취적인 동일성에서 빚어진 문제들이다. 이러한 자아도취증은 통합할 수 없는 것조차도 무차별적으로 자기 안으로 동화시키거나 완전히 흡수하여 버린다. 성형은 아름다움의 규범을 자기에게 억지로 통합시키는 폭력이다. 샘물에 몸을 던진 나르시스의 죽음은 이러한 폭력의 결과가 얼마나 무서운 것인가를 잘 보여주는 예이다. 거울에 영혼을 빼앗긴 21세기 성형 나르시스트들은 지금 영원히 타자에게로 돌아오지 못할 강을 건너고 있는 중이다. 그들이 남기고 간 과제, 즉 인류에게 절실하게 필요한 것은 '타자중심의 윤리학' 이다. 자기중심이 아닌, 자아의 외부에 엄연히 존재하는 타자로부터 사유를 시작하는 것으로 방향을 틀어야 한다. 자아와 타자와의 평화로운 관계 맺기, 그것은 성형이 몰고 온 혼란을 잠재울 유효한 방법론이 될 것이다.

'멋진 신세계'에 '멋진 성형'은 없다
— 김형경 『피리새는 피리가 없다』

정해성 (부산대 강사)

1. 육체의 모순 : '숭배 되는 육체'와 '규제 받는 육체' 사이

현대 여성에게 아름다운 외모는 경쟁력의 문제를 넘어서 생존의 문제다. 현대 사회에서 키가 작고, 못생기고, 뚱뚱한 여성들, 이른바 삼중고에 처한 여성들은 사회적 차별에 직면한다. 이들은 취업에 불이익을 당할 뿐만 아니라, 사랑의 감정 또한 희극적으로 취급되어 무시당한다. 옷가게를 위시한 대부분 상점 및 백화점 등의 점원들에게조차 뚱뚱하고 못생기면 '고객'이 될 수 없다. 여기에 나이까지 많은 여성이라면 그들은 이미 여성이 아닌 존재로 치부된다. '아름다움'이 미덕으로 통용되는 현대사회이기 때문이다. '덜' 아름답거나 아름답지 않아서 배제된 여성들은 자신감을 상실하고 자책감과 수치감을 가진다. 그로 인해 아름답지 않은 여성들은 아름다워지기 위해서, 아름다운 여성들은 아름다움을 유지하기 위해, 다이어트 및 성형 등 뼈를 깎는 고통뿐만 아니라 생명의 위협까지 감수한다.

그런데 여기서 우리가 주목해야 할 점은 현대 사회에서 '아름다움'이 단순히 개인에 국한된 문제가 아니라, 소비 사회 및 후기 자본주의 사회의 이윤 창출 수단이라는 점이다. 현대 사회에서 아름다움의 기준은 일반적으로 대중매체들이 규정한 이미지들에 의해 서구화, 획일화, 규범화되어 있다. 현대 상업 자본주의가 규정한 아름다움의 기준 - 170cm이상의 키에 몸무게 48kg의 여자가 풍만한 S라인을 소유했을 뿐만 아니라 근육질의 건강미까지 겸비한 여자 - 은 기형적이기에 타고난 자연 미인은 존재하기 힘들다. 현대 미인은 다이어트 산업 및 각종 미용 산업과 성형술, 즉 자본에 의해 재탄생될 뿐이다. 돈이 없으면, 아름다움도 없다. '아름다움'과 관련된 상업자본주의의 메커니즘은 아름다움이 단순히 개인적 '차이'를 넘어서 사회, 경제, 정치적 불평등을 반영함을 명시한다. '아름다움'을 소유하기 위해 외모를 꾸미는 모든 행위에는 행위 주체 스스로 알게 모르게 매우 이질적이고 다양한 사회적 코드들을 노출한다.* 즉 '아름다움'은 후기 자본주의 사회의 이데올로기이다.

대중매체 시대 이전에 아름다움이란 그 이상조차 소수만이 누릴 수 있는 특권이었다. 예술품은 항상 개인이 소장했고, 극소수의 사람들만이 그 예술품을 향유할 수 있었다. 그러나 대중매체 시대인 오늘날 이상적인 아름다움이 처한 상황은 예전과 다르다. 대중매체를 통해 누구나 아름답다는 것이 어떤 것인지 알 수 있게 되었고, 이상적 아름다움은 애써 추구하면 도달할 수도 있는 것이 되었다. 직업 모델로 각광받는 극소수의 여성들의 모습은 대중매체를 통해 아름다움을 규격화, 획일화, 규범화시킨다. 이를 지켜보는 대중들은 아름다움의 환상 속에 빠져들고, 선망하게 된다. 거울과 저울 등의 통제장치를 통해 자신을 점검하고, 상업자본주의의 부추김을 받아 스포츠센터 및 성형외과 등을 방문하여 스스로 사회적 규범

---

* 발트라우트 포슈, 조원규 역, 『몸 숭배와 광기』, 여성신문사, 2001, 31쪽.

에 호출 당한다. 아름답게 재탄생한 여성들은 육체를 상품화하여 이윤을 재창출해냄으로써 스스로 자본주의 사회의 이데올로기를 재생산하는 도구가 된다. 여기서 주목할 만한 것은 매스미디어에 의해 아름다움이란 개념이 조장되고, 모든 여성들에게 강요된다는 점이다.

김형경의 「피리새는 피리가 없다」는 주인공 조영숙이 가수로 데뷔하여 은퇴하기까지의 과정을 형상화하고 있다. 이를 통해 작가는 아름다움의 이미지를 창출하기 위해 개인 신체를 관리 감독하는 상업 자본주의의 횡포를 고발하고 있다. 이 과정에서 주인공 조영숙은 자신의 얼굴과 몸매를 바꿀 뿐만 아니라 이름 및 살아온 과거를 총체적으로 부정하는 허상의 이미지를 가진 인간으로 성형되어 상업 자본주의의 희생양이 된다. 본고에서는 김형경의 「피리새는 피리가 없다」에 나타난 한 개인의 외모 및 삶의 총체적 성형 과정을 추적함으로써, 아름다움이 환상화 되고 규격화되는 과정과 양상 및 그 귀결을 살펴보고자 한다. 이를 통해 몸 숭배의 현대사회 특히 '성형'에 대한 현대사회의 구조적 실태 및 모순의 현주소를 짚어보고자 한다.

2. 성형, 성공을 향한 파시스트적 질주

언더그라운드 그룹 솔개바람에서 싱어로 활약하던 조영숙은 이건 기획의 사장인 이건후로부터 솔로로 데뷔하라는 제의를 받는다. 경제적으로 열악한 가정 형편과 다른 멤버들의 권유에 의해 조영숙은 대중 매체에 대한 심각한 성찰과 숙고 없이 이건 기획의 계약서에 서명을 한다. 이후 조영숙은 관리자인 남성 이건후로 대변되는 상업 자본주의 이데올로기에 의해 목소리와 키를 제외한 모든 부분의 성형을 강요받는다. 이건후는 관리와 훈육에 의해 조영숙을 현대 사회에서 소비 욕망을 불러일으키는 이미지로 재탄생시킨다.

우선 조영숙은 이름을 바꿀 것을 강요당한다. 하이데거는 언어를 '존재의 집'이라 칭한다. 각 개인의 존재는 언어, 특히 이름을 통해 의미를 부여받게 된다. 따라서 이름은 단순한 언어라기보다는 한 개인의 존재를 규명하는 수단이다. 각 개인은 자신의 이름을 통해 개인의 정체성을 형성한다. 그러나 「피리새에는 피리가 없다」에서 가수의 이름은 단순히 개인적 차원을 넘어서 사회 · 역사적 의미를 지닌다. 이는 조영숙의 이전 그룹인 '솔개바람'의 이름을 선정하는 과정에서 지운의 장황한 주장을 통해 제시된다.

처음 가요가 시작되었을 때 30년대 40년대 가수들의 예명을 먼저 예로 들었다. 백목단, 진항라, 울금향…… 울금향은 튤립의 한자어라고 했다.

"아직 한자 문화권에 속해 있었지만 그래도 그때는 따사롭고 서정적인 무엇이 살아 있었지. 자연과 인간이 아주 가까운 곳에서 함께 생활하고…… 한마디로 풍류가 있었던 거야." 영자 이름은 미국의 대중문화가 본격적으로 밀려들기 시작하던 50년대부터 사용했다고 했다. 리틀 파이브, 화이어 볼, 김치 앤드 치즈 밴드……. 록 음악을 주한 미군들이 수입하고, 초기에는 주로 미8군 무대에서 공연했기 때문에 그런 이름을 사용할 수밖에 없었다고 했다.*

---

* 김형경, 『피리새는 피리가 없다』, 한겨레신문사, 1998, 106-108쪽.

지운은 대중가수의 이름들이 그 당시 한국 문화의 자화상이라고 주장한다. 한자문화권이었던 3,40년대 가수들의 이름은 거의 한자식 이름이, 해방이후엔 영자식 이름들이 자용될 수밖에 없었다는 것이다. 지운은 영자식 이름들이 70년대 중반까지 지속되다가 '문화의 식민지화 현상', '미국 대중문화의 퇴폐성'을 이유로 정책적으로 금지되었음을 밝힌 후, 영자이름 자체가 미국의 문화 제국주의의 일환이기에 자신들의 그룹의 이름만은 영자이름으로 정하지 말자며 제의한다. 여러 논의 끝에 자신들의 그룹 이름을 순 우리말인 '솔개바람'이라고 정한다. 특히 솔개바람은 '사전에 없는 단어, 그래서 무한한 가능성을 연상시키는 단어'이기에 멤버 모두가 좋아한다. 즉 이들은 '솔개바람'이라는 주체적으로 선정된 이름을 통해, 자신들만의 음악을 연주할 수 있었다. 언더그라운드 '솔개바람' 그룹은 기존의 규범과 양식을 거부하는 새로운 대중가요, 진정한 자신들의 음악을 연주한다.

한때 '솔개바람'의 멤버였던 조영숙은 자신의 이름을 바꾸라는 이건후에게 저항한다. 그 이유에는 지운이 주장한 사회·역사적 의미도 포함되어 있었지만, 조영숙 자신의 집안 내력과도 밀접한 연관이 있다. 조영숙의 할아버지는 유교 문화가 뿌리 깊게 박혀 있던 시절 대중 가수의 길을 걷는 대신 그 대가로 집안에서 내침을 당한다. 그리하여 집안과 가문의 일원임을 상징하는 자신의 본명을 사용하지 못하고 '조단풍'이라는 가명을 사용할 수밖에 없었다. 조영숙의 아버지는 미8군 무대에서 가수로 활동했기 때문에, 그 역시 한국의 이름을 사용하지 못하고 '리틀 빅 조'라는 영자이름을 가명으로 사용할 수밖에 없었다. 이는 단순히 집안의 내력을 기술하는 것 같지만, 문제는 그리 단순하지 않다. '조단풍'과 '리틀 빅조'라는 이름엔, 가명을 사용할 수밖에 없었던 할아버지와 아버지의 사정에는 우리 대중문화가 겪어야만 했던 사회·역사적 굴곡이 내재되어 있다. 할아버지의 가명에는 개화기 당시 지배 이데올로기였던 유교문화에 의한, 아버지의 가명엔 50년대 한국 사회의 지배 세력이었던 미국의 문화제국주의의 그늘이 짙게 드리워져 있다. 따라서 조영숙의 본명 사용을 주장하는 것은 개인적 차원에서 주체성을 형성하는 것을 넘어서 한 개인의 삶을 억압하는 지배이데올로기로부터의 해방을 상징한다. 조영숙은 본명을 사용함으로써 역사적으로 우리 대중문화의 어두운 그늘이었던 권위적 가부장제 및 서구의 문화제국주의와의 결별을 시도한다. 뿐만 아니라 현대 사회의 상업 자본주의로부터 '탈주'하여 대중문화의 주체로서 당당히 나서고 싶은 자부심과 긍지의 실천적 양상이라 할 수 있다.

조영숙의 이러한 욕망은 이건후로 대변되는 상업자본주의 논리와 조영숙 자신의 주체성과 정체성을 지키려는 의지가 부족하여 좌절된다. 이건후는 조영숙이라는 이름의 이미지를 '한 세대 전의 아주머니, 돼지우리에 쌀뜨물을 부어주는 여자, 생선 대가리를 칼로 내리치는 여자, 머리에 썼던 흰 수건을 쓰고 배추를 다듬는 여자'로 규정한다. 조영숙 노래가 아닌 조영숙의 이미지를 팔기로 한 이건후는 '삼류'와 '일상'의 이미지를 연상시키는 이름 조영숙을 세련된 다른 것으로 바꿀 것을 조영숙에게 강력히 요청한다. 뿐만 아니라 조영숙 역시 욕망만 앞설 뿐 자신의 이름을 지키기 위해 어떠한 대책을 마련해 두지 못한다. 오히려 조영숙은 이름 문제가 제기될 경우 '김서정'이라는 이름을 타협안으로 준비해두고 있었던 것이다. 이 또한 주체적 작명이 아닌, 지운의 도움으로 알게 된 원로가수의 이름이었다. 자신의 주체성을 지키기 위해 본명을 사용하려는, 그럼에도 불구하고 오히려 가명을 미리 준비한 조영숙의 이러한 모순된 행동 속에는 조영숙의 무의식 속에 상업자본주의를 넘을 수 없는 벽으로 규정했음을 알 수 있다. 결국 조영숙의 패배는 이미 예정된 것이었다.

조영숙을 김서정으로 변모시킨 이건후는 자신의 의도대로 김서정의 이미지를 형성시키는 행동에 가속도를 붙인다. 이러한 속도는 파시스트적 속도를 방불케 한다. 이건후는 계약서와 계약금을 명분으로 내세워 조영숙에게 곧바로 성형을 강요한다. 김서정으로 이름이 바뀜으로써 이미 주도권을 상실한 조영숙은 성형에 대한 극단적 반감에도 불구하고, 이건후에 대한 저항을 포기한다. 결국 조영숙은 이름뿐만 아니라 외모 역시 성형을 통해 자본주의 사회에 적합한 이미지인 김서정으로 재탄생된다.

"3월 9일이에요. 역삼동에 있는 지현 성형외관데 아침 열시에 예약해 뒀어요. 일단 진찰한 다음 수술 날짜를 잡겠대요."

"성형외과라니요?"

영숙은 그들이 무슨 말을 하는지 이미 알았다. 그래서 반문하는 목소리는 비명을 지르는 것 같았을 것이다. 이건후는 놀라는 영숙이 더 이상하다는 듯한 시선을 보냈다. 완강한 나무둥치 같은 표정이었다.

"그럼, 그 얼굴로 사람들 앞에 서려 했어? 아까 말했잖아. 목소리와 키만 빼고 다 바꿔야 한다고. 의사와 의논해서 눈, 코, 잎, 턱, 어디든 필요하다고 생각되는 곳은 다 고쳐."

영숙은 그때 처음으로 무언가 잘못되어가고 있다고 생각했을 것이다. 이런 관계, 일방적으로 명령하고 거기에 복종하고, 매사를 조종하고 맥없이 조종 받고, 그런 관계를 성립시키는 계약을 한 것은 아니었다. 이런 식으로 한 인간을 마음대로 뜯어고쳐도 된다는 계약을 한 것은 더욱 아니었다.

그때 더 완강하게 거절했어야 했다. 그 관계에 대해 다시 한 번 생각해보고, 필요하다면 그 자리에서 뛰쳐나왔어야 했다. 그럼에도 영숙은 그러지 못했다. 이미 방향을 바꿀 수 없는 기세로 물줄기가 흘러가고 있다는 느낌, 이미 출발한 고속전철에 타고 말았다는 느낌. 더 솔직히 말하면 돈 때문이기도 했다. 이건기획에서 받은 계약금은 이미 새언니의 손으로 넘어갔고 새언니는 그 돈의 일부를 쪼개어 주택청약예금을 들었다고 했다. 남은 돈이 있다 해도 그것은 물에 풀리는 가루처럼 생활비로 쪼개져 나갈 것이다.

그때 영숙이 선택할 수 있는 것은 하나였다. 이왕 시작한 거, 가는 데까지 가보자. 그리고 최선을 다하자.*

이건후의 강요에 의해 억지로 병원에 들어선 조영숙에서 성형외과는 긍정적인 측면만 부각된다. 우선 같이 대기하고 있는 환자들의 성향이다. 이들은 상업 자본주의의 논리에 희생당한 성형 중독자들이 아니다. 한명은 젊은 여성으로 화상으로 입은 얼굴의 흉터를 제거하여 예전의 피부를 찾으려는 재건 성형의 대상자이다. 성형은 미용 성형과 재건 성형으로 나뉜다. 인간에게 있어 젊고 아름다움에 대한 갈망은 보편적 욕망이다. 사람들은 일반적으로 젊고 아름다웠을 때의 모습만을 진정한 자신의 모습

* 김형경, 위의 책, 138-141쪽.

이라고 생각한다. 그리하여 세월의 흐름 때문에 필연적으로 생겨날 수밖에 없는 육체의 쇠퇴는 '자신'이라고 생각하지 않는다. 즉 자신이 생각하는 자신의 모습과 현실의 모습 사이의 괴리가 생긴 것이다. 그래서 현재의 늙고 추한 모습을 거부하고 성형수술을 받음으로써 '자신'의 정체성을 회복하려고 한다. 이는 개인 욕망을 충족시키기 위한 성형으로 '미용성형'이라고 한다. 미용성형의 대다수는 획일화된 이미지를 조장하는 미디어가 외모를 바꾸고 싶은 욕망을 부추김으로써 행해지기에 노엘 샤틀레는 이를 '광적인 것', '세기말적인 사회 현상', '과도함' 등으로 지칭하며 부정적 입장을 취한다.* 반면 재건성형은 '개인 생존을 위한 성형'으로 긍정적 성향의 성형이다. 화상 등으로 인한 흉터, 타고난 기형 등의 외모로 인한 생의 고통을 더 이상 견딜 수 없을 때 최종적 결정으로 선택하는 성형이다.** 이 경우 성형은 환자의 삶에 새로운 가치를 부여한다. 조영숙이 성형 수술을 받기 위해 병원에서 대기하고 있을 때 만난 환자인 이 젊은 여성에게 성형수술은 화상을 당한 여성이었다. 그 여성이 받고자 하는 성형수술은 예전 자신의 얼굴을 찾기 위한, 그리하여 예전의 자신감과 삶을 되찾으려는 수단으로, 이는 성형의 가장 바람직한 예, 즉 재건 성형에 해당한다. 반면 조영숙은 미용 성형을 통해 타인들로 하여금 욕망을 부추길 대상이 되기 위해 그 자리에서 대기하고 있었다. 그러나 조영숙은 자신의 상황을 망각한 채, 그 젊은 여성 환자를 보며 자신 역시 그 젊은 여성처럼 성형을 통해 새로운 가치를 부여받을 것을 기대하게 된다. 다른

---

* 노엘 샤틀레, 박은영 역 『맞춤 육체』, 사람과 책, 2002, 16-108쪽 참고.
** 노엘 샤틀레, 위의 책, 28쪽.

환자는 육군 사관학교에 진학하려는 남학생인데 얼굴 흉터가 면접에 장애를 줄 것 같아서 수술을 받으려 하는 고등학생이다. 이 또한 미래의 꿈을 성취하기 위한 건전한 욕망에서 기인한 예이다. 여기서 주목할 점은 성형 의사의 태도이다. 성형 의사 역시 이윤만 생각하여 상술에 물든 장사꾼이 아니다. 성형외과의는 '아이처럼 환한 웃음'을 지을 줄 알 뿐만 아니라, 잘 보이지 않는 흉터로 고민하는 고등학생에게 수술은 필요 없으며 성형수술 없이 반드시 합격할 것이라는 확신을 줄 줄 아는 '좋은' 성형외과의사였다. 조영숙은 위의 세 가지 상황을 관찰한 후, 이러한 특수한 상황을 보편적 사실로 일반화시키는 오류를 범한다. 자신의 성형이 자신의 삶에 새로운 가치를 부여해주고, 미래의 꿈을 성취하기 위한 건전한 욕망에서 기인했다고 착각하게 된다. 성형 외과의사 역시 만일 미래의 꿈을 성취하는 데 방해가 되지 않을 외모이면 그냥 집으로 돌려보내 줄 것이라는 기대감과 안도감을 가지게 된 것이다. 그리고 성형 수술을 긍정한다.

설사 미적으로 조금 더 낫게 보이기 위해 성형수술을 한들 어떤가. 그렇게 하여 신체적인 콤플렉스를 없애고, 더불어 마음에 져 있던 주름을 펴고 자신감 있게 살 수 있다면 무엇이 문제인가. 정신과 의사들도 성형수술을 권한다고 들었다. 낮은 코 때문에, 거친 피부 때문에 콤플렉스에 시달리는 환자라면 바로 그 콤플렉스를 제거하는 게 가장 나은 방법이라고. 그 일이 누구에게도 해가 되지 않고 더구나 한 사람의 삶을 바꿀 수 있는 일이라면 그게 왜 사람들의 곁눈질을 받을 일인가.*

* 김형경, 『피리새는 피리가 없다1』, 앞의 책, 138-141쪽.

미용 성형에 대한 욕망은 외모 지상주의를 강조함으로써 이윤을 추구하려는 자본의 논리가 만들어 놓은 광기이다. 자본주의 사회는 성형을 강력하게 권하고 있으며, 성형만이 '나를 환하게 하는 행복'을 가져다 줄 수 있을 것처럼 광고한다. 보드리야르는 육체와 관련된 자본주의의 속성을 '현대는 노골적이지는 않지만 체계적으로 육체를 억압하고, 세습 유산처럼 관리한다'고 규정한다. 그리고 이러한 허상적 신화 이면에 의료계의 상술이 뿌리 깊게 관여되어 있음을 지적한다. 즉 성형에 관한 개인의 욕망은 자본을 축적하기 위한 수단으로 사회에 의해 조직적으로 조장되는 것이다.*

조영숙은 성형을 받음으로써 스스로 상업 자본주의 메커니즘의 일부가 된다. 즉 자신 스스로가 소비를 창출하는 이미지가 됨으로써, 소비자의 소비활동을 부추기고 성형수술을 부추기는 하나의 시뮬라크르가 된 것이다. 조영숙은 스스로 대중매체가 규격화한 외모에 결핍된 부분을 고침으로써 스스로가 또 하나의 규격과 표준이 된 것이다. 조영숙의 노래가 아닌 김서정의 외모와 이미지에 매료된 대중들은 조작된 김서정을 선망하면서 결국 성형을 결심하게 될 지도 모른다. 뿐만 아니라 조영숙은 성형을 받아들임으로써 상업 자본주의의 메커니즘의 일부로 재탄생한 김서정에 대한 반성보다는 '자신감'이라는 이름으로 성형을 미화하며 긍정한다. 더 나아가 성형에 대해 무조건 반대하는 사람들을 '신체발부는 수지부모'라는 유교적 덕목을 맹신하는 시대착오적 인물로 매도하기까지 한다.

이어 조영숙은 이건후의 결정에 의해 춤을 배우고 살을 뺌으로써 자신의 몸매를 성형한다. 그리고 작곡가에 의해 음반 제작자에 의해 자신의 이미

---

* 노엘 샤틀레, 『맞춤 육체』, 앞의 책, 362-333쪽.

지와 분위기, 노래에 이르기까지 '조영숙'이라는 정체성을 상실한 채 꾸며진 허상의 이미지인 '김서정'으로 재탄생한다. 허구적 이미지를 조작하는 상업 자본주의의 이 모든 관리 체계는 언론에 발표할 신상명세서에 이르러 완성된다. 이건후는 조영숙으로 살아온 삶과 가족관계 등 조영숙의 모든 것을 매몰시키고, 부유한 집안에서 아쉬울 것이 없이 자란 외동딸인 김서정이라는 가상 인물을 만들어 낸다. 김서정은 이름에서 외모, 그리고 가족까지 완벽하게 세팅되어진 채로 세상에 하나의 이미지로 내던져 진다.

음반이 나오던 날, 이건후는 영숙에게 몇 장의 종이를 내밀었다. 그것은 신인가수 김서정의 데뷔 앨범에 관한 보도 자료와 신상명세서였다. 신상명세에는 키 몸무게 나이 학력, 그런 객관적인 사실들과 성격 취미 특기 그런 주관적인 것들이 적혀 있었다. 취미는 스키와 볼링, 특기는 무용과 작사, 성격은 조용하고 얌전한 편. 그것들을 보며 영숙은 조금씩 얼굴이 굳어졌다. 스키나 볼링을 해 본 적이 없고 자신의 성격이 얌전하다고 생각해 본 적도 없었다. 그러나 정작 몸을 굳게 한 건 가족관계였다. 김서정은 사업을 하는 아버지를 둔, 화목한 가정에서 자란 외동딸로 되어 있었다. 신상명세를 읽다 말고 영숙은 이건후를 건너다보았다. 그러나 이건후는 영숙보다 더 차고 딱딱한 얼굴을 했다…….

"내가 시키는 대로 하기로 했지? 난 이미지를 파는 거야. 내가 파는 건 가수 김서정의 노래가 아니라 그 이미지야. 김서정의 노래, 김서정의 얼굴, 김서정의 웃음, 김서정의 동작 하나하나……. 그 모든 것이 모여 김서정이라는 이미지가 되는 거지. 이 신상명세도 가수 김서정의 이미지 가운데 하나일 뿐이야."*

* 김형경, 『피리새는 피리가 없다』, 282쪽.

지금까지 조영숙의 이름, 외모, 음악 등 모든 정체성이 말살되고 팔기 위한 상품인 김서정으로 재탄생되는 과정을 살펴보았다. 언더그라운드 가수로서 조영숙은 '가슴 속에 들어앉은 응어리를 쏟아내기 위해' 노래를 불렀고, '몇몇 엘리트에 의해 조작된 대중매체에 움직이는 세상'에 분노했다. 그리고 '그 불합리함을 개선'하기 위해 대중문화산업에 뛰어들었다. 그러나 이미 타락된 세상에서 타락한 방법으로 세상을 구하려고 한 조영숙의 혼의 방랑*은 그 출발 선상에서 상업 자본주의의 논리와 방법에 굴복하였음을 볼 수 있다.

조영숙에 굴복을 가속화시키는 것엔 조영숙 개인의 한계뿐만 아니라 이윤추구를 목적으로 하는 이건기획과 타인에 대한 지배욕을 가진 이건후, 그리고 삐삐로 상징되는 정보화 사회의 도구 및 상업자본주의의 허상을 구축하는 데 지배적 역할을 담당하는 언론이 그 배후에 있다. 이건후는 삐삐를 조영숙에게 주면서 언제나 필요할 때마다 호출한다. 삐삐는 조영숙이 노래를 부르거나, 아버지의 병실에 있거나, 자신이 사랑하는 사람인 혁진과 함께 있는 동안 등등 모든 사적 영역에 개입하여 조영숙의 행동을 통제한다. 또한 조영숙은 김서정으로 데뷔를 하기 위해 한 첫 인터뷰 과정에서 언론의 거짓된 실상을 몸으로 체험하게 되고, 매스컴이 만들어 유포하는 대중문화의 메커니즘을 비로소 실감하게 된다. 이건기획과 삐삐 그리고 언론을 통해 조영숙은 상업자본주의에 굴복하고, 시간이 흐를수록 그것을 현실로 수용하게 된다. 그리고 자신도 김서정이 되어, 팔기 위한 이미지를 만들어내고, 거짓으로 스스로를 위장할 줄도 알게 된다.

* 루시앙 골드만, 이춘길역, 『계몽주의 철학』, 지양사, 1985.

영숙은 말하면서 유리창 너머의 이건후를 바라보았다. 음반을 팔기위한 프로모션 전략이었다는 사실을 말해서는 안 된다는 걸 영숙은 이제 받아들이고 있었다. 그것이 세상이라는 것을. 세상에는 맑은 개울도 있고 탁한 하수구도 있고, 밝고 환한 양지도 있고 어둡고 습한 음지도 있었다. 그것이 당연하다는 걸 받아들였다. 가슴 속에 산을 품고, 그 산이 흔들리지 않도록 마음을 단단히 고정시키면서. 이건후의 굳은 얼굴에 희미한 웃음이 깃들었다.*

데뷔를 결심하는 과정에서 조영숙은 대중가요가 문화산업이기에 음악에 관한 환상을 가지면 안 된다는 사실을 애써 외면하려 한다. 그러나 가수로 데뷔하기 위한 일련의 과정을 겪으면서 결국 대중문화가 '탁한 하수구'이고, '어둡고 습한 음지'라는 것, 그것이 세상이라는 현실을 수용할 수밖에 없게 된 것이다. 그럼에도 불구하고 조영숙은 가슴 속에 '산'을 품는다. 그러나 이미 모든 환상이 깨어진 곳에 존재하는 조영숙의 '산'은 그 실체가 불분명하다. 결국 상업 자본주의의 논리 및 이데올로기를 대변하는 이건후는 자신의 승리를 인지하고, 미소를 짓는다.

3. 성형의 귀결 : 저항에서 투항으로

1) '문화산업'이 된 '대중문화'

언더그라운드 가수 조영숙은 신인가수 김서정으로 재탄생된다. 이 과정을 주도한 것은 이건후로 대표되는 상업 자본주의이다. 이들은 돈을 벌기 위한, 조영숙이라는 수단을 이미 잘 짜여진 변신 각본에 의해 팔기 위한

---

* 김형경, 『피리새는 피리가 없다』, 앞의 책, 93쪽.

상품인 김서정으로 변모시킨다. 즉 이건후는 조영숙의 얼굴과 몸매 등의 외모에서부터 이름, 노래의 분위기 및 신상명세서에 이르기까지 총체적 성형을 감행하여, 실제 존재하는 인물인 조영숙과는 전혀 다른 인물인 김서정을 팔기 위한 상품, 이미지로 만들어낸다. 조영숙은 자신의 정체성을 형성하고 있었던 것들 하나하나를 약탈당할 때마다 미약하나마 저항을 시도하나, 그 모든 말과 행동들은 무시당하고 묵살 당한다. 결국 적극적으로 저항하지 못하고, 소극적 저항 및 묵인에 의해 완성된 신인 가수 김서정은 바뀌어진 자신의 모습에조차 소극적 수긍을 할 뿐 결코 긍정하지 못한다. 결국 조영숙도 김서정도 아닌 채 정체성을 상실한 어떤 존재가 세상에 부유한다. 주체적 선택에 의한 성형이 아니고, 자본주의 사회에 의해 강요된 성형이기에 외면과 내면 사이의 심각한 균열은 이미 예정된 수순일 뿐이다.

우선 조영숙은 자신의 대중가요에 관한 꿈과 소망을 포기한다. 언더그라운드 가수였던 조영숙은 자기가 하고 싶은 노래를 통해 가슴속에 들어앉은 응어리를 분출하고 승화시켰다. 사막 같은 삶 속에서 울분과 설움으로 답답함을 느낄 때, 그 답답함으로부터 탈출할 수 있는 유일한 수단이 바로 노래였다. 조영숙은 자신에겐 '천명'인 노래를 통해 자신뿐만 아니라 질박한 삶을 살아내고 있는 대중과 교감을 꿈꾼다. 조영숙은 대중과 노래를 통해 감동을 나눔으로써, 진정한 자기만족에 이르고자 하는 음악가였다. 그러나 어려운 생계로 인해 '냉소와 자포자기의 어두운 그림자를 재생산'하는 언더그라운드 음악에 한계를 가져 신인가수로 데뷔하라는 이건후의 제의를 수용하게 된다. 이건후는 조영숙에게 끊임없이 음악에 대한, 문화에 대한 환상을 깨라고 훈계한다.

"24시간 편의점에서도 카세트테이프를 팔지. 그게 무슨 뜻인지 아니?"

그게 무슨 뜻인지 알기는커녕, 영숙은 24시간 편의점에서 카세트테이프를 판다는 사실도 처음 알았다. 그러고 보니 계산대 옆에는 껌이며 립스틱과 함께 책과 카세트테이프들이 진열되어 있었다. 많은 양은 아니지만 최신 곡들을 중심으로, 베스트셀러 위주로 구비되어 있었다.

"대중음악은 이제 생필품이라는 뜻이야. 컵라면이나 커피, 샴푸나 치약처럼. 또한 모든 문화는 일종의 산업이라는 뜻이기도 하지. 의류업이나 식품업처럼." … (중략) … "무슨 얘기냐 하면, 음악에 대한 환상을 깨라는 거야. 대중음악은 대중을 위한 하나의 상품일 뿐 그 이상도 그 이하도 아니야."

영숙은 그저 커피를 마셨다. 대중문화는 산업이고, 음악은 상품이었다. 알고 있었다. 알면서도, 전폭적으로 수용하지는 못했다. 그런 영숙의 마음을 읽기라도 하듯 이건후는 틈날 때마다 영숙에게 문화는 산업이라고 강조했다.*

대중문화의 생산물과 생산과정을 논하는 '문화산업론Culture Industry'은 1944년 호르크하이머와 아도르노에 의해 발표된 논문으로, 프랑크푸르트 학파 대중 문화론의 지적 원류라고 할 수 있다. 이들은 '문화산업론'을 통해 대중 사회를 전체주의의 온상으로 바라보며, 1차 대전 이후 독일을 비롯한 서구 사회에서 사회주의 혁명의 실패와 파시스트 정권의 출현의 기제를 설명한다. 원래 '문화산업'이라는 용어는 '대중문화Mass culture'라는

---

* 김형경, 위의 책, 202-203쪽

용어를 대체한 것이다. 그러나 '대중문화' 라는 용어에 대중의 자발성이라는 점이 내포되어 있기에, 프랑크푸르트학파는 '문화 산업' 이라는 용어를 사용함으로써 '문화의 사이비 개인화' 와 '표준화', '판매촉진의 합리화' 등의 상업 자본주의의 논리를 강조한 이들의 문화산업론에 의하면 권력과 재산의 분배를 담당하고 있는 '주체Self' 들은 소유권과 통제를 집중할 수 있는 내적 힘을 갖추며, 이러한 현상을 유지하기 위해 경제적·정치적·문화적 수단을 이용한다. 따라서 예술은 상품이 되고, 미디어와 공도 등은 새로운 미적 기준을 결정하여 유포한다. 이렇게 해서 대량 생산된 예술품, 즉 산업화된 문화를 통해 현대인은 자신의 정체성을 발견하게 된다. 마르쿠제가 말하는 것처럼 인간은 '그들의 자동차, 하이파이 건축, 주택, 부엌세간 등의 상품을 통해' 자신을 형성하게 된 것이다. 대중은 이렇게 위로부터 강요된 문화, 표준화된 문화를 무비판적으로 수용함으로써 그들의 이윤을 재창출해 준다. 그리하여 문화산업은 문화적 표현을 상품화하는 수단으로 궁극적으로 자본주의의 지배를 영속화한다. 이건후는 지금 자신들이 하고 있는 일은 바로 산업화된 문화, 이윤을 창출하기 위한 문화임을 주장한다. 미디어를 통해 대중에게 전달되는 대중가요는 조영숙이 주장하듯 '천명' 도 '승화' 도 아닌 단순히 팔기 위한 상품임을 강조한 것이다. 그와 같은 이건후의 견해에 결국 조영숙은 투항한다.

호출기를 가방에 넣으며 영숙은 숨을 골랐다. 세상살이가 늘 뜻대로 되는 것이 아니듯, 또한 마음대로 살아도 되는 것이 아니었다. 이미 물길을 잡아 흐르기 시작한 물줄기를 벗어나는 방법은 하나뿐이었다. 거센 흐름을 역류할 힘을 갖는 것,

역류하다가 완강한 흐름에 부딪쳐 깨어질 각오를 하는 것. 영숙은 그런 힘과 용기가 있는가 자문했다. 오래 생각할 것도 없이, 마음이 두 손을 들고 투항했다.*

상업 자본주의에 의한 문화의 대중화와 산업화의 거센 흐름은 조영숙과 같은 한 개인의 힘에 의해 저지되거나 바꿀 수 있는 것이 아니다. 한 개인이 사회의 구조적 모순에 저항하고자 하면 장 보드리야르가 주장하듯 테러 외엔 별 다른 방도가 없다.** 그러나 테러는 필연적으로 파괴와 응징이 따르기 마련이다. 즉 '거센 흐름을 역류하다가 완강한 흐름에 부딪쳐 깨어질' 수밖에 없는 것이다. 그러나 영숙은 스스로 그런 힘과 용기가 있지 않음을 너무나 손쉽게 인정하고 상업 자본주의의 구조에 편승하게 된다. 몇몇의 자본과 엘리트에 의해 움직이는 세상에 대해 '분노하고 그런 불합리함을 개선하기 위해 노력' 해야 한다던 초기의 다짐은 이미 사라졌다. 그 빈 공간에 영숙은 거짓과 허위의 사실을 진실로 가장하여 스스로 자신의 투항을 합리화한다.

발을 디딜 때마다 발목이 진흙 구덩이에 푹푹 빠지는 듯 다리가 무거웠다. 어깨에는 소금가마를 한 짐 진 듯하고 눈꺼풀에는 무거운 추가 달린 것 같았다. 새 앨범이 나온 지 보름째, 하루에 서너 건씩의 스케줄이 있었다. 한 건씩 일을 해낼 때마다 또 한 장의 벽돌을 격파했구나 하는 마음이었다. 아직도 그 일은 어색하고 힘에 겨웠지만 영숙은 이제 이건후에 의해 억지로 떠밀려 간다는 마음은 없었다.

---

* 김형경, 위의 책, 235쪽
** 장 보드리야르, 정연복역, 『섹스의 황도』, 솔, 1993, 94-96쪽

그 역시 영숙만큼 음악에 대한 애정이 있을 것이며, 그 역시 우리 대중문화의 앞

날을 염려하고 있을 것이며, 무엇보다 자신의 경력과 영숙의 활동에 최선을 다하

고 있는 것이다. 환상을 거둬낸 자리가 가벼웠다.*

이건후는 이미 조영숙의 오빠인 조영래를 포함한 자신의 동료를 마약사

건을 조작해 연예계에서 중도 하차시킨 전사前史가 있다. 당시 '바람만이

아는 대답'이라는 노래로 지명도가 있던 가수 조영래(조영숙의 친오빠)는

이건후의 배신으로 인해 마약사범으로 실형까지 치렀다. 이건후는 그들

의 희생을 딛고 가수를 길러내는 이건기획의 사장 자리에까지 오른다. 그

에게는 사람이나 친구, 동료는 존재하지 않았다. 다만 성공과 그로 인한

돈을 보장해주는 사업 수단만이 소중할 뿐이다. 더 이상 교환가치가 사라

진 가수들은 폐기처리 될 뿐이었다. 조영숙은 데뷔를 준비하던 중 오빠

조영래로부터 이건후에 대한 경고를 받았다. 뿐만 아니라 조영숙은 폐기

처분되어가는 가수 구자룡을 기획사에서 만나기도 했고, 그로부터 정신

차리라는 충고를 듣기도 했다. 그럼에도 불구하고 조영숙은 이 모든 충고

및 경고를 무시했을 뿐 아니라, 이건후를 '음악에 애정이 있는 사람', '우

리 대중문화의 앞날을 염려하는 사람', '영숙의 활동에 최선을 다하고 있

는 사람'으로 미화시킴으로써 그와 같은 배를 탄 것에 대해 합리화하고

있다. 결국 조영숙은 기꺼이 김서정이 되어, 상업자본주의의 허상으로 재

탄생되어, 자신의 역할을 충실히 수행하게 된다.

---

* 김형경, 『피리새는 피리가 없다1』, 앞의 책, 101쪽

2) 정체성의 혼란 : 거울이 두려운 낯선 자아

일반적으로 성형은 자신이 생각하는 이상적 자기 모습과 현실의 모습이 일치하지 않을 때 선택하는 수단이다. 성형 수술을 받는 사람들은 일반적으로 수술을 통해 이상적 자아와 현실적 자아가 조화 통합됨으로써 스스로의 정체성을 확립할 수 있을 것으로 기대한다. 그를 통해 자신에 불만을 가졌던 자기 자신과 화해를 함으로써, 자신감을 회복할 수 있을 것으로 기대한다. 뿐만 아니라 때로 성형 수술은 대상자가 성년이 되면서 부친(또는 모친)의 세계로부터의 단절하여 독립적 개체로서 확립하기 위한 통과 제의적 수단으로 사용되기도 한다. 그러나 이러한 생각과는 달리 뜻밖에도 성형 수술은 정체성의 혼란과 자신감의 상실을 가져다주기도 한다. 특히 성형 수술의 동인이 타인으로부터, 외부로부터 강요되었을 경우 존재가 왜곡되는 괴리, 정체성 이상의 것을 상실하는 '죽음의 이미지'를 느끼기도 한다.

『피리새는 피리가 없다』에서 조영숙은 총체적 성형을 감행한다. 이름에서부터 시작해서 외모 및 신상명세서 등 자신의 모든 영역을 성형하여 김서정으로 변모한 조영숙은 스스로의 모습과 이름에 낯설어 하면서 정체성에 혼란을 갖는다. 조영숙은 자신을 김서정으로 부르는 기획사 직원의 호명에 한참 후에야 그것이 자신의 이름이라고 알아차리기도 한다. 뿐만 아니라 조영숙은 성형으로 바뀐 자신의 외모를 현실로 받아들이지 못한다. 이러한 정체성의 위기는 일차적으로 거울에 관한 거부감으로 표출된다.

영숙은 캐비닛 문을 닫으며 손바닥만 한 거울을 들여다보았다. 한동안 저것을 보지 않으리라 다짐했는데도 시선이 거울에 부딪치고 말았다. 거울 속의 다른 사람과 시선이 마주치고 말았다. 아직도 수술자국이 선명한 토끼눈을 하고 목이 깊게 파인 티셔츠를 입은 여자가 있었다. 머리를 틀어 올려 핀을 꽂으며 영숙은 다짐하듯 중얼거렸다. 저 사람이 나야. 이제는 저 사람에게 익숙해져야 해. 그러나 좀 더 시간이 필요할 것이다. 저 얼굴 뿐 아니라 김서정이라는 이름에도.*

　조영숙은 성형외과에서 막 수술을 마치고, 살을 빼고 유연성을 기르기 위해 댄스 강습소에 다니는 중이다. 조영숙은 자신의 진로를 스스로 결정하지 못해 솔개바람 및 다른 사람들에게 견해를 물어서 결정할 정도로 우유부단한 성격을 가졌다. 솔로가수로 데뷔할 결심을 한 이후 미리 예상한 변화 과정임에도 불구하고 사사건건 질질 끌려가듯 힘겨워하던, 부적응자였던 조영숙이었다. 수술로 변해버린 자신의 모습을 볼 용기가 없어, 거울을 보지 않으려 결심하는 임시방편적 현실 도피의 태도를 지니는 조영숙이었다. 그러나 결심한 것과는 달리 본능적으로 자신의 모습을 보게 된다. 그리고 돌이킬 수 없는 현실에 '익숙해져야 함'을 다짐하듯 중얼거리며 자기최면을 건다. 그러한 노력에도 불구하고 조영숙의 거울에 대한 거부감은 공포감으로 확대된다. 거울은 그리스·로마 신화시대엔 '비춰진 자신에 대한 자각' 및 '죽음'으로 상징되기도 하고, 오스카 와일드의 「도리안 그레이의 초상」에서는 '무의식적 심리의 억제할 수 없는 본능적 이미지' 등을 상징하기도 한다. 이후 낭만주의자들에게 거울은 반향, 타락, 내부 주시 등 인간의 근저에 존재하는 내면성을 드러내는 데 주로 사

* 김형경, 위의 책, 134쪽.

용되고, 근대에 와서는 선과 악의 형이상학적 대치 및 현실의 왜곡 등 환상과 허상적 세계를 드러내는 주된 모티프로 활용된다.* 조영숙의 거울에 대한 두려움의 표면적 원인은 정체성의 혼란이다. 그러나 보다 근본적 원인은 다른 곳에 있다. 조영숙은 거울을 통해서 자신의 내면적 자아, 즉 세속적 성공을 욕망하는 자신의 모습을 보게 될까봐 두려워 한 것이다. 조영숙은 마침내 거울을 통해 자신의 내밀하면서도 음험한 욕망을 마주하게 된다.

영숙은 그대로 앉아 맞은 편 거울을 바라보았다. 거울을 향해 다리를 벌리고 앉은 여자, 몸통을 중심으로 사지를 활짝 펴고 있는 여자. 그녀의 모습은 볼록거울에 투영된 것처럼 몸통은 둥글고 사지는 가늘었다. … (중략) … 바로 그것이었다. 몸체는 둥글고 사지는 가늘어 보이는 거울 저편의 모습, 바로 그 모습과 같은 욕망이었다.

가난한 아버지와 실패한 오빠에 대한 보상심리에서 이 일을 시작한 게 아니었다. 출구 없는 솔개바람에게 부담을 덜어주기 위해 그룹을 떠난 것도 아니었다. 이건후의 욕망과 전략에 의해 엉거주춤 밀려가고 있는 것도 아니었다. 자신의 욕망이었다. 누구의 욕망도 아닌 바로 자신의 욕망이 자신을 여기까지 몰고 온 것이다. 그것을 인정하는 데 한 달이라는 시간이 필요했던 모양이다. 사지를 벌리고 앉아 있는 모습처럼 욕망이란 저토록 낯설고 아름답지 않은 모습임에 틀림없을 것이다. 영숙은 욕망을 숨기듯 벌린 다리를 슬그머니 오므렸다. … (중략) … 그날

* 아지자 · 올리비에리 · 스크트릭 공저, 장영수 역,『문학의 상징 · 주제 사전』, 청하, 249-250쪽 참고.

무용 연습을 하면서 영숙은 내내 욕망에 대해 생각했다. 자신의 욕망을 마주보아 버렸다는 것, 그것은 열어서는 안 되는 상자를 연 것처럼 공포스러웠다. 자신의 욕망이 얼마나 큰가를 깨달으면서, 욕망은 반드시 그에 비례하는 고통을 준비하고 있다는 사실을 확인하면서 슬그머니 겁이 났다. 욕망이 이루어지지 않을 때는 그 좌절감 때문에 괴롭고 욕망이 이루어지면 그것이 끝 간 데 없이 높아지기 때문에 괴로울 것이다. … (중략) … 영숙은 욕망에 대해 생각했다. 어디까지일까. 이 욕망이 휘몰아쳐 나를 데려가는 곳은. 어디쯤에서 욕망이라는 이름의 맹수 등에서 내려 설 수 있을까.*

거울에 비치고 있는 조영숙의 외모는 성형에 의해 변한 모습으로 '몸통은 둥글고 사지는 가는 여자', '여러모로 남 주기엔 아까운 여자'로 인지된다. 이러한 모습은 상업 자본주의의 이윤추구를 위한 상품으로, 대중문화를 소비하는 소비자들이 선망하는 이미지가 된 것이다. 조영숙은 김서정으로 변모한 것이다. 거울을 바라보고 있던 조영숙은 그 모습 속에서 '낯설고 아름답지 못한' 자신의 욕망에 직면한다. 그리고 그 욕망의 귀결이 성공이든, 실패이든 자신에겐 부정적 영향을 미칠 것임을 인식한다. 라캉에 의하면 실재계에서 인간의 욕망은 제도 및 사회화에 의해 억압된 본능적 욕망의 대용품에 불과하다. 자아가 욕망하는 대상은 언제나 본능적이고 원초적인 욕망의 환유이기에 주체는 언제나 결핍에 허덕인다. 인간이 욕망을 멈추게 되는 때, 그때는 죽음뿐이라고 라캉은 말했다.** 조

---

* 김형경, 『피리새는 피리가 없다1』, 앞의 책, 147-149쪽.
** 라캉, 『욕망이론』, 문예출판사, 1998.

영숙은 거울을 통해서 은폐되어져 있던 자신의 욕망을 직시하게 된다. 그 욕망 역시 근본 욕망의 환유이기에, 그 욕망이 성취되었을 때, 또 다른 욕망이 생겨날 것을 잘 알고 있기에, 영숙은 그동안 언더그라운드 가수로서 느껴왔던 충족감, 자기만족은 더 이상 존재할 수 없음을 인지한다. 욕망이 실패하였을 때의 좌절감 역시 스스로 감당할 수 없음 또한 인지한다. 결국 영숙은 맹수의 등에 올라탄 것과 같은 자신의 욕망과 그 귀결에 대해 두려워한다. 그리고 솔로가수로 데뷔도 하여 욕망의 본게임에 올라서기도 전부터 조영숙은 이미 '욕망이라는 이름의 맹수'로부터 내려 설 지점을 고민한다. 이에 성형에 의해 새로 만들어진 김서정의 패배는 이미 기정사실이 되고 만다.

3) 헐거워진 '푸른 구두'를 벗고 내려온 무대

조영숙은 명성과 부에 대한 욕망으로 솔로 가수로 데뷔할 것을 결심했다. 그러나 상업 자본주의의 메커니즘에 대한 인식의 부족으로 인해 스스로 상품과 이미지로 변화하는 과정에서 적극적으로 순응하지도 저항하지도 못하는 어정쩡한 대응을 한다. 조영숙이 부유하는 동안 기획사, 작곡가, 편곡자 및 녹음 엔지니어, 코디네이터 등에 의해 재탄생한 김서정은 대중문화산업 종사자들 각각이 생각하는 이미지들의 부정합의 결정체가 된다. 이 모든 부정합은 '푸른 구두'의 이미지로 집약된다.

분장을 마치고 자리에서 일어날 때 장미연이 마지막으로 건넨 것은 신발이었다. 굽이 10센티는 되어 보이는 푸른 구도는 영숙의 발에 조금 큰 편이었다. 장미연은

티슈를 몇 번 접어 구두 앞쪽을 메웠고 영숙은 구두에 발을 맞추는 심정으로 그것을 신었다. (중략) 장미연은 이따금 고개를 돌려 영숙의 얼굴을 유심히 바라보았다. 아니 영숙의 얼굴이 아니라 자신의 작품을*

김서정으로 데뷔할 모든 준비가 다 끝나고 첫 번째 방송 녹화를 위한 리허설이 다가온다. 분장을 마치고 코디네이터가 영숙에게 '굽이 10센티는 되어 보이는 푸른 구두'를 건넨다. 영숙은 자신의 발에 '조금 큰 편'인 신발을 교체하지 않고, 코디네이터 장미연의 뜻의 의해 '구두에 자신의 발을 맞'춘다. 분장이 끝난 김서정은 조영숙 자신의 모습이 아니라 코디네이터 장미연의 '작품'에 불과했다.

리허설 무대에 선 영숙은 사회자의 질문에 말을 더듬거리고, 어색한 노래와 춤을 기계적으로 춘다. 실내가 크게 울릴 정도로 피디가 조영숙을 몰아침에도 불구하고 조영숙은 작곡가, 안무가, 기획사의 의도 등이 서로 어긋나는 이미지라는 것을 생각하느라고 정작 노래와 춤에 집중하지 못한다. 결국 '헐렁해진 구두' 때문에 영숙은 주저앉으며 '차라리 잘됐다'고 생각하며 구두를 벗어 들고 무대를 내려서는 것으로 첫무대 데뷔에 실패한다. 자기 욕망의 실체에 대한 자기 검증이 없던, 자본주의 사회의 메커니즘에 대한 이해가 부족한 조영숙의 실패는 처음부터 이미 내정되어 있던 수순이었다. 조영숙이 솔로가수로 데뷔할 것을 결심한 후, '구두를 벗어들고 무대에 내려서는' 행동만이 조영숙이 그동안 모든 과정에서 주체적으로 행한 유일한 행동인 것이다.

---

* 김형경, 『피리새는 피리가 없다1』, 앞의 책, 104쪽.

이후 조영숙은 이건후가 다시 찾아내기까지 잠적한다. 김서정으로 데뷔시키는 데 실패함으로써 자존심이 상한 이건후는 김서정을 내쫓은 피디가 김서정을 출연시켜 달라고 부탁하게끔 김서정을 성공시킬 것을 결심한다. 이후 이건후는 새로운 이미지 즉 현대 상업 자본주의 사회의 대안인 '힘차고, 열정적이고, 평화롭고, 유연하며, 진보적인' 사회 운동까지 상품으로 만들어 김서정을 신인가수로 데뷔시킨다. 한 번의 참담한 실패이후 또다시 성형된 김서정의 모습 속엔 조영숙의 견해가 대폭 수용되지만, 그 역시 상업 자본주의의 메카인 기획사의 수단과 도구일 뿐이다. 이후 김서정의 모든 시간과 생활 방식은 기획사의 정해진 스케줄에 따라 움직이며 지쳐간다. 이건후는 이에 멈추지 않고 김서정의 앞날에 방해되는 솔개바람을 마약사건으로 조작하여 구속당하게 한다. 이는 이전 이건후가 조영숙의 오빠 조영래를 배반한 것과 동일한 방식이다. 조영숙은 솔개바람의 마약사건 배후에 이건후가 있음을 알게 되고 절망한다. 뿐만 아니라 연인이었던 솔개바람 멤버 혁진이 자본주의 사회에서 한 가수가 할 수 있는 저항은 아무것도 없음을 깨닫고 무대 위의 화재 속에서 몸을 피하지 않음으로써 소극적으로 죽음을 택하는 사건이 발생한다. 조영숙은 이를 계기로 가수로서의 모든 활동을 그만두고 솔개바람 멤버인 지운과 결혼하고, 지운의 유학을 핑계로 외국으로 도피함으로써 대중문화 산업에서 자취를 감춘다.

　사회의 구조를 변하게 할 수 있는 동력을 마르크스는 피지배자의 「혁명」에서 찾았다. 그러나 이미 탈근대사회에 진입한 지금 '혁명'을 위해 무산계급의 단결은 불가능하기에 더 이상의 대안이 될 수 없다. 장 보드리야르는 자살과 테러 등을 비롯한 '죽음을 상연' 하는 것이 현 시점에서 유일한 대안이라고 역설한다. 그러나 김형경의 「피리새는 피리가 없다」에서 등장하는 혁진의 죽음은 사고사로 위장한 명백한 자살로 사회학적 죽음임에도 불구하고 사회의 구조적 변화는 전무하다. 즉 혁진의 죽음은 저항이 되지 못하고, 사회 구조적 모순에 적응하지 못한 한 개인의 패배적 죽음에 불과한 것이다. 이러한 귀결은 현대 상업 자본주의의 메커니즘에 대한 작가적 대응의 한계로 보여진다.

4. 성형, 현대 자본주의 사회의 이데올로기를 넘어서

여성이 한 인간으로서 사회적 성공과 자아실현을 통해 사회적 구성원으로서 안정된 정체감을 확립하려는 시도는 여성을 아름다운 외모를 가진 존재로 한정짓는 상업 자본주의에 의해 장애에 부딪치게 된다. 현대 상업 자본주의는 여성의 얼굴 및 몸 전체에 이르기까지 모든 외모를 이윤창출의 수단으로 본다. 거대화된 대중문화를 동원해 아름다움의 이미지를 획일화시키고, 대중 매체를 통해 이미지를 확산시키면서 모든 여성들이 그 표준화된 아름다움을 선망하게끔 조성시킨다. 다이어트 및 운동 등 정상적인 자기 절제와 통제로는 도저히 도달하기 힘든 기준들은 현실에 실제로 존재하는 실체가 아니다. 성형을 통해서 재조립된 이미지에다가 조명 및 거울, 카메라 렌즈 및 컴퓨터 그래픽 등 갖은 장비들에 의해 창조된 이미지들이다. 그러나 상업 자본주의는 대중문화의 소비자들로 하여금 허상과 현실을 구별하지 못하게 착시현상을 조장한다. 소비자들에게 성형이나 현대 장비에 의해 조성된 이미지들은 실제 현실로 인지될 뿐 아니라, 그들의 '잘 관리된 외모'가 궁극적인 성공과 자아실현의 표지로 인식된다. 그리하여 소비자들은, 특히 외모가 경쟁력과 밀접한 관련을 가진 여성들은 대중매체 속의 이미지들과 같은 외모를 선망하고 욕망한다.

현대 사회 여성들은 욕망의 성취를 위해, 궁극적으로는 사회적 성공을 위해 성형을 하고, 다이어트 및 운동을 통해 자신의 몸을 통제한다. 그러나 문자 그대로 '뼈를 깎는' 고통에도 불구하고, '미'를 향한 욕망은 지속적으로 환치되며 증폭된다. 정체성을 확립하고 자신감을 얻으려고 시작된 육체에 대한 통제가 오히려 정체성을 위협하고, 자신감을 상실하게 한다. 변해버린 자신의 모습에 만족하든 안하든 여성들은 일단 성형과 다이어트에 발을 내딛는 순간, 더 예뻐지기 위해, 그리고 표준화된 몸 즉 키 170cm에 45kg의 몸무게를 유지하기 위해 지속적으로 자신을 통제해야만 하는 늪에 빠지게 된다. 라캉의 지적대로 오직 죽음만이 자아의 욕망을 멈출 수 있다. 그 결과 여성 개인은 정체성의 혼란 및 무력감 그리고 경제적 손실이라는 문제에 직면하게 된다.

사실 많은 여성들은 외모로 인해 자신들이 겪는 고통이 현대 상업 자본에 의해 조장된 구조적 모순임을 정확하게 알고 있다. 어떤 여성들은 현대 사회의 지나친 외모 중시 풍조나 여성을 외모로만 평가하는 분위기에 대해 개인적으로는 반발심을 느끼기도 하고 사회의 기준에 맞춰야 한다는 사실에 허탈감을 표현하기도 한다. 그러나 그들조차도 현대 사회에 표준화된 미의 기준에 지나치게 미달되는 자신의 모습에 구애받지 않으면서 자신 있게 잘 살 수 있는 대안은 없다고 생각한다. 성형을 비롯한 외모의 문제는 개인의 선택에 한정된 문제가 아닌 현대 사회의 구조적 모순에서 배태된 것이기 때문이다. 현대인들 특히 여성들은 공적 영역뿐만 아니라 사적 영역에서의 모든 관계에서 외모로 인해 발생하는 시선들의 폭력 속에서 기본적인 자신감마저도 상실되는 위기의식을 느끼게 된다. 그리하여 상업 자본주의의 메커니즘을 비판하면서도 외모 관리의 당위성을 개인적으로 합리화하면서 수용하게 된다. 이러한 구조적 모순으로 인해 현대인들은 상업 자본주의라는 현대 사회의 지배이데올로기가 개인 육체에 행하는 '통제'를 내면화하고, 지배 권력에 대한 저항력을 상실한 순응적 인간으로 사회화된다.

김형경의 「피리새는 피리가 없다」는 이러한 무력감과 패배주의적 의식의 산물이다. 김형경의 거의 모든 소설에서 나오는 주인공들은 비대한 자의식을 소유한 반면 행동은 언제나 소극적이고 수동적 인물로 설정된다. 그리하여 대다수의 주인공들은 스스로의 문제를 능동적으로 대처하지 못해 낭패를 겪고 파멸된다. 그러나 김형경의 장편 「피리새는 피리가 없다」에서 설정된 조영숙이라는 인물의 패배의 원인은 단순히 개인의 내적 성향에 있지 않다. 작가는 인물 조영숙이라는 자아의 정체성을 혼란시키고 종국에는 그녀의 사랑까지 상실하게 하는 것은 조영숙 자신의 개인의 내적 성향이 아니라 이건 기획 및 대중문화 메커니즘으로 대변되는 상업 자본주의라는 현대 사회의 구조적 모순이라는 점을 분명히 하고 있다.

여성들이 아름다움을 위해 돈을 지불하고, 자신들의 아름다운 육체를 상품화하는 사회적 구조는 동, 서양을 막론하고 오랜 전통을 가지고 있기에 더 이상 새로운 것이 아니다. 그렇다면 외모 지상주의의 구조적 악순환에서 벗어날 수 있는 대안은 없는 것일까? 이에 대한 「피리새는 피리가 없다」에서 확인할 수 있는 김형경의 대답은 'No' 이다. 조영숙은 숨겨진 내면적 욕망이야 없진 않았지만, 대중 매체 및 대중문화의 구조적 모순에 저항할 투지는 무참히 꺾인다. '성난 얼굴로 돌아보라' 를 부르며 자본주의 사회를 향한 분노를 표출하던 혁진 역시 사고사로 위장한 명백한 자살로 생을 마감한다. 혁진의 사회학적 죽음에도 불구하고 자본주의 사회의 구조적 변화는 전무하다. 오히려 개인 조영숙은 대중 가요계를 떠나고, 상업 자본주의를 대표하던 이건후는 댄스 그룹을 전담하면서 승승장구한다. 「피리새는 피리가 없다」의 무력한 결말이 불만스럽기는 하지만, 그것이 우리가 살아가는 후기 자본주의 사회의 현실의 실체라는 사실을 부인할 수 없다.

그러나 이러한 사회의 구조적 모순과 폭력에도 불구하고 아주 작은 변화와 저항의 움직임이 미미하게나마 전 세계적으로 시도되고 있다. 소수의 도전자들은 현대인들 특히 여성들에게 '외모지상주의' 는 정교한 억압의 논리라는 것을 깨닫고, 외모로 인한 고통에 대해 더 이상 침묵으로 일관하지 않는다. 이들은 대중 매체를 통해 고통을 발설하고, 그 고통의 의미를 파헤치는 저항 담론을 형성한다. 그리하여 신체 억압을 포함한 총체적인 성형에의 고통을 부과하는 사회에 그 본래적 책임 소재를 분명히 하고, 그러한 사회를 변화시키고자 시도한다.

1960년대 말 미국여성들은 여성의 몸을 통제하는 브래지어, 거들, 코르셋 등을 '자유를 주는 쓰레기통' 에 던져 버리기도 했다. 1970년대 말 한국 여성들은 졸업생 모임 및 서명운동을 통해 이화여자 대학교의 '메이퀸 선발대회' 를 폐지시켰다. 1990년대엔 세계 곳곳에서 여성을 상품화하고

미를 표준화시키는 '미인대회'를 거부하여 대회의 개최에 반대하는 대규모의 격렬한 시위가 발생하였고, 결국 공영방송에서 방송 중계를 중지시켰다. 1999년 한국에서는 '안티 미스코리아 페스티발'이 축제 형식의 저항운동으로 개최되기 시작해 지금은 장애인 여성, 노인 여성, 뚱뚱한 여성 등 지금까지 획일적인 기준에 의해 주변화 되었던 여성들의 삶을 통해 다양하고 전복적인 스타일을 공적 담론의 장에 선보인다. 이후 여성 채용기준에 '용모 제한'을 둔 기업을 고발하는 등의 제도적 차원의 노력도 지속적으로 행해진다. 이러한 모든 운동들은 '못생긴 여자들의 몸부림'이라는 편견에 시달리기도 하지만 소기의 성과를 거두고 있다.

현 시대는 외모지상주의의 시대이다. 이러한 사회적 분위기속에서 성형은 더 이상 개인의 선택을 넘어서, 지배이데올로기의 폭력이자 사회 구조적 모순의 한 표상이다. 따라서 성형 지상주의, 외모 지상주의에 대한 대안을 개인의 자신감 및 정체성 회복을 부르짖는 것만으로는 해결되지 않는다. 이는 사회의 구조 및 인식이 변하지 않는 한, 오히려 개인을 파멸시키는 결과를 가져올 지도 모른다. 우리들 각자는 관리 받는 대상에서 박차고 나와서 스스로 삶을 향유할 당연한 권리를 찾아야 한다. 반 외모 지상주의 운동을 통해 건강한 육체를 선호하고, 획일화 서구화된 외모가 아닌 개별적이고 개성적인 아름다움에 관한 인식 전환의 운동을 꾸준히 펼쳐나가야 할 것이다. 이것만이 외모가 경쟁이 아닌 생존의 문제가 되어버린 사회에서 현대인들 특히 여성들이 살아날 수 있는 유일한 방책이다.

'여장남자'의 퀴어 욕망*

― 황병승의 『여장남자 시코쿠』와 트랜스젠더 '하리수'를 가로
  지르다

*이봐, 앨리스, 도대체 너는 (당신)이 몇이니?***

1. 얼굴 없는 미녀

여기 낯선 얼굴들이 출몰하고 있다. 그/그녀들의 출현은 전통적인 이분
법적 체계 자체를 위협한다. 교육으로 철저하게 무장된 젠더에 대한 우리
의 지각은 일순간 혼란에 빠진다. 그들은 미디어의 세상에서 도래했다.
철저하게 은폐되어 있던 그들이 불쑥, 나타난 것이다. 사람들은 우왕좌왕
했고, 그 틈을 타고 소수자들은 슬며시 고개를 내밀었다. 낯선 얼굴들에
게 어떤 이름을 붙여주어야 할 지 세상은 당황했다. 보수적인 지배 이데

---

* 퀴어queer는 성 소수자들을 통칭하는 표현이다. 2007년 7월에도 명동에서 퀴어 축제가 열렸
다. (김지미 「지금─여기의 퀴어가 영화를 만나는 방식」 http://www.cine21.com/Index/
magazine.php?mag_id=47292) 퀴어 행복, 퀴어 영화, 퀴어 후진국 등 이들만의 세계를
지칭할 때 '퀴어'라는 수식어를 붙인다. 기묘하고 괴상하다는 뜻의 퀴어는 원래 호모 성향의 동
성애자를 지칭하는 표현이었으나 이후 성 소수자 전체를 포괄하는 고유명사가 되었다. 즉, 기존
의 지배 이데올로기가 규정해 놓은 성적 정체성을 거부하는 것을 일컫는다. 그렇기에 굳이 '퀴어
욕망' 혹은 '퀴어적 상상력'이라고 하는 것은 그들 집단에 대한 억압적 명명일 수 있다. 그럼에
도 불구하고, 그들 스스로 퀴어를 명사화시키고 있기에 그대로 쓰기로 한다. 그리고 논의에서
'퀴어 욕망'이라고 하는 것은, 성 소수자들이 희망하는 모든 것들을 뜻하기로 한다. 이 표현은
지나치게 범박하고 수정의 여지가 있음을 밝혀둔다.
** 황병승 「Cheshire Cat's Psycho Boots_8th sauce ─앨리스 부인의 증세」, 『여장남자 시코
쿠』, 랜덤하우스중앙, 2005. 72쪽. 이하 시 인용은 다른 언급이 없을 경우 황병승의 이 시집에
실린 작품이며, 괄호 안에 시 제목만을 표기하기로 한다.

올로기는 그들의 출현이 두려웠던 만큼 그들을 어떤 방식으로 포섭할 것인지를 고민하기 시작했다.

별천지가 도래할 것을 기대했던 새 세기 앞에 '별난' 양심(?) 선언이 있었다. 그것은 또 다른 의미의 별천지가 도래할 것임을 알리는 경종과도 같았다. 2000년 홍석천이 커밍아웃Coming out* 을 한 것이다. 이후 '동성애자' 홍석천은 사회로부터 철저하게 매장되었다. 미디어는 더 이상 그를 스크린에 담지 않았고, 대중들도 그를 외면했다.

홍석천이 버림받은 자리에 하리수가 나타났다. 2001년 미디어를 통해서 불쑥, 나타난 '여자 보다 더 예쁜 여자' 하리수. 텔레비전 광고**를 통해서, '새빨간 거짓말' (도도화장품 광고 카피) 같은 그/그녀가 나타났다. 매체 속에서 하리수의 첫 등장은 철저하게 여장남자였다. 그것도 '여자보다 더 아름다운 여자' 였다. 언론의 힘으로 그녀가 성공할 수 있었던 것은, 이 사회에 만연한 남성적 지배 이데올로기 덕분(?)이다. 어쨌든 하리수는 성공한 트랜스젠더의 대명사가 되었다.***

---

* coming out of the closet의 약칭. 이런 맥락에서 자신의 성 정체성을 노출한 이후에, 동성애 집단의 활동에 참여하는 것을 가리켜 '커밍 인coming in' 이라고 칭한다.
** 앙리 르페브르는, "광고는 현대성의 시詩"이자 가장 성공한 공연물의 모티브 혹은 변명이 되었다. 그것은 예술·문학, 그리고 사용 가능한 시니피앙들과 내용 없는 시니피에들의 총체를 사로잡았다. "광고는 우리 시대의 이데올로기이다."라고 말한다. 앙리 르페브르 지음, 박정자 옮김, 『현대세계의 일상성』, 기파랑 에크리, 2005. 208쪽.
*** '하리수' 는 고유명사를 넘어 이미 트랜스젠더를 명명하는 보통명사가 되었다. 이때 '여장 남자' 시코쿠가 '하리수' 를 꿈꾼다는 것은, 트랜스젠더와 트랜스섹슈얼리티의 차이에서 비롯된다. 이들은 둘 다 트랜스젠더이다. Transgender는 성격이나 모습, 그리고 행동이 생물학적으로 상반되는 경향을 보이는 성 정체성을 가진 이들을 통칭하는 말이다. 이에 비해, Transsexuality는 이러한 성 정체성을 가진 사람이 '성' 을 성형했을 때를 가리킨다. 본 논의는 이러한 '성' 의 성형에 대한 고찰이다.
**** 브라이언 터너 지음, 임인숙 옮김, 『몸과 사회』, 몸과 마음, 2002, 453쪽.

모든 사회의 생산관계는 욕망관계를 전제로 삼는다.**** 지배 이데올로기는 그 자신을 위협하지 않고, 보다 견고하게 해 줄 상품을 찾게 된다. '당연히' 선택된 것은 홍석천이 아니라 하리수였다. 홍석천은 이성애자인 '지배남성'들을 혼란시키고, 그 내부의 해체를 유도한다. 이에 반해 하리수는 여자 보다 더 여자다운 여자가 되고자 하는 열망을 가지고 있기에 되레 남성적 질서를 견고하게 해 준다. 물론 한때 '남성'이었던 과거를 깨끗하게 잊고 '온전한' 여성이 된다는 조건부이다.

이러한 사회 전반적인 분위기를 타고, 2005년 황병승이 시집 『여장남자 시코쿠』를 들고 나왔다. 중심 담론에서 '감히' 거론할 수 없었던, 아니 어느 누구도 거론할 필요성을 자각하지 못했던 성 소수자의 목소리를 들고 나왔다. 황병승은 퀴어가 아니다. 그러나 퀴어인 지도 모른다. 그가 퀴어인지의 여부는 중요하지 않다. 중요한 것은 시코쿠의 목소리를 들고 과감하게 보수 문단에 등장했다는 것이다. 이것만으로도 '정상' 황병승의 커밍아웃이라고 할 수 있을 것이다. 이를 통해서 비로소 숨어 있던 퀴어들의 상상력과 욕망을 훔쳐볼 수 있게 되었다. 그곳에 '하리수'를 꿈꾸는 많은 시코쿠들이 있다.

2. 시코쿠, 소수자의 외침

성性은 더 이상 은밀하지 않다. 몸에 대한 집착은 미용 성형* 중독을 야기한다. 우리는 이들을 미美의 노예, 미디어의 희생자, 혹은 타자의 시선

---

* 미용성형을 미적 수술aesthetic surgery이라 부르는 이유는 "사회적으로 불필요거나 비의료적이며, 허영의 상징으로 간주"되기 때문이다. 이러한 미용성형은 19세기 초반의 재건 성형과는 구분된다. 샌더 L. 길먼 지음, 곽재은 옮김, 『성형수술의 문화사』, 이소출판사, 2003, 30-38쪽.

에 갇힌 인조인간 등으로 비판할 수 있다. 그러나 성소수자에 대한 가치 판단은 쉽지 않다. 그들은 말 그대로 '퀴어' 존재들이다. 그들의 '성'性 성형을 비판할 수 있는 잣대는 없다. 물론 윤리적인 잣대가 있기는 하나, 그것 자체가 지배 이데올로기의 모순점을 안고 있기 때문에 적절한 잣대가 될 수 없다.

여기 '은밀할 수밖에 없는 성性이 있다. '다른' 성 정체성을 가지고 태어난 이들의 삶은 그 자체로 고통이다. 그러나 그 고통을 표출할 수 있는 곳은 거의 없다. 무엇보다도 그 자신부터 크나큰 혼란을 감내해야만 한다. "거울 밖의 네 얼굴은 꼭 내 얼굴 같구나.(「버찌의 계절」)"라는 시코쿠들의 독백은 회의적이다.

열두 살, 그때 이미 나는 남성을 찢고 나온 위대한 여성 / 미래를 점치기 위해 쥐의 습성을 지닌 또래의 사내아이들에게/ 날마다 보내던 연애편지들 // …… // (쥐들은 왜 가만히 달빛을 거닐지 못하는 걸까) // 미래를 잊지 않기 위해 나는 골방의 악취를 견딘다 / 화장을 하고 지우고 치마를 입고 브래지어를 푸는 사이/ 조금씩 헛배가 부르고 입덧을 하며 // …… // 그대여 나에게도 자궁이 있다 그게 잘못인가/ 어찌하여 그대는 아직도 나의 이름을 의심하는가 // …
— 「여장남자 시코쿠」 부분

(달이 동네 개들을 다 잡아먹었구나 쿵쾅쾅 천장을 달리며 외로운 숙녀 시코쿠) // …… // 6은 9도 된다 // …… // … 외로운 신사숙녀 시코쿠 // …… // (달이 한 뭉치의 구름으로 피 묻은 얼굴을 쓰윽 닦아내고 컹 컹 컹 무섭게 짖어대는 밤!

치마를 갈가리 찢으며 외로운 여장남자 시코쿠 시코쿠 // 감추거나 혹은 드러내거
나 6은 9도 되어야 했으므로 / 나의 옛 이름은 언제나 우스꽝스러웠다.

　—「시코쿠」부분

이 두 편의 시는 황병승의 시집 전체를 관통한다. 기존 시단에서 성 소
수자의 목소리가 반영된 것은 거의 전무했다. 제목에서 알 수 있듯이, 성
적 지향*인 트랜스젠더를 주로 다루고 있다. 즉, "여장남자"의 퀴어 욕망
을 가진 "시코쿠"라는 인물을 통해서 그들의 삶에 대해서 말해준다. 이때
'시코쿠'는 고유명사를 넘어 '시코쿠들'을 통칭하는 보통명사화 된다.
'하리수'가 고유명사를 넘어 보통명사화 되었듯이, 시코쿠 역시 이 시집
에서 트랜스젠더를 통칭하는 용어로 쓰이고 있다.

　시코쿠들은 '하리수-되기'를 꿈꾼다. 선천적으로 부여받은 남성을 뚫
고 여성성이 발견되었을 때의 정신적 혼란은 큰 파장을 야기한다. 남성으
로 살아온 과거를 삭제하고, 어두운 곳에서 "쥐의 습성"으로 견디어야 한
다. 오로지 여성으로 살아갈 미래를 위해서. 그들에게 "옛 이름은 언제나
우스꽝스러"울 뿐이다. 시코쿠는 외친다. "나에게도 자궁이 있다 그게 잘
못인가"라고. 그러나 사회를 지배하는 이데올로기는 "아직도" 그의 "이름

---

* 성적 지향은 트랜스젠더/트랜스섹슈얼을 일컫는 말이고, 성적 취향은 동성애를 일컫는 말이
다. 이 둘의 차이를 이해할 필요가 있다. 즉, 트랜스젠더의 정신적 성은 육체적 성과 일치하지 않
는다. 반면에 동성애자일 경우에는 그 자신의 성적 정체성이 육체적·정신적으로 일치하는 상태
이다. (김경화, 「트랜스젠더와 미디어의 성 정체성 구성」, 부산대 신문방송학과 언론학석사,
2003. 5-6쪽 참조) 그러나 이렇게 쉽게 규정될 수 있는 문제는 아니다. 즉, 트랜스젠더의 성적
지향과 동성애의 성적 취향의 문제는 결코 단순하지 않다. 특히, 동성애를 취향의 문제로 한정시
켰을 때 사회적 혼란은 가중된다. 게다가 이러한 규정 자체가 정상/비정상이라고 하는 지배 이데
올로기의 이분법적 사고에서 발생한 것이기에, 모순을 함의하고 있을 수밖에 없다.

을 의심하"고 있다.

그렇다. "6은 9도" 될 수 있다. 그러나 남자가 여자 '도' 될 수 있을까. 훈육의 동물인 사회적 인간은, 생각만으로도 '해괴망측하다'고 말한다. 정말이지 "외로운 신사숙녀 시코쿠"인 셈이다. "감추거나 혹은 드러내거나 6은 9도 되어야" 하는데, 이분법에 갇혀 있는 세상은 결코 시코쿠들을 용납하려 들지 않는다. "세상의 어떤 노래도 당신을 위로하지 못"(「키티는 외친다」)한다.

> 괜찮아요 매니큐어를 처음 바를 땐 누구나 어색하죠 여자들도 그런 걸요
> ― 「셀프 포트레이트-스물」 부분

> 훔친 누이의 베개를 부둥켜안고 놀았다 꿈에 죽은 외할아버지가 나타나 구걸을 했고 / 사내는 비 내리는 마을 광장에서 누이의 베개를 훔친 대가로 나뭇가지를 먹었다 / 고양이들이 혀를 찼다
> ― 「디스코의 마지막 날들」 부분

"불쌍한 처남"(「불쌍한 처남들의 세계」)들이 산다. 그들에게 "고양이들이 혀를" 찬다, 감히. 그들은 "훔친 누이의 베개를 부둥켜안고" "매니큐어"를 바른다. "여자들도" 처음에는 어색한 법이라고, 스스로 위안을 하면서 여자를 꿈꾼다. 여자를 꿈꾸는 대가로 "비 내리는 마을 광장에서" 손가락질을 받는다. 이때 누군가가 소리친다. "다 그 개자식들 때문이에요, 휘파람 부는 호모들!!"(「혼다의 오五·세계世界 살인사건」) 결국, 광장을 떠

나 밀실로 들어갈 수밖에 없다. 어쩔 수 없이 "별명을"(「핑크트라이앵글 배_盃 소년부 체스 경기 입문_{入門}」) 쓴다. 그들의 이름은 어디에도 없다. 그들의 얼굴과 함께 사려져버렸다.

소년도 소녀도 아니었던 그해 여름 / 처음으로 커피라는 검은 물을 마시고 / 처음으로 나 자신에게 삐뚤삐뚤 엽서를 쓴다 // …… // 뒤뜰의 작은 창고에서 처음으로 코밑의 솜털을 밀었고 / 처음으로 누이의 젖은 치마를 훔쳐 입었다, 생각해 보면 / 차라리 쥐가 되고 싶었다 / 꼬리도 없이 늘 그 모양인 게 싫어 // 자루 속의 친구들을 속인 적도 상처를 준적도 없지만 / 부끄럼 많은 얼굴의 아이는 거울 속에서 점점 뚱뚱해지고 // …
    — 「너무 작은 처녀들」 부분

거울 앞에 서서 어느 코미디언의 한물간 제스처를 흉내 내었다 / 거울 속의 남자가 빨간 루주로 X표를 쳤다 / 방 안 가득 어지럽게 널린 여자의 옷가지들 / 몸을 샅샅이 알아버린 뒤에 / 우리는 쉽게도 서로에게 공포가 되었다
    — 「앵무새」 부분

성전환은 아름다움이나 추함의 문제가 아니다. 그것은 보다 더 미묘한 갈등을 내재하고 있다. 생물학적으로 남성으로 태어났으나, 성 정체성은 여성인 사람들. 그들은 "소년도 소녀도 아"닌 시절을 감내해야 한다. 이러한 성 정체성의 혼란을 안고 살아가기 위해서 때로는 정신병을 가장_{假裝}해

* 이러한 사례는, 노엘 샤틀레 지음, 박은영 역, 『맞춤육체』, 사람과 책, 2002. 283-291쪽 참조.

야 하는 일도 있다. 결국 눈속임으로 살아가야 하는 것이다.* 누구에게도 나서지 못해서 결국 "부끄럼 많은 얼굴의 아이"가 되고, "거울 속에" 갇히고 만다. "광장"을 갈망할수록 광장은 멀어져만 가고, "차라리 쥐가 되고 싶"은 좌절만 남는다. 좀체 세상의 빛은 이들이 가진 빛과 조화를 이루려고 하지 않는다. 이들이 "서로에게 공포가 되"어 세상의 빛을 파괴하려들면 그때서야 보아줄까? 아직까지 이들의 외침은 소통을 생성해 내지 못하고, 고독한 메아리에 그친다.

3. '하리수', 왜곡된 여성성의 양산

몸은 상품이다. 자본의 지배에 놓인 육체는 '아름다움이라는 화폐'**를 제조하고자 한다. 몸은 더 이상 개인의 소유가 아니며, 타인의 시선에 갇히고 만다. 보다 비싼 몸이 되기 위해서 서슴없이 성형을 한다. 몸은 더 이상 신성하지 않다. 끊임없이 육체를 바꿔 입으면서도 두려워하지 않는다. 육체가 바뀌면 정신도 달라지지나 않을까, 따위의 고민은 어리석다고 생각될 뿐이다. 이러한 몸에 대한 집착은 '머리 없는' 광기이다. 모두들 돈과 권력이 요구하는 재단된 아름다움을 향해서 미친 듯이 내달리고 있다. 더 이상 '날 것'의 아름다움은 '없다.' 그것은 환상일 뿐이다. 채워지지 않는 욕망

---

* 발트라우트 포슈는, 몸은 시장의 법칙에 종속되어 있는 상품이라고 말한다. 육체는 교환의 대상이 되고, 이때 육체는 곧 자본이 되며, 아름다움은 화폐가 된다. 그렇기에 오늘날 '아름다움'이란 일종의 경제 시스템으로 작동하게 된다. 그리고 이로 인해서 새로운 사회적 차별이 발생할 수밖에 없다고 주장한다. 발트라우트 포슈 지음, 조원규 옮김, 『몸 숭배와 광기』, 여성신문사, 2003, 233쪽.
** 아름다운 육체는 오염된 육체로 탈바꿈했다. 보드리야르의 지적처럼 의복이 감싸고 있던 몸은, 이제 육체를 몸에 입고 있다. 한때 영혼이 감싸고 있다고 믿었던 육체는 사라지고, 피부-이때의 피부는 화려한 의복, 혹은 기호와 유행의 준거로서의 피부이다-만이 육체를 감싸고 있을 뿐이다. 보드리야르 지음, 이상률 옮김, 『소비의 사회』, 문예출판사, 1991, 189-192쪽.

일 뿐이다. 보드리야르가 선언한 "소비의 가장 아름다운 대상"**으로서의 육체는 이제 없다. 과도한 소비로 인해 오염된 육체만이 남아 있을 뿐이다.

이러한 여성들의 광기를 뚫고 하리수가 나왔다. 그녀는 실재보다 더 실재적인 것을 희구함으로써 되레 실재를 왜곡한다. 한때 '그'였던 '그녀'는 더 이상 '그'가 아니다. 그녀가 꿈꾸는 여성은 보편적인 여성이 아니다. 예쁜 얼굴과 큰 가슴, 그리고 S라인의 몸매가 충족된 여성이어야 한다. 이러한 조건이 충족된 여성만이 그녀가 지향하는 모습이다. 보봐르가 『제2의 성』에서 말했듯이, 더 이상 여성은 태어나는 것이 아니라 만들어지는 것이다. 시코쿠가 욕망하는 여성은 지배 이데올로기의 경계에 서 있다. 아름다움과 추함의 경계를 넘어 정체성의 모호함에 갇혀 있다. 그럼에도 미적 재단의 욕망으로부터 자유롭지 못하다.

너의 얼굴은 온통…… 잘생기고 / 못생기고의 차원이 아니야, 뭔가가 있어, 뭔가 어리석고 역겨운 것이!
—「어린이」 부분

저팔계 여자 벽을 따라 게처럼 걸었죠 귀에는 이어폰을 꽂고 볼륨을 높였지만, 녀석들의 킬킬거리는 소리가 땅 파는 기계처럼 내 몸을 흔들었죠…… / 그러나 더는 울지 않는 여자, 거리의 핌프들에게 심한 모욕을 당한 뒤 방문을 걸어 잠그고 날마다 순돈육 소시지를 먹었다 // …… // 저팔계 여자는 순돈육 자지를 달고 불속을 걸었다
—「에로틱파괴어린빌리지의 겨울」 부분

저팔계 여자는 성 정체성의 문제를 넘어 예쁘지 않기 때문에 여자가 될수 없다. 못 생긴 "얼굴"은 그것 자체만으로도 "어리석고 역겨운 것이"기에, "저팔계 여자"는 "심한 모욕을 당한 뒤 방문을 걸어 잠"근다. 예쁘면 모든 것이 용서되는 세상이다. 그러나 "저팔계 여자"는 못생겼고 게다가 뚱뚱하다. "저팔계"라는 수식어는 그냥 붙은 것이 아니다. 성 정체성의 여부를 떠나서, "저팔계"라는 수식만으로도 "저팔계 여자"는 여자가 될 수 없다. "저팔계 남자"만이 가능하다. 미의 조건을 충족시키기는커녕 "순돈 육 자지"까지 달고 있으니. 결국, 선택할 수 있는 것은 "불 속"으로 들어가는 일 뿐이다. 아름답지도 않으면서 성 정체성의 혼란을 보인다는 것은 '말도 안 된다.' 아름다움이라는 화폐를 가지지도 못한 몸이, 정체성조차 확립하지 못했으니 무슨 '염치'로 산단 말인가.

불 속, 세상 속으로 자신을 내던진 것이 하리수이다. 하리수의 상품성은 예쁘다는 것에 있다. 게다가 미녀는 원래 남자였다.* 세상은 그녀를 '미디어화' 함으로써 예쁘지 않은 여자들을 단죄한다. 결국, 하리수를 내세운 것은 여성의 외모를 전형화 하겠다는 정치적 함의가 작동했던 것이다. 그녀가 가부장적인 질서를 위협하더라도 과거를 잊고 철저하게 여성이 된다면 문제될 것은 없다고 세상은 말한다. 무엇보다 그녀는 "여자였다. 건강하고 빼어난 미모, 긴 머리에 가는 허리, 반달 모양의 눈. 미스코리아들 사이에 섞여도 손색이 없을 정도다. 34-23-35에 키는 168cm"**나 되는, '여자 보다 더 여자다운 여자' 였던 것이다. 그러니 "저팔계 여자"는

---

* 이경, 「하리수, 그 날짜변경선의 코드읽기」, 『소설읽기의 복화술』, 철학과현실사, 2003. 447쪽
** 「일간스포츠」, 2001. 5. 29. 김경화, 앞의 논문. 48쪽. 재인용.

'감히' 여자가 될 수 없을 수밖에. 원래 '남자'였던 여자는 만들어진 자신의 육체로 본시 여자였지만 '여자'가 아닌 것만 같은 여자들을 단죄하기 시작한다. 이것이 하리수를 '채용'한 세상의 음모이다.

늙은 마초macho들! 앞에서 멍청하고 냄새나는 여자애들과 / 시키면 시키는 대로 손잡고 노래 부르던 시절 / 그땐 얼마나 얼굴이 화끈거리던지 그림자에 지나지 않았어
　　—「핑크트라이앵글 배蚤 소년부 체스 경기 입문서門」 부분

눈을 씻고 봐도 죄인이 없으니 / 나라도 표적이 될래요 이름도 창녀로 바꿨죠, 대야미의 소녀 // 이곳은 작은 마을, 그녀는 정육점에서 그럴듯한 유방을 달지는 못했네… // …… // 한때 아무것도 모르는 소년이었을 때, 말이죠 / 마구 벌을 내렸죠. 오로지 용서받고 싶어서…… / …… // 정육점에서 뿌리째 잘라준, 이 쬐꼬만 녀석을 허리춤에 차고는 / 잔뜩 속상한 표정의 사내를 흉내 내곤 하죠, 웃음…… 웃음…… 대야미의 소녀.
　　—「대야미의 소녀_황야의 트랜스젠더」 부분

여성의 섹시함과 모성애를 상징하는 가슴은 "정육점에서 그럴 듯"하게 파는 것으로 표현되고 있다. 그것도 "주먹만 한 유방을 달"(「판타스틱 로맨틱 구름」)아야만 여성성이 있다고 말한다. 더군다나 "대야미의 소녀"는 아예 가슴이 없다. 이때 가슴은 여성의 성으로 치환된다. 어쩌면 "그림자에 지나지 않"을 지 모르지만, "대야미의 소녀"는 간절하게 희망한다. 그러나 이들이 욕망하는 여성은 "'그럴듯한 유방'을 가진 가슴 큰' 여성일 뿐이다.

"가슴과 골반을 성형"* 하고 나온 하리수는 여성은 만들어지는 것임을 가장 분명하게 보여준다. 큰 가슴을 '달고' 나온 하리수는 미적으로 아름다운 여인상을 강제한다.** '기존'의 여성들은 긴장한다. 나도 여자인데, 저것보다 못하다니. "정육점"에라도 달려가서 "그럴듯한 유방"을 달고 싶어지는 것이다.

이것이 문제이다. 시코쿠들의 외침이 '하리수'라는 이미지에 갇히고 만 것이다. 대부분의 트랜스젠더들은 아름다운 여성이라는 외적 조건에만 집착하여 진정한 여성성을 왜곡한다. 그들에게 여성은 곧 '꾸미는 사람'이라는 편견에 지나치게 사로잡혀 있는 것이다.

성性을 성형한다. 그것은 얼굴이나 몸매를 성형하는 일처럼 간단하지 않다. 일단 무엇을 어떻게 비판해야 할 것인지 망설여진다. 낯설다고 밖에는 말할 수 없다. '틀린' 것이 아니라 '다른' 것이라고 밖에는 말할 수 없다. 그래, 그건 다른 것일 뿐이다. 그들은 조금 다른 것을 지향할 뿐이다. 세상이 할 일은 그것을 인정해 주는 것이다.

그러나 염려되는 것은 성을 성형하는 이들이 지나치게 여성(혹은 남성)의 외적 조건을 강제한다는데 있다. 게다가 아무런 자각도 없이 지배 이데올로기의 잣대에 자신의 외형을 재단해 버린다. 그렇기에 성적 소수자들, 특히 트랜스젠더들은 자신이 지향하는 성을 극단화하지 말아야 한다. 이것은 되레 젠더 역할이 가지고 있는 이분법을 강화할 뿐이므로.

* 「스포츠투데이」, 2002. 1. 11. 김경화, 앞의 논문. 52쪽. 재인용.
** 이숙영은 칼럼에서 하리수를 "우리 여성들이 본받아야 할 정도"로 여성스러웠다고 말한다. 「일간스포츠」, 2001. 5. 2. 김경화, 앞의 논문. 83쪽. 재인용. 이미 여성이라는 기준 자체가 왜곡되어 버린 셈이다. 과연 기준이라는 것이 존재하기나 할까. 보이는 것에만 지나치게 집착하다가 모두 같은 얼굴과 몸매를 '달고' 나타날까봐 두렵다.

결국 성적 소수자들은 섹스Sex와 젠더Gender의 새로운 정의를 요구한다. 이에 주디스 버틀러는 '젠더 구성 자체가 신체에 대한 고착화된 이해에 의존한다'*고 주장하면서, 문화적으로 구성된 결과로서의 젠더를 역설하고 나섰다. 버틀러에 따르면, 생물학적 결정론은 가부장제를 자연스러운 질서로 상정한다는 점에서 일종의 상징폭력이다. 여성들은 가부장적 이데올로기에 의해 지배를 받게 되고, 그것을 내재화한다. 이에 버틀러는 섹스/젠더 체계를 해체하려고 한다. 그에 의하면 섹스는 즉자적으로 주어진 것이고, 타고난 섹스는 사회문화적인 조건에 따라 남자다운 남자와 여자다운 여자로 만들어져 간다. 이처럼 섹스는 젠더만큼이나 문화적으로 '구성'된 것이다. 왜냐하면 기존 담론이나 문화에 의해 오염되지 않은 섹스란 없기 때문이다. 결국 섹스란 젠더에 의해 지칭된 문화적인 효과로 이해할 수 있다. 버틀러는 섹스를 젠더수행성으로 대체한다. 즉, 젠더의 오랜 수행의 결과물로서 섹스는 자연적인 본질로 자리 잡게 되면서 거꾸로 젠더를 규율하는 기원으로 기능하게 된다는 것이다.**

4. 다양성이 혼재하는 '앨리스 맵'

현대 사회는 미디어에 의해 통치되는 이미지의 제국이다. 보드리야르가 명명한 대로 '시뮬라시옹의 시대'***이다. 사물의 본질은 숨어 버리고 기호만 남는다. 덩달아 실재와 복제품 사이의 변별은 사라지고, 경계는 허물

* 샌더 L. 길먼 지음, 곽재은 옮김, 『성형수술의 문화사』, 이소출판사, 2003. 273쪽.
** 임옥희, 『주디스 버틀러 읽기』, 도서출판 여이연, 2006. 36~47쪽.
* 보드리야르가 명명하고 있는 시뮬라시옹의 시대는, 기호와 이미지에 의해 통제되고 조작되는 시대를 뜻한다. 즉, 그는 시뮬라시옹이 지배하는 현대사회에서는 "실재가 이미지와 기호의 안개 속으로 사라진다"고 주장한다. 배영달, 『보드리야르와 시뮬라시옹』, 살림, 2005. 14~16쪽 참조.

어진다. 주체는 더 이상 절대적이지 않다. 결국 현대 사회는 기호의 질서에 따라 재구축될 뿐, 주체의 정체성에 대하여 묻지 않는다. 그럴 필요가 없다.

그러나 아직 모호한 '것'이 있다. 기호로 재구축 되는 것조차도 허락받지 못한, 모든 것이 까발려진 현대 사회에서 유독 까발리기를 거부당한 집단이 있다. '그들은 기존의 윤리적 질서를 위협할 뿐만 아니라, 근대가 이룩한 건강한 신체를 해체한다. 나아가 가족 단위의 국가 자체의 질서마저도 위협한다. 그렇기에 그들의 자유와 권리라고 하는 것은 애초부터 없었으며, 앞으로도 없어야 한다.' 이것이 그 집단에 대하여 대다수가 생각하는 바다.

이 집단은 'LGBT', 성소수자의 모임이다. 레즈비언Lesbian, 게이Gay, 양성애자Bisexual, 그리고 트랜스젠더Transgender/Transsexual 등이 그 구성원이다. 우리는 이들을 퀴어Queer라고 부른다. 이들은 여장 남자로 살아가거나 남장 여자로 살아간다. 또 남자이면서 남자를 사랑하며 살아가고, 여자이면서 여자를 사랑하며 살아간다. 게다가 남자이면서 여자와 남자를 모두 사랑하며 살아가고, 여자이면서 남자와 여자를 모두 사랑하며 살아간다. 세상은 이들을 '잘못된' 성 정체성을 가진 이들로 단정하고 배제해 버린다. 이들은 정신병자가 되거나 혹은, 철저하게 소외되고 만다.

'다른' 시코쿠의 세계에 들어가기 위해서는 이상한 나라를 찾아가는 앨리스가 되어야 한다. 앨리스가 되어 '잘못된' 성 정체성이 아닌, '다른' 성 정체성을 가진 이들을 만나야 한다. '앨리스 맵'에는 중심이 없다. 시코쿠는 하리수를 찾는다. 하리수를 통해서 그 자신과 조우한다. 그러나 쉽게 찾아질 리 없다. 지배 이데올로기의 질서로 엮인 세계에서 앨리스 맵은 제대로 존립할 수 없다. 앨리스 맵이 인정되는 순간, 기존의 지도들은 위기를 맞이하겠기에. 세상은 혼돈을 좋아하지 않는다. 혼돈이 아니라 혼재할 뿐이라는 걸 인정하지 않는다.

> 나의 진짜는 뒤통순가 봐요 / 당신은 나의 뒤에서 보다 진실해지죠 / 당신을 더 많이 알고 싶은 나는 / 얼굴을 맨바닥에 갈아버리고 / 뒤로 걸을까 봐요 // …… // 부끄러워요 저처럼 부끄러운 동물을 / 호주머니 속에 서랍 깊숙이 / 당신도 잔뜩 가지고 있지요 // 부끄러운 게 싫어서 부끄러울 때마다 / 당신은 엽서를 썼다 지웠다 / 손목을 끊었다 붙였다
> ─「커밍아웃」 부분

> 나는 가족들과 함께 식사하는 것을 싫어했어요 / …… // 나는 집에 있을 때면 늘 혼자 밥 먹는 것을 좋아했어요 / 나의 연기는 점점 무르익어갔고, 새엄마는 더 이상 나를 가족들과의 식사에 부르지 않았죠 / 그런데 어느 날부터인가 나와 가장 친한 폴이나 낸시를 만나 식사할 때도 / 나는 나도 모르게 연기를 하는 거예요
> ─「리타의 습관」 부분

퀴어는 기본적으로 기존 질서를 전복한다. "가족"을 내세운 지배 이데올로기는 폭력을 행사하고, 그 폭력을 견디기 위해서 리타는 "연기"를 해야만 한다. 어쩌면 하리수도 연기를 하고 있는 것은 아닐까. 질서에 편입하기 위해서 질서 앞에 굴복한 것은 아닐까.
홍석천이 커밍아웃을 하고 "부끄러워"서 "서랍 깊숙이" 숨어 버렸을

때, 세상은 냉담했다. 당연하다고 생각했다. 서랍 속에서 "손목을 끊었다 붙였다"하는 그를 향해 동정조차도 보내지 않았다. 그러나 "나의 진짜는 뒤통수"예요, 라고 말하는 순간부터 자유로워졌을 것이다.* 미디어는 그를 버렸지만, 그 스스로는 자신을 찾았으니까. 부끄러워하는 것은 홍석천이 아니라 지배 담론이었을 뿐이다.

앨리스 맵의 세계에는 "태양 남자"와 "미스터 정키", "힙합 소년」", "이소룡 청년", 그리고 "저팔계 여자" (「에로틱파괴어린빌리지의 겨울」) 등이 산다. 이들은 모두 "미란다의 소설 속에" 등장하지만, 모두 "한 사람의 이야기" (「소녀미란다좌절공작기」) 이다. 그들은 같은 욕망을 꿈꾼다. 앨리스 맵은 열려 있다. 그러나 누구도 저팔계 여자와 악수하지 않는다. 리타들의 "습관"을 '더러워' 한다. 교육된 자아를 벗어던지고 나서야, 어쩌면 그들과 악수라도 할 수 있지 않을까.

그녀는 고양이좌, 몽상에 빠져 줄거리도 다양한 별자리 / 며칠째 묘지를 돌아다니느라 주사위의 검은 점이 여섯 개나 박힌 // …… // 마치 마치 마치…… 겨울이군요 너와 나의 티격태격 주사위를 굴리며 너와 나의 울퉁불퉁한 운명이 / 얼키설키 그려가는 앨리스 맵 13월에서 14월 죽은 자들의 목소리가 너무 커서 산 자들이 시름시름 앓는 별자리 // …… // 그래서 그래서…… 여름으로부터 겨울로 넘어가는 계절 너와 나의 앨리스 맵을 펼치면, 당신은 검은 왕관 검은 드레스를 차려입고 / …… // 그녀는 울고 나는 듣는다, 우리는 이상하게 예쁘게 지구에 남아 / 13월에서

---

* 영화 《왕의 남자》 속에서 '왕의 남자' 였던 이준기에게는 환호를 보내면서, '진짜 게이' 인 홍석천에게는 강한 거부감을 보이는 시선들이 있다. 이것이야말로 게이에 대한 이상한 queer 소비 형태이다. 시뮬라크르는 허용하되, 실재는 허용되지 않는다. 남은 것은 스펙타클뿐인 셈이다.

14월 너와 나의 앨리스 맵을 펼치면 / 대체 어느 별의 찌그러진 지도일까 / 삐뚤어진 입술로 삐뚤어진 목소리로 / 몽상에 젖어 울음소리도 다양한 별자리 / 고양이좌.

　　— 「앨리스 맵map으로 읽은 고양이좌座」 부분

앨리스 맵을 펼쳐 "고양이좌"를 찾는 일은 쉽지 않다. "13월에서 14월"은 도대체 언제란 말인가. 편견을 버리고 12월을 건너가야 한다. 그러나 무엇으로 지배 이데올로기의 폭력을 제지하고 '다른' 다양성을 끌어낼 수 있을 것인가에 대한 해답은 '어렵다.' "다양한 별자리"들이 혼재하기 위해서는 끊임없이 중심을 자극해서 해체를 시도해 볼 밖에.

홍석천은 이름 대신 게이라 불리고, 하리수도 이름 대신 트랜스젠더라고 불린다. 그들의 이름은 아직 "광장"으로 나가지 못했다. 여장남자 시코쿠도 자신의 영역 밖으로 쉽게 나가지 못한다. 경계선은 생각보다 훨씬 두텁다.

5. 경계를 넘어 '트랜스trans'-되기*

이처럼 시인 황병승은 루이스 캐럴의 '이상한 나라'에 사는 '앨리스'를 호출했다. 그리고 기꺼이 앨리스가 되어 '이상한 나라'를 엿본다. 그리고

---

* '되기becoming'라는 개념은, 뿌리(전통)를 버리는 것이 아니라 그것을 넘어선 '새로운 되기', 생성의 의미를 뜻하는 들뢰즈의 용어를 빌린 것이다. 이때 '되기'는 주어진 고정된 정체성을 해체하고 흐름 속에 두는 것, 그리고 그런 흐름 속에서 존재하지 않는 새로운 어떤 것을 생성하는 것을 의미한다. 본 논의에서는 지배 이데올로기가 규정하고 있는 성 정체성 너머의 '다른' 성 정체성도 인정해야 한다는 의미로 쓰인다. 이때 새로운 생성은 '다름/차이의 장'을 마련하는 것에 있다. 그렇기에 본 논의에서의 '트랜스-되기'는 기존의 폭력적인 질서 아래에서의 젠더gender나 성애sexuality가 새롭게 이해되어야 하며, 이를 통해서 우리의 편견이 그 차이를 인정하는 장으로 전환되기를 희구하는 의미로 쓰기로 한다. 그리고 이러한 차이의 장에서 주체는 없다. 만약 있다하더라도 그것은 동일성 없는 주체일 뿐이다. 오길영, 「들뢰즈를 어떻게 이용할 것인가」, 『들뢰즈와 그 적들』, 비평이론총서01, 우물이 있는 집, 2006. 375-388쪽 참조.

말해 준다. 결국 '이상한'이라는 수식어는 그 세계에 대한 우리의 무지를 뜻할 뿐이라고. 어쩌면 정상/비정상의 이분법이 더 '이상한' 것일 수도 있다고. 황병승은 '그대로' 말할 뿐이다. 사실 그대로 말하다 보니까 이상하다는 수식어가 달아나 버렸다. 시인은 '시코쿠'에 대한 어떤 가치판단도 하지 않는다. 그냥 말할 뿐이다. 가치판단은 우리의 몫이다. "빛이 빛을 외면하는 슬픈 시간"(「사성장군협주곡四星將軍協奏曲」)에 있는 시코쿠들에 대하여 말할 뿐이다.*

이제 '되기'의 장이 요구되는 시점이다. 들뢰즈가 말한 '되기'적 사유 방식은, 어떤 특정한 정체성을 가지지 않는다. 그것은 다만 다양한 형태인 그 자체이다. 물론 이러한 '되기'는 정치적 함의를 가진다.** 그렇기에 '트랜스-되기'도 젠더의 다양성을 인정하는 장場의 마련을 지향한다. 다양성이 혼재하는 오늘날, 차이에 대한 이해와 인정은 필수적이기 때문이다.

젠더의 경계는 허물어진다. 정의는 지워지고, 결국 사라지고 만다. 시코쿠들은 기본적으로 이들의 경계에 끼인 존재들이다. 경계를 건너야 한다. 우리가 교육 받은 젠더에 대한 편견을 버리고, 앨리스가 되어 시코쿠의 나라로 소풍을 가야 한다. "이곳을 떠나는 게… 아파"(「시코쿠 만자이漫才

---

* 좋은 문학은 다른 종류의 삶을 창안하는 것이며, 그런 삶으로 우리를 촉발하고 그런 방식으로 우리의 삶을 변용한다(오길영, 앞의 글. 384-385쪽). 이런 관점에서 황병승의 시편들은, 추상적인 상징들이 난해하게 얽혀 있음에도 불구하고 감히, 좋은 문학이라고 할 수 있지 않을까. 물론 문화 담론이 기호화된 시적 화자만이 있지만 말이다. 이러한 담론이 굳이 시문학을 통해서, 이런 식으로 표출되어야 하는가에 대한 물음은 잠시 차치하고, 일단은 시단의 새로운 지형도를 그리기 위한 그의 용기에 박수를 보내야 할 일이다.
** 정정호, 『들뢰즈와 그 적들』 서문, 비평이론총서01, 우물이 있는 집, 2006. 26쪽 참조.

– 페르나 篇」)서 한 발짝도 빛 속으로 나오지 못하는 그들을 찾아서. 그곳에는 '하리수'를 꿈꾸는 시코쿠들이 있을 것이다. 이제는 우리가 "상상도 할 수 없는 아주 먼 곳"(「사성장군협주곡四星將軍協奏曲」)까지 가서, 실상은 바로 우리 곁에 있는 그들과 조우해야 할 때이다.

2부

'몸'의 자리

문재원

박영숙

손영지

'접속'과 '- 되기' : 생성의 몸을 향하여
― 천운영의 소설을 중심으로

문재원 (부산대 HK교수)

1. 들어가기

몸에 대한 관심이 근대 이성 중심주의에 대한 반성작용에서 출발하고, 이에 다양한 욕망의 서사를 몸에서 읽어내고자 했다. 몸은 해부생물학적인 육신일 뿐만 아니라 세계를 포용하는 가운데 타자를 내부로 받아들이는 공간이다. 타자가 나의 공간으로 들어옴으로써 내 몸은 사회적인 공간으로 접속되고 확장된다. 그러므로 몸은 언제나 타자의 욕망과 권력과 지식이 갈등하는 담론의 장이자 문화적 공간이다. 몸은 주체성을 주조하고 억압의 체험을 각인하는 곳일 뿐만 아니라, 역할들을 선택함으로써 욕망을 현시하며 감성을 내장하는 구체적 장소이다. 이러한 몸이야말로 주체의 근본적인 물질성을 환기한다. 이 물질성은 유기적 존재의 불완전성이나 사회적 질서에의 순응성을 함축하면서도 새롭고, 놀라운, 예측할 수 없는 것을 발생시키는 능력 또한 내포한다. 즉 몸은 고정된 본질이나 자연적 소여가 아니라 다중적 코드들이 횡단하는 장Field이다.*

그간 여성의 몸은 가부장적 질서 안에서 억압되고 왜곡된 경험이 각인

---

* 태혜숙, 『한국의 탈식민 페미니즘과 지식생산』, 문화과학사, 2004, 199-200쪽

된 장소로 주지되었다. 몸이 주체성을 주조하고 억압의 체험을 각인하는 곳일 뿐만 아니라 그러한 폭력적 공간의 틈을 만들어 생성적 지대로서의 가능성을 발견할 수 있는 곳이라는 점을 주지한다면, 여성의 몸 역시 젠더화 된 매트릭스Matrix 위에 고정된 것이 아니라는 것을 환기해볼 필요가 있다. 버틀러가 주장하듯 우리의 몸에 미치는 젠더 규범들의 효과는 강력하지만 우리 몸이 그것들을 반복적으로 수행하는 가운데 다시 작업할 여지 또한 갖는다.* 이런 점에서 천운영이 서사화하는 몸은 주목할 만하다.

천운영은 끊임없이 자라는 머리통(「월경」), 거짓말(「늑대가 왔다」), 혼혈(「알리의 줄넘기」), 낙타의 등(「포옹」), 눈살을 찌푸리게 하는 목소리(「바늘」), 눈물 없음(「그녀의 눈물 사용법」)을 여성의 몸에 부착함으로 우리 사회에서 용인된 여성성과는 다른 기호를 생산한다. 여성의 몸을 이처럼 비정상적이고 불구적인 육체로 형상화하는 것은 일차적으로는 상징권력에 배면된다는 점에서 상식을 벗어나고, 그런 점에서 낯설다.

그러나 한편으로는 이러한 비정상과 불구의 구성적 외부가 곧 제도의 거울이라는 의미 역시 간과될 수 없다. 제도의 거울 역할에 충실하기 위해 이제까지의 비정상과 불구의 몸에 대한 서사는 내부/외부, 중심/주변, 주체/타자의 자리에서 항상 오른쪽에 배치되어 그 피학성이 강조됨으로 가학성의 폭력을 드러내는데 주로 복무해왔다. 그래서 중심/주변, 가학/피학, 동물/식물, 육식/채식, 포식/피식의 구도 속에서 일반적으로 여성은 주변, 피학, 식물, 채식, 피식의 항에 배치되었다. 그런데 바늘을 쥐고 남성의 육체에 문신을 새겨 넣는 처녀(「바늘」), 남편을 사정없이 때리는 아

* 임옥희, 『주디스 버틀러 읽기』, 여이연, 2006, 54-79쪽 참조

내(「행복 고물상」), 수사자의 갈퀴를 가진 할머니(「숨」) 등을 전진 배치시
킴으로 중심/주변, 가학/피학, 동물/식물, 육식/ 채식, 포식/피식의 고정
성을 흔들어 놓는다. 여태껏 수동과 방어의 선에서 나오지 못하는 여성의
몸을 능동과 공격으로 전진 배치 시켰다는 점에서 일차적으로 시선을 집
중시킨다.

　그러나 천운영의 미덕은 이러한 충격적인 보고의 현장이 아니라, 그것
이 가리키는, 지향하는 지점을 끝까지 놓치지 않고 있다는 데 있다. 이러
한 지점이야말로 천운영의 미덕일 것이다. 그러므로 본 글에서 보고자 하
는 것도 육식성, 포식성, 가학성 등으로 다시 재배치되어 고정화된 매트
릭스가 아니라, 흔들리는 매트릭스가 지향하는 지점들이다. 곧 피/사의
이분법과 그 틈을 통해 '-되기'의 생성적 공간을 타진해 보고자 한다.

2. 출발 : 비체Abjection들의 시간

　천운영 소설의 여성 인물들은 추하거나, 기형이거나 혹은 비정상의 몸
을 가졌다. 외모, 혈통, 제도를 경험하는 방식에 이르기까지 정상적이고
합리적인 공간보다는 비정상적이고 비합리적인 공간이 선택된다.

　툭 튀어나온 광대뼈와 꼽추를 연상케 할 정도로 둥그렇고 붙은 목과 등
의 살덩이, 눈살을 찌푸리게 하는 목소리, 뭉뚝한 발가락(「바늘」), 넓고 뭉
툭한 코와 그를 도드라지게 하는 펀펀한 얼굴, 고춧가루가 묻은 발랑 까
뒤집힌 입술, 유황냄새 나는 아내(「행복한 고물상」), 꼽추의 등허리처럼
부담스럽고 거치적거리기만 머리통(「월경」), 또래의 귀염성을 찾아볼 수
없는 구정물이 흐르는 소녀의 얼굴(「늑대가 왔다」), 짧고 뭉툭한 발가락과

갈라질 대로 갈라진 틈으로 때가 깊숙이 앉은 험악한 뒤꿈치(「명랑」), 마녀의 표식인 세 번째 유방을 가진 여자(「세 번째 유방」), 사막의 비밀을 간직한 낙타의 등처럼 둥그렇게 솟은 어깨와 등의 굴곡을 한 꼽추의 여인(「포옹」), 늙은 수사자의 푸석한 갈퀴 같기도 하고 소의 휘어진 꼬리털 같기도 한 할머니(「숨」), 불거진 등뼈를 가진 지긋지긋한 날벌레 같은 여인(「등뼈」) 피부색이 달라 언제나 표적의 대상이 되는 여자 아이(「알리의 줄넘기」), 유방을 절제한 엄마, 눈물을 흘리지 않는, 게이를 사랑하는 여자(「그녀의 눈물 사용법」) 등. 이처럼 추하고 불구의 몸은 아름답고 날씬한 여성, 출산의 임무를 수행할 수 있는 몸을 여성의 몸으로 규정하는 기존의 이데올로기에 반反한다. 이들은 가부장적 상징질서의 바깥에 위치한 여성의 주변성을 드러내는 물질적 기호이자 은유이다.

더글라스는 몸은 사회의 조직화와 탈조직화를 나타내는 메타포들의 중요한 근원지로 파악한다. 따라서 무질서해진 몸들, 예컨대 마술적 병이 엄습한 몸들은 무질서해진 사회를 표현한다.* 기형과 불구적 몸의 언어는 합리적 세계가 욕망하는 일관성, 연속성, 전체성, 총체성과는 거리가 먼 틈새, 파편, 균열, 우회, 생략들로 가득하며 이러한 몸들은 내부의 호출에 순응하는 것이 아니라, 길들여지지 않은 목소리를 전유함으로 가부장적 상징권력에 반발한다.

한편, 이러한 신체적 결함을 가지고 있는 여성의 몸 옆에는 유약하고 실패를 거듭하는 남성들이 배치되어 있다. 문신의 작동을 빌어 비로소 정체성을 확인하는 남성(「바늘」), 아내의 눈치를 보며, 아내의 폭언과 폭력에

* 홍석중, 「몸과 문화, 그리고 몸의 정체성」, 《인문연구》 47호, 영남대 인문학연구소, 2004, 148쪽

묵묵히 당하고 있는 남편(「행복한 고물상」, 「소년 J의 말끔한 허벅지」), 할머니의 유방에 고착되어 애인이 떠나려 하자 여자를 찔러 죽이는 남자(「세 번째 유방」), 피부색이 달라 언제나 표적을 삼지만, 번번이 포획에 실패하는 알리의 학교 남학생들(「알리의 줄넘기」), 수사자의 몸을 가진 할머니에게 말 한마디 제대로 하지 못하는 청년(「숨」), 오갈 데 없이 빈 건물을 지키는 '늙은 벌레'에 불과한 중년의 가장(「입김」) 등에서 작동하는 피/사의 이분법은 기존의 원리를 거부하며, 피동에 남성이, 사동에 여성을 배치시킨다. 이러한 점에서 천운영이 만들어 내는 몸은 비천하고 남루하기보다 그로테스크한 몸으로 본다. 그로테스크한 몸은 그 자체로 강렬한 아우라를 분출하면서 가부장적 질서에 포섭되거나 길들여진 연약한 남성의 몸을 위협한다.*

「바늘」에서 여성적 틈의 메타포인 바늘. 이것이 확고한 상징권력을 어떻게 헤집어 나가면서 조롱하고 있는가를 보여준다. 이런 의미에서 검찰(상징권력)에서 찾아내지 못할 방법 – 바늘의 끝을 잘라 녹즙과 함께 갈아 마시게 함 – 으로 스님을 죽이는 엄마의 행위나, 남성의 몸에 '바늘 땀'으로 남성의 몸을 전유하고 있는 행위는 동일한 의미를 상징한다. 남성의 환상적 욕망의 대상으로 고착될 뻔한 유방의 반란을 그려낸 「세 번째 유방」도 마찬가지다. 남성적 욕망이 투영된 판타지로서의 '세 번째 유방'은 고착화된 남성의 욕망의 다른 이름이면서, 남성의 근엄한 중심을 해쳐 놓는 '마녀의 표식'이다. 더욱이 세 번째 유방이 복수複數가 되고 이들의 동

* 김양선, 「빈곤의 여성화와 비천한 몸」, 『여성의 몸』, 한국여성연구소, 창비, 2005, 262쪽. 그러나 결국 가학, 포식, 육식성의 여성, 피학, 피식, 초식의 남성의 몸은 결국 과잉과 결핍이라는 점에서 둘은 결국 비정상이라는 동일한 기호를 내장한다.

성애는 신성한 질서를 모독하고 조롱하는 '마녀들의 집회'가 된다.*

「바늘」에서 문신 기술자인 나의 추한 외모는 성적 정체성에까지 관여하여 무성無性화시켜 버리지만, 나는 바늘로 남성들의 육체를 헤집는다. '두 입술의 얇은 틈'(여성)을 상징하는 바늘로 '10년이 지나도 없어지지 않을' 강력한 무늬를 남성들의 육체에 새겨 넣음으로 새로운 생체권력을 탄생시키고, 남성들은 각인된 문신을 통해 그들의 섹슈얼리티를 재확인한다. 한편 「숨」의 소의 골을 날 것으로 먹으며 '수사자의 푸석한 갈퀴 같기도 하고 소의 휘어진 꼬리털 같기도 한 머릿다발, 육식동물의 그것과 닮은 단단하고 둥긋한 등뼈의 외양을 한' 한 할머니는 존재 그것만으로 손자인 나의 숨을 가로막는다.

구성적 외부에서 발견할 수 있는 다른 공간은 법이 호명해주는 대로 자신을 인정하지 않음으로써 법의 호명에 실패하는 자들이 보다 도덕적이라는 역설이다.** 이러한 역설이 제자리를 찾기 위해서는 단순 가학/피학의 자리바꿈이나 가면놀이로만 성립되지 않는다. 비정상의 몸을 현재화하는 것만으로도 가부장제의 상징권력에 위협적일 수 있으나, 그 자체만으로는 또 다른 고착화에 복무할 뿐이다.*** 그러므로 이것이 운동성을 지닐 때 비로소 그 의미가 정착될 수 있다. 비정상성의 몸이 가부장제의

---

* 김은하, 「여성주체의 발견과 저항공간으로서의 몸」, 한국여성연구소, 앞의 책, 243쪽.
** 엘리자베스 그로츠, 임옥희 역, 『뫼비우스 띠로서 몸』, 여이연, 2001, 157-158쪽.
*** 한편 가임, 성적 쾌락, 가족이 결핍의 자리에 배치되고, 이를 채워나가기 위한 가학/피학의 자리 이동은 오히려 가부장제 이데올로기를 확대 재생산할 뿐이다. 「행복한 고물상」, 「소년 J의 말끔한 허벅지」에 나타난 아내의 가학적 성욕과 폭력성은 상징권력에 대한 위협과 동시에 오히려 가부장의 이데올로기로 순순히 귀착하는 여정을 보여준다. 그러므로 결핍의 지점이 남편, 아이, 가족으로 귀착되는 이들의 로망은 한편으로 남성적 욕망에 대한 판타지로 이어질 함정도 내포하고 있음을 간과할 수 없다.

자장을 비껴나는 내파력(內波力)은 변이의 공간을 접속하며 새로운 생성지대를 모색하는 일이다.

3. 접속 : 이분법의 경로 이탈

몸이란 근대가 절대적 가치를 부여했던 개인들을 개별화해주는 원리일 뿐만 아니라 그 개인의 자아가 위치하는 곳이다. 그리고 그 자아는 자신의 몸을 통해 자신의 삶의 조건들을 경험하며, 그 경험들과의 상호작용을 통해 자아가 구성되는 현장이다.* 그러므로 몸은 추상적이고 균질적이거나 무중력의 공간이 아니라, 경험의 축적이고 제도의 거울이며 기억의 서사공간이다. 몸은 자신이 할 수 있는 것, 자신이 수행할 수 있는 것, 자신이 구축하고 있는 연계들, 자신이 경험한 변형과 되기들, 타자의 몸과 자신이 맺고 있는 기계적인 관계들, 몸이 연결될 수 있는 것, 몸이 자신의 능력을 증식시킬 수 있는 방법들과 관련시킬 때라야만 더 잘 이해될 수 있다.**

천운영 소설의 기형과 불구적 형상은 이들의 몸에 새겨진 시간이며, 메타포이다. 이를 가부장제 사회에서 여성들의 정체성이 획득되는 방식과 연결지어보면, 가부장제 현실과 그 곳에서 타자화의 방식으로 획득되는 여성성의 문제를 제기하고자 하는 데 맞닿아 있다. 이들의 기형과 불구의 몸은 그 자체로 목적이 되지 않는다. 어디까지나 출발선이다. 그렇다면 이들이 도착하고자 하는 지점은 어디일까. 도착 지점을 향해 떠나는 여정

---

* 허라금, 「몸으로 다시 꾸며보는 여성 주체」, 『여성의 몸에 관한 철학적 성찰』, 철학과 현실사, 1999, 34쪽
** 엘리자베스 그로츠, 앞의 책, 321쪽

의 경로 위에서 이들이 접속하는 대상들은 무엇인가. 어떤 경로를 따라 접속하는가는 이 결핍된 몸의 생성과 변화를 보여주는 중요한 코드가 된다. 충족을 위한 인정욕망에 머무는 한 결핍은 언제나 대상, 주변, 타자의 고정된 매트릭스를 벗어날 수 없다. 사회가 고정화시켜 놓은 행렬을 벗어나는 길은 만들어진 지도의 구획선을 따라 가는 것이 아니라, 예정된 경로를 이탈하는 일이 되어야 한다. 이때 이 구멍은 주변화 된 결핍의 구멍이 아니라, 창조의 구멍으로 변환되는 지점이다. 그렇다면 밖으로 내쳐진 천운영의 비체들이 떠나는 경로는 어떠한가?

천운영 소설에서 몸의 공간은 피/사의 이분법 안에서 탄생되었지만, 그 지점만을 현재화하는 데 그치지 않는다. 불구와 기형의 몸에 배제와 폭력의 경험이 배치되어 있다면, 다른 한편에는 이를 어루만지는 배려의 공간이 마련되어 있다. 육식의 포식자 할머니 옆에는 나를 숨 쉬게 하는 식물성의 약혼녀가 있고(「숨」), 구타하는 남편의 옆에는 바다 맛을 가진 멍게가 있고(「멍게 뒷맛」), 소비의 자본주의에 포획된 포르노 옆에는 소멸과 생성이 공존하는 원숙한 자연이자 소녀인 노파의 몸이 있고(「소년 J의 말끔한 허벅지」), 연락이 두절된 약혼자의 옆에는 꼽추 등을 어루만지는 남자가 있고(「포옹」), 죽음으로 진실을 대신하고자 하는 남자의 옆에는 남자를 안아주는 여자가 있고(「내가 데려다 줄께」), 봄 동산에서 추방당한 여자 옆에는 함께 동면을 견디는 남자가 있다(「노래하는 꽃마차」). 이러한 구도가 피학과 배제의 몸들은 폭력의 현재성만 드러내고 있다고 보기에 어려운 부분이다. 피학과 배제에서 막다른 골목에 다다랐지만, 길은 멈추지 않았고, 새로운 길이 열리며, 새로운 공간의 접속을 마련한다. 여기에는 배제, 추방, 폭력, 타자 이전의 생명성을 기억하려는 몸의 행보를 보여준다.

프랭크에 의하면 의사소통적 몸은 타인과의 건설적인 상호작용을 통해 자신을 창조해 가는 과정에 있는 몸이다. 의사소통적 몸 또한 욕망을 생산하지만, 그 욕망은 친밀한 관계의 표현에 대한 욕망이다. 이 몸들은 체현된 서사들을 공유함으로써 고양되는 인정능력을 가진 몸이다. 그는 보살핌을 주고받는 사람들 사이에서 이러한 유형의 몸을 발견할 수 있다고 한다.* 천운영 소설 인물의 몸에 각인된 폭력이 형상기억을 넘어 새로운 접속을 시도하고 있는 것은 몸에 대한 긍정성에 뿌리를 두고 있음은 말할 것 없다. 되어감Becoming의 과정에서 몸은 사회적 의미들을 구현하기 위해 단지 거기에 수동적으로 있는 것이 아니라 능동적으로 지각하고 반응한다. 그 지점에서 몸은 내면세계와 외부 세계를 가로지르는 경계로서가 아니라 뫼비우스의 띠처럼 내면과 외부라는 구획을 무의미하게 하는 지점이다.**

「노래하는 꽃마차」의 여자는 유년기 가족으로부터 '작고 연약하다'는 이유로 추방, 감금, 성폭행을 당한다. 외형적으로나, 내면적으로나 가족 구성원들과 다른 요소를 지닌 이 작은 딸은 거인 가족으로부터 배척당한다. 특히 하나님의 말씀을 전파하는 사역단에게 여성적 성징은 이브의 죄악일 뿐이다. 여자의 성징이 보이자 몸을 결박하여 감금한다. 결박당한 몸은 다시 오빠의 성폭행에 시달리고, '죽은 쥐, 벌레, 곰팡이' 취급을 당

---

* 크리스 쉴링, 임인숙 역, 『몸의 사회학』, 나남, 1999, 144쪽
** 허라금, 앞의 글, 53쪽

하며, 침묵을 강요당한다. 이 폭력적 성장 과정은 자연적 생명의 순리에 대해 왜곡적으로 경험하게 한다. 그리하여 여자는 봄이 되면 불안 증세를 보이며, 온 몸에 피나 나도록 자학을 한다. 하여 오히려 '동면'의 동굴로 들어간다.

> 이제야 당신을 만나러 간다. 긴 겨울을 지나 봄을 맞으러 간다. 당신을 만나러 가는 내 입에선 콧노래가 절로 나온다. 자꾸만 웃음이 나오려 하는 것을 나는 억지로 참고 있다. 저 멀리 노래를 부르는 당신 얼굴이 보인다. 진달래 숲 속을 달려가는 꽃마차가 보인다. 노래하자 꽃서울. 아카시아 숲 속으로 꽃마차는 달려간다. 나는야 꽃마차 타고 달리는 행복한 마부. 당신과 나. 머리 위로 꽃비가 내린다. 봄이 온다.
>
> ― 「노래하는 꽃마차」 158쪽

「노래하는 꽃마차」의 남자/여자, 생/사, 봄/겨울, 밝음/어둠, 기쁨/슬픔의 교차 서술방식에서 알 수 있듯이 생성과 소멸의 양가성을 동시에 지닌 봄의 시간에 남/녀를 배치시켜 놓고 있다. 두 개의 목소리가 교차되면서 동굴 속에 감금된 여자만 보게 되는 것이 아니라, 동굴을 나와서 봄과 함께 부활하는 여자의 형상 이미지가 노래하는 꽃마차로 은유된다. 그러므로 가족으로부터 추방당한 '난쟁이나라' 소녀의 몸은 그러나 소멸만 존재하는 것이 아니라 이 소녀의 고통에 동참하는 한 남자로 인해 봄을 맞을 준비를 한다. 다만, 여기서 우려되는 점은 젠더의 신화가 움트는 혐의는 부인할 수 없다는 것이다. 「노래하는 꽃마차」, 「포옹」 등은 남자에게 버림받고 남자에게 치료받고, 모든 출발과 도착 지점을 남자에게 국한시킴으로 스스로 가부장의 제도에 갇힐 수 있는 혐의를 제공하고 있다.

이에 반해 「내가 데려다 줄께」, 「등뼈」, 「멍게 뒷맛」은 다른 양상을 보여주고 있다.

「내가 데려다 줄께」의 대학 교수인 나는 제자를 성희롱했다는 의혹에 휩싸이면서 '죽음으로 진실을 대신' 하려는 각오로 자살을 시도한다. 죽기로 작정한 늪에서 부정적인 소문에 휩싸여 동네 사람들이 외면하는 여인을 만나게 된다. 죽음으로 자신의 결백을 주장할 정도로 한 치의 성찰도 없던 그는 오히려 동네에서 추방당한 이 여인을 통해 자신을 반성적으로 되돌아보게 된다.

사내는 문득 자신이 남기고 온 유서가 생각났다. 내 죽음이 진실을 대신하리라. 사내가 믿고 있는 것이 과연 진실이었을까? 힘과 권력과 지위를 전혀 쓰지 않았다는 것이 사실일까?
 – 「내가 데려다 줄께」 131쪽

어쩌면 당신의 등을 민 것은 남자가 아니라 나였는지도 몰랐다.
 – 「멍게 뒷맛」 98쪽

「멍게 뒷맛」에서 아름답고 젊은 여인/늙고 추한 여인의 구도에서 끊임없이 전자를 욕망하던 후자의 여인은 젊은 여자의 죽음 이후 우울의 몽유병을 앓으며 자신을 되돌아본다. 이제야 비로소 아름다운/추한, 젊은/늙은 여자의 가부장 이데올로기를 넘어서는 자신을 발견한다. 이는 「등뼈」의 경우도 마찬가지이다. 등뼈가 튀어나와 추한 몰골을 가진 여자를 밀쳐낸 사내는 거울에 비친 자신의 몸에 자신이 쫓아낸 여자의 '튀어 나온 등뼈'가 자신 몸의 일부가 되어 있음을 발견하며, 그녀의 손길에 오히려 안도감을 느낀다. 「내가 데려다 줄게」, 「멍게 뒷맛」, 「등뼈」를 관통하는 것은 타자에 대한 주체의 태도가 배제에서 포괄과 수용으로 전이되면서 반성적 주체, 윤리적 주체의 등장을 긍정하고 있다는 것이다. 즉 추방된 타자들의 목소리나 몸들이 귀환하여 주체의 삶을 흔들며 접속 신호를 만드는 중이다.

이런 점에서 「백조의 호수」도 동일하다. 언뜻 소비자본주의 사회에서 남성적 욕망의 시선에 포획된 여성의 몸을 보여주는 듯하지만, 궁극적으로 여성의 상품화된 욕망이 파국으로 치닫는 지점으로 데려간다.

"완벽해" 여자가 거울을 보며 내뱉는 이 말은 일종의 주술이다. 완벽한 혈통주의에 편입하고자 하는 욕망은 아이러닉하게 밖에서 얻은 개에서 실현된다. 밖/외제/짐승의 요소는 이미 우리 사회 내부를 구성하는 데 정체성/동일성의 재생산과는 거리가 먼 반혈통주의적 요소다. 그녀의 몸에 각인된 남성 중심적 소비 자본주의 사회의 시선은 철저히 인공적인 가공의 옷으로 포장된 혈통을 만들어 낸다. 작가는 이러한 시선을 여지없이 비틀어낸다. 이미 출발선에서 내재되어 있었던 불확실한 위험의 요소들 – 밖/외제/짐승은 여자의 인정 욕망의 경로를 급회전시킨다. 「백조의 호수」에서 여자는 소비의 몸에 갇힘으로 사회가 부과한 이데올로기의 재생산에 복무하며 내부를 향한 강한 열망을 드러낸다.*

그러나 이것은 다름 아닌 집에서 기르는 개의 토사물과 사체들에 의해 여지없이 해체된다. 이렇게 버려진 것들이 갖는 '점액성'의 속성은 그들의 자리를 고정화시키지 않고, 유동적인 흐름을 통해 정결하고 정돈된 공간의 질서를 교란시키고자 한다.** 주체로부터 추방당한 여성, 토사물, 등 타자들은 내부의 주체와 새로운 접속을 시도하며 중심의 질서에 대한 질문과 반성의 자리를 마련한다.

4. - 되기 : 생성과 유목의 몸

타자들과 접속을 통해 새로운 주체로 마주서고자 하는 몸은 제의화된 반복을 넘어 최종적으로 "-되기"***를 지향한다. -되기는 하나의 존재에서 다른 존재로 되는 변화를 주목하고 그러한 변화의 내재성을 주목하며, 그것을 통해 끊임없이 탈영토화되고 변이하는 삶을 촉발하는 것. 이러한 것들이 '-되기'를 둘러싼 개념들이다.****

「월경」에서 생장이 정지된 채 머리통만 자라는 나는 가부장의 금기를 위반한 엄마, 나를 버린 아버지, 즉 가족의 트라우마를 넘어 나의 몸을 수용하는 삶으로 이동한다. '생장점이 사라진' 나는 철로(아버지)와 은하수

---

* 이러한 몸을 프랭크는 반영적 몸으로 설명한다. 이는 소비 가능한 것들을 반영함으로써 이루어진다. 자신이 욕망을 결여하고 있음을 의식하지 않기 위해 반영적 몸은 소비를 통하여 피상적인 욕망을 끊임없이 생산해낸다. 이 몸은 외부의 대상을 자신의 필요에 적합한 것인가 아닌가 하는 관점에서만 보기 때문에 타자와의 관계양상은 폐쇄적이다. 소비자본주의의 제도적 구조들은 몸과 외부 대상들 간의 상호 동화를 촉진하게끔 고안되어 있다. 반영적 몸은 장식되기 위해 존재하는 자신의 표면과 관계 맺고 그 표면에 몰두하려고 한다. 몸을 감각적 만족의 도구로 취급하는 사람들이며 인위적으로 틀지어진 삶의 양식을 추구하는 사람들이다.(임인숙, 앞의 책, 나남, 1999, 143쪽)
** 임옥희, 「비체들의 유머」, 『다락방에서 타자를 만나다』, 여이연, 2005, 309쪽 참조

(어머니) 사이에 있다.

> 하지만 나는 아직 철로도 넘어서지 못했다. 그에게 가기 위해 철로를 가로지를
> 수는 없다. 철로는 이 집을 지키고 있는 안전선이기 때문이다.
> —「월경」 65쪽

'은하수'는 엄마가 가부장의 금기를 위반한 장소이자, 지금 '날짐승 냄
새 나는' 계집이 살고 있는 곳이다. 계집은 엄마의 방에서 '푸른 모자'의
사내와 성행위를 한다. 오래전 엄마처럼.

엄마는 가부장의 금기를 위반해 아버지로부터 처벌을 받았고, 그 현장
을 목도한 나는 그때부터 성장이 멈춘다. 성장이 멈춘 여성의 몸은 금기
와 위반이 작동되는 방식을 통해 여성의 섹슈얼리티가 체화되는 것을 보
여준다. '노인의 거죽', '듬성듬성 제멋대로 뻗은 털', '누렇게 질린 두덩
과 밋밋하게 뻗은 얇은 틈'의 여성의 성기는 이미 불모의 몸과 친연성을
가진다. 이렇게 불모화된 여성 몸의 근원에 가부장적 금기에 대한 위반의
어머니와 처벌자 아버지가 놓여 있고, 아버지의 법 안에서 엄마에 대한
증오는 자신의 몸에서 엄마의 몸을 지우려 하는 흔적으로 나타난다. 즉

*** 들뢰즈의 '-되기becoming' 개념은 니체로부터 차용한 것이다. -되기란 대립항들의 역동적
인 대립도 아니고, 종합하는 동일성으로 귀결되기 마련인 목적론으로 설정된 과정 속에서 본질
을 펼치는 것도 아니다. 들뢰즈의 -되기는 차이의 적극성에 대한 긍정이며 변형의 복수적이고
항구적인 과정을 의미한다. 목적론적 질서나 고정된 정체성들은 복수적인 -되기의 흐름을 위해
서 폐기된다. 이런 점에서 -되기, 리좀, 탈주선, 노마니즘은 같은 맥락 위에 놓여 있다. (이진경,
『노마디즘2』, 휴머니스트, 2002, 23-43쪽 참조)
**** 고미숙, 「노마디즘과 여성-되기」, 『사회변동과 여성주체의 도전』, 굿인포메이션, 2007, 226쪽

스스로의 섹슈얼리티를 부정하며 아버지의 목소리를 내면화하려 한다. 그러나 여자는 '결이 고르고 윤기나는 풀', '향긋한 풀냄새가 나는 봉곳한 무덤', '비옥한 대지'의 은하수 여성과 마주하면서 자신의 몸에 금기로 새겨져 있는 여성의 욕망을 발견하며 긍정한다.

> 보름달은 사람으로 하여금 경계를 넘어서게 만드는 묘한 힘을 가지고 있으니까. 그날 밤 도처에서는 숱한 경계들이 은밀하게 무너지고 있었으리라.
> — 「월경」 64쪽

> 더 이상 차오를 수 없는 보름달은 스스로 몸을 허물어 경계를 지우리라.
> — 「월경」 83쪽

'스스로 경계를 허무는 보름달'은 여성, 곧 화자인 나의 몸이다. 아버지의 경계, 즉 철로를 넘어서지 못하고 아버지의 법을 내면화하며, 아버지가 떠난 집을 지키고 있는 나는 은하수 계집의 성행위를 목도하고 철길을 넘어선다. 즉 여자는 그녀의 섹슈얼리티를 긍정하며 월경月經을 월경越境한다. 기존의 질서와 단절하고 새로운 여성 -되기*로 나아가는 것으로 볼 수 있

---

* 서구 담론에서 여성이 타자성을 나타내는 특권화 된 형상인 여성 -되기의 과정에서 언급되고 있는 것은 경험적인 여성을 지칭하는 것이 아니라 위상학적인 입장들, 적극적인 힘들을 긍정하는 수준 혹은 유목적, 리좀적 의식의 수준들을 지칭한다. 여성-되기는 변형의 일반과정을 표시한다. 이 자리에서 여성은 여성의 특수한 정체성을 획득하는 것이 아니라, 정체성을 비개성적 복수적 기계 같은 주체로 용해시키는 것이 그 궁극적인 목적이 된다. 페미니즘의 입장에서는 들뢰즈의 여성-되기는 성차를 -되기 속으로 흩뜨려 버릴 위험이 있다고 경계하기도 한다. 여기서 -되기 자체를 부정하는 것이 아니라, 성차를 적극적이고 긍정적으로 각인하는 지점에서 -되기가 성찰될 것을 요구한다. (로지 브라이도티, 박미선 역, 『유목적 주체』, 여이연, 2004, 183-201쪽 참조)

다. 이 자리에서 금기를 위반한 엄마의 몸과 은하수 여인의 풍요로운 몸과
자신의 소멸하는 몸이 공존공생하며 여성-되기를 모색하고 있다.

「그녀의 눈물 사용법」과 「알리의 줄넘기」 역시 복수적인 것들의 흐름과
그것들을 사유하는 방식에 대한 질문들을 요청한다. 「그녀의 눈물 사용법」
에서 엄마와 나는 눈물을 흘리지 않는다. 엄마는 유방 절제수술을 하여
'불균형의 유방'을 가졌다. 엄마의 짝가슴은 정상의 유방과 나란히 섰을
때, 위축되거나 구석의 자리로 스스로 들어가는 불량과 결핍의 기호로 작
용하는 것이 아니라, 오히려 우량과 충족의 세계를 가로지르며 활보한다.
균형의 유방이 아닌 불균형의 유방을 가짐으로 정상의 세계에 편입될 수
없는 비체의 공간을 형성하고 있다는 점에서 나와 같은 계열체이다. '짝가
슴'으로 오히려 '단호하고 우아한 섭정관'의 위치에 오르는 엄마의 행보
못지않게 나의 '오줌 싸기' 역시 그 파장이 만만찮다. '굴복과 복종의 표
시'로 '눈물**을 원'하는 그들에게 나는 '급수 주전자'에 오줌을 싼다.

나의 오줌 싸기는 나에게 돌을 던지고, 발을 걸고, 책상 서랍에 피 묻은
생리대를 넣어두고, 도시락에 바퀴벌레를 넣고, 미친년이라고 놀리고, 재
수 없다며 침을 뱉는 아이들을 향해, 혹은 나를 떠나는 남자를 향해 보여
주는 나만의 방어와 저항의 형식이다. 나의 몸에서 나온 오줌의 액체는
이들로부터 더욱 더 배제되게 하지만, 한편으로는 이들의 순결한 영토를
오염시킴으로 이들 내부의 질서를 더욱 교란시키는 위협적인 요소로 등

---

* 깨끗한 액체이자 투명하고 정화시키는 것이라는 사회적인 의미를 획득함으로써 눈물은 몸을 더
럽히는 오염 액체보다 훨씬 다른 심리적 사회적 위상을 차지한다. 이러한 위상에 가장 큰 논리는
더글라스에 의하면, 눈물은 소화와 생식이라는 육체적인 가능과 관련이 없다는 점이다. 따라서
눈물은 사회적인 관계와 사회적인 과정을 상징하는 배출구가 된다. 그러므로 눈물은 오염인자라
기 보다 정화의 영역에 가까운 요소가 된다. (엘리자베스 그로츠, 앞의 책, 371-372쪽)

장한다. 체액은 자율성과 자기 동일성을 지향하려는 주체의 갈망에 모욕을 가한다. 엄마나 나의 몸이 의미화 되는 부분은 단순히 결핍을 주시하게 했다는 것이 아니라, 이들의 행보가 충족을 향해 놓여있지 않다는 데 있다. 오히려 충족의 공간을 비웃고, 조롱하고 좌지우지하려 든다. 메리 더글라스는 비체脾體/Abjection들에서 질서를 교란시키고 전복시키는 힘의 가능성을 읽어낸다.*

신생아 때 인큐베이터에 들어가지 못하고, 장롱 속에서 죽어 나간 1.1kg의 미숙아 남동생을 목도했던, '모두가 공범이면서 범인이 아니었던' 그날 나는 일곱 살이었고, 삼십년이 지난 지금 나는 일곱 살 소년과 동거한다.

> 나는 그 애가 샴쌍둥이처럼 내 몸의 일부가 아닌가 생각한다. 그러므로 그 애를 떼어낸다는 건 위험한 발상이다. 그것은 몸 곳곳에 퍼져 있는 암 덩어리를 제거하는 일보다 무모하다. 나이면서 동시에 내가 아닌 그 애. 서른일곱 살 여자의 몸속에 살고 있는, 단 한 번도 울지 않는 영원한 일곱 살 소년.
> ―「그녀의 눈물 사용법」 52쪽

제의를 통해 죽은 동생의 혼을 영원히 추방하겠다는 아버지의 의지는 확고하다. 산자/죽은 자, 장남/차남, 이승/저승의 경계를 명확히 함으로 제도 안으로 안착하려는 아버지와 달리, 나는 그 경계를 넘나들면서 그것을 무화시키고자 한다. 눈물 대신 오줌이라는 나의 자발적 선택권도 같은

---

* 엘리자베스 그로츠, 앞의 책, 366–372쪽

맥락 위에 선다. 눈물의 정화의식 대신 오줌 싸기를 통해 통쾌한 복수를 선택한 나의 몸 자체가 이미 비체화 된 영역에 속한다고 볼 수 있다. 일곱살 소년의 몸과 합체되고, 게이와 연애하는 나의 정체성은 모호하다. 이 중 삼중으로 겹쳐진 비정상의 코드들 속에 '나'의 성적 정체성은 더욱 모호해진다. 이러한 모호함 속에서 나는 내 몸을 예의 주시하며 내 몸의 소리를 듣는 지점의 '-되기'의 출발점이 된다.

「알리의 줄넘기」의 주인공의 이름은 알리. 김알리. 그런데 여기서 알리의 명명법은 이미 각인된 무하마드 알리의 경험을 넘어선다. 무하마드 알리가 사각死角의 링 안에서 존재 증명을 했다면, 소설 속의 알리는 사각의 링 밖에서 존재를 구성하고자 한다. 알리는 흑인 혼혈의 몸을 가졌다. 혼혈의 '알리'는 순혈의 사회를 유지하기 위해 외부로 추방된, 즉 비체화 된 몸이다. 사람들과 다른 피부색, 눈꺼풀과 콧날이 다름으로 인해 사람들은 나에게 '배척당해야 마땅하다는 경고와 각인'을 시시각각 새겨 놓는다.

순수 혈통주의, 민족주의라는 이름으로 국경선과 혈연의 안팎은 구분된다. 한 국가가 자신의 정체성과 경계를 유지하려면 한민족, 국민, 시민 등의 호명으로부터 배제되어야 할 타자들을 반드시 필요로 한다. 배제와 포함의 논리에 의지하여 사회의 일정한 부분을 끊임없이 솎아 낸다. '순결한' 한겨레, '건강한' 한민족, '부강한' 국가라는 이름 아래 혼혈, 기지촌 여성들, 이주 노동자 성적 소수자, 장애인, 극빈자 신용불량자, 유목민 강제이주자들 탈북자들 홈리스들은 우리 사회의 '구성적 외부'가 되어 버린다.* 결국 흑인 혼혈아 알리는 사회적인 주체를 생산하기 위한 정결하고

* 임옥희, 앞의 책, 여이연, 228쪽

단정한 몸의 구획화가 특수한 몸 유형을 생산하고 전파하는 기능을 담당하는 '구성적 외부'이다. 여기에 '알리'는 '계집애'라는 젠더마저 더해지면서 확실한 유령으로 밀려난다. 다른 피부색, 눈꺼풀, 콧날은 그래도 대결의 장을 만들면서 상대화의 여지를 만들어 놓지만, 계집애의 성적 기호는 아예 그러한 상대적인 공간을 허용하지 않는다.

> 계집애잖어 이거.
>
> 계집에 주제에 어디서 까불고 지랄이야.
>
> 너 앞으로 몸조심해! 알써?
>
> 바지를 추켜올리며 녀석들이 내게 뱉은 말들을 떠올렸다. 어쩐지 녀석들이 서둘러 자리를 피한 것 같다는 생각이 들었다. 왜, 내가 계집애여서?
>
> ─「알리의 줄넘기」 78쪽

대결이 없어진 자리에서 알리가 체험한 것은 역설적으로 '패배의 달콤함'이다. 혼혈에 작용된 젠더는 주체의 자리를 아예 '유령화' 시킨다. 유령의 자리에서 알리가 떠올린 것은 현실을 벗어날 수 있는 가능한 변화들이다. 경쟁의 '링'을 상징하는 '알리'라는 이름 자체에 이미 승리/패배, 승자/패자의 이분법이 배태되어 있다. 무하마드 알리에게 각인되어 있는 경쟁과 자본의 논리는 철저한 승자/패자의 구도를 확정짓고, 그 사각死角의 틀을 고정화시킨다. 먼저 알리의 호명 방식을 나름의 방식으로 전환시킨다. 그것은 힘과 정력을 검증하는 사각의 링에서 내려와 웃음과 유머의 세계를 만들어 내고자 한다. 남성, 힘, 승자의 표지들로 각인되어 있는 무하마드 알리의 몸이 전쟁, 죽음의 공간으로 치닫고 있다면, 김알리는 이러한 알리의 죽음과 함께 탄생한다.

> 유머를 잃어서는 안 돼, 알리. 알리는 링을 떠나는 순간까지 유머를 잃지 않았어. 알리가 링을 떠나면서 마지막으로 한 말이 뭔지 아니? '유머 있는 흑인으로, 인간으로 기억되길.' 정말 위대한 말이지? 유머 있는 학생, 유머 있는 아버지, 유머 있는 할머니. 그러니까 너는 이제부터 유머 있는 알리가 되어야 하는 거야.
> ― 「알리의 줄넘기」 81쪽

알리에게 각인되어 있는 것은 승자/패자의 논리가 아니라, 이를 '놀이'*로 전유한다. 권투 시합에서 줄넘기의 놀이로. 김알리가 발견한 세계는 경쟁과 죽음의 링이 아니라 유쾌한 놀이로서의 사각이 없는, 적이 부재한 '제자리 뛰기'와 '줄넘기'이다. 이러한 세계를 구성하는데 할머니 제니와 고모는 절대적 조력자다. 치매를 보이는 제니는 과거 클럽에서 노래하는 가수에 머물러 있는 제니는 '아름답고 유머 있는 내 할머니', '짠 맛'의 노동자, 외국인 등과 사라에 빠지는 동시통역사 제시카 김, 고모는 내가 만든 놀이판을 더욱 유쾌하게 만드는 놀이꾼들이다. 고모의 연애사에서

---

* 아이의 정신은 놀이를 상징한다. 망각과 순진무구는 바로 아이가 놀이를 가능하게 하는 선결조건이다. 세계에 대한 새로운 의미는 놀이를 통하여 획득된다. 아이의 놀이는 삶에 대한 절대적 긍정을 표현한다. 놀이는 곧 디오니소스와 연결되는데, 디오니소스적안 것으로써의 놀이는 전환의 힘을 갖는다. 즉 그것은 고통을 기쁨으로 권태를 진지함으로 무거움을 가벼움으로 전환시킨다. 이라한 전환의 힘은 곧 바로 가치의 전도를 가능케 하는 원동력이 된다. 놀이는 영원히 자신을 창조하고 파괴하는 디오니소스적 세계의 다른 이름이다. (정낙림, 「Aion, 놀이하는 아이 그리고 디오니소스」, 《인문논총》, 서울대학교 인문학연구원, 2007, 6, 43-46쪽)

설정된 노동자, 이주민, 이국인 등은 알리의 생활세계의 확대이다. 즉 새로운 알리의 탄생이 도달하고자 하는 것은 스스로에게 각인되어 있는 비체의 경험을 넘어 새롭게 생성된 공간이다. 이 공간에는 유쾌한 놀이의 삶이 존재하며, 이 놀이는 나 혼자가 아닌, '우리' 제니, 고모, 고모의 애인 파키스탄 노동자 등으로 확대된다.

더블터치를 하려면 두 개의 줄넘기와 적어도 세 사람이 필요하다. 그래서 지금 줄넘기를 하나 더 사러 가는 것이다. 줄넘기를 사면 손잡이에 더블터치를 할 '우리'의 이름을 또박또박 적어 넣어야지. 나는 지금 '우리'를 만나러 간다.

— 「알리의 줄넘기」 102-103쪽

놀이가 갖는 비고정성, 유동성을 주목한 가다머는 놀이의 비고정성을 강조한다. 즉 놀이는 이리저리의 운동이고, 이런 놀이에서는 운동의 종점인 목표가 고정되어 있지 않고, 놀이의 주체도 고정되어 있지 않다.* 여기에는 유동성, 비고정성, 복합성 모든 흐름의 논리가 작동한다. 이 흐름을 관통하면서 서열과 배제의 알리에서 유머와 포괄의 알리로 전환된다. 권투선수 무하마드 알리의 사각死角의 지대를 생성生成의 지대로 전환시킨 자리에는 더 이상 '쓰러뜨려야 할 타자'는 존재하지 않는다. 다만, 함께 놀이에 참여할, 혹은 '수행'할 '우리'가 마주한다.

정상의 세계에 들지 못하는 혼혈, 불모, 불구의 몸. 이들은 사회의 내부에 소속되지 못하며 외부로 추방당할 수밖에 없는 더러운 비체들이다. 그

---

* 정은해, 「하이데거와 가다머의 놀이 개념」, 《인문논총》, 서울대학교 인문학연구원, 2007, 6쪽, 72쪽

러나 여기서 이들의 행보가 보여주었듯이 버틀러가 지적하고 있는 비체의 이중성에 주목해 볼 필요가 있다. 아버지의 선을 넘고 있는 딸의 서사, 혼혈의 피부에 각인된 사각의 링을 놀이의 링으로 전유하는 알리, 눈물이 아닌 오줌으로 세상에 통쾌한 복수를 날리는 여자들의 행보에 비체의 이중성을 발견한다. 주변화 되고 통합되지 않은 것으로서의 더러움의 위상은 그것으로 인해 가능해지면서도 동시에 문젯거리가 되는 체제와 질서에 언제나 잠재적인 위협의 공간이 된다는 점에서 더러움은 이중적인 공간이다.* 비체화 되고 사회적으로 용납될 수 없는 욕망으로 인해 괴롭힘을 당하는 주체들. 허나, 법의 호명에 굴복하지 않는 '나쁜' 양심들에게서 법에 저항하는 힘을 찾아낸 비체들을 만난다. 바늘의 섬뜩함으로 남성 상징권력의 해체에 대한 강렬한 수사학을 던졌던 「바늘」의 얇은 틈은 이제 새로운 '-되기'의 생성적 공간을 찾으며 유목한다.

---

* 엘리자베스 그로츠, 앞의 책, 367쪽

건강한 회의주의懷疑主義를 위하여

— 은희경 「아름다움이 나를 멸시한다」*

박영숙 (부산대 박사과정)

1. 몸의 귀환

서양 전통 철학에서 오랫동안 몸은 숭고한 영혼에 대한 반대 개념으로서 규정되어 왔다. 특히 데카르트에 이르러 몸은 내적·근원적인 자아, 즉 생각하는 자아를 싸고 있는 야만적이고 물질적인 외피의 의미로 폄하된다. 이후 철학적 담론은 이성의 방해물인 이 위험한 몸을 어떻게 통제할 수 있는가에 대한 가르침과 법칙, 또는 모델들을 제시하기에 골몰하게 되는데, 그 궁극의 목적은 몸 없이 사는 법을 배우는 것으로 귀결된다. 즉 몸의 유혹으로부터 정신적인 독립을 쟁취하고, 그 미혹에 빠지지 않는 것이며, 특히 가장 중요한 것은 몸의 열망과 갈증을 죽이는 것이었다.**

---

* 은희경, 「아름다움이 나를 멸시한다」, 『아름다움이 나를 멸시한다』, 창비, 2007.
** 플라톤에게 있어서 몸은 '음식을 요구하는 것만으로도 끊임없이 정신을 산만하게 하며 또 질병에 걸리기 쉬워 진리를 추구하는 과정에서 인간을 붙들고 방해' 하는 것이다. 그러므로 몸은 당연히 문화적 과정에서 적절히 제어하고 규제해야만 하는 대상이 된다. 데카르트주의의 세속적 합리주의를 형성하는 데 지대한 공헌을 한 기독교 전통에서, 몸속에 갇혀 있는 영혼을 해방시키는 것, 다시 말하면 인간의 체현이 갖는 제한점과 문제점으로부터 영혼을 해방시키기 위한 훈육적 실천으로서 다이어트를 제시하였던 것도 이와 같은 맥락에서였다. (브라이언 터너, 임인숙 옮김, 『몸과 사회』, 몸과마음, 2002, 43쪽. 수전 보르도, 『참을 수 없는 몸의 무거움』, 또하나의문화, 2003, 181-182쪽 참조.)

이렇듯 영혼에 대한 장애와 이질적인 힘으로 치부되었던 몸은, 근대의 대서사들과 보편적 가정들에 대해 철저하게 회의하는 포스트모던 이론의 성장에 힘입어 새롭게 조명되기 시작한다. 데카르트 신화에서 몸이 통제·지배·통치의 이미지와 연결되었다면 탈 데카르트 신화와 포스트모더니즘에서 몸의 이미지는 새로운 형태의 친밀성과 개인적 체험을 통해서 사적私的만족을 추구하는, 즉 욕망하는 피조물로서의 인간관과 연결되었다.*

포스트모던이 몸과 공간을 화두로 삼게 되는 것은, 과거보다는 현재가 좀 더 나은 상태이며, 현재보다는 미래가 훨씬 발전할 것이라는 근대 나름의 특정한 시간 인식에 근거하고 있다. 의식, 역사, 행위주체와 같은 근대의 인식 범주들이 주로 시간을 배경으로 짠 것이고 보면, 과거의 기억으로서의 역사와 시간 속에서 행동하는 행위주체를 해체하고 나면 의지할 곳은 몸이라는 공간적인 범주가 된다.** 그런 점에서 보면, 자아가 전개되는 포스트모던 문화적 맥락에서 몸은 정신으로부터 독립하여 그 자체로서 순수 사유의 대상으로 재조명된, 다시 말하면 몸의 '재발견'이 이루어졌다고 할 수 있다.

* 데카르트주의에 대한 인간학적 비판에 중요한 토대를 제공해 온 것은 포이어바흐를 비롯한 마르크스주의이지만, 포스트모더니즘의 데카르트 신화 거부는 니체의 유산에 훨씬 더 많이 의존하고 있다. 니체는 아폴로와 디오니소스를 대조시키는 한편, 인간의 삶은 도구적 합리주의와 감각적 만족을 추구하는 욕구 사이의 끝없는 투쟁이란 측면에서 자신의 인간관과 사회관을 전개한다. 아폴로는 형식주의와 합리주의와 일관성의 원리를 대변하는 반면, 디오니소스는 황홀과 환상과 방종과 관능적 실재를 상징한다. 니체의 패러다임에서 보면, 청교도적 기독교는 아폴로적 합리주의의 유산이며, 청교도의 금욕적 문화는 근면 윤리를 지지하면서 섹슈얼리티를 규제하는 것이었다. 따라서 니체는 인간의 진정한 균형 있는 삶은 예술과 실존, 바로 이 두 차원을 재조정하는 과정을 통해서만 성취될 있다고 주장한다.
** 엘리자베스 그로츠, 『뫼비우스 띠로서 몸』, 도서출판 여이연, 2001, 7-8쪽 참조.

그러나 후기 산업사회의 체제가 서비스 산업, 광고, 고도의 소비주의, 홍보산업을 통한 커뮤니케이션의 조종과 통제에 기초한 후기 산업 자본주의로의 이동함으로써 몸은 다시 멋진 삶의 상징과 문화자본의 표식으로 인식되고, 또다시 통제의 대상으로 간주된다. 그것은 자아의 경계 역시 불안정한 것이고, 자아 자체가 의문시되는 포스트모던 문화 자체의 전반적인 인식의 흐름과 무관하지 않다. 결국 몸의 '발견'은 오랫동안 보다 큰 자유와 진리 그리고 해방을 위하여, 성스러운 것에 대한 비판, 즉 신에 대항하여 인간성을 얻기 위한 투쟁이었지만, 오늘날 몸은 자아 프로젝트의 일부로서, 개인의 욕구와 욕망에 순응하여 형성될 수 있는 변형 가능한 존재양식이 된 것이다. 보드리야르의 말과 같이 이제 육체 숭배는 더 이상 이전의 영혼 숭배와 모순되지 않는다. 육체 숭배는 영혼 숭배의 뒤를 이어서 그 이데올로기적 기능까지 그대로 물려받고 있다.*

　은희경의 「아름다움이 나를 멸시한다」는 현대 사회에서 몸이 강력한 상징의 한 형식으로 강화되어 가는 과정을, 또한 몸이 문화의 형이상학적 실행이 새겨져 있는 표면이면서 동시에 역으로 문화가 구체적인 몸의 언어를 통해 강화되어가는 과정을 한 남자의 다이어트 일지를 통해 보여준

---

* 이데올로기의 역사에 있어서 육체에 관한 이데올로기는 영혼 또는 다른 비물질적 원리를 중심으로 하는 정신주의적 이데올로기(청교도주의와 도덕주의)를 공격하는 비판적 가치를 오랫동안 유지하여 왔다. 육체를 전면에 내세우기 위해 행해진 오랜 기간에 걸친 신성함의 박탈과 세속화의 흐름은 서구의 모든 시대를 관철하였다. 이러한 도전들이 시민권을 획득하여 새로운 윤리로서 인정받게 된 현재, 우리가 도달한 것은 오히려 청교도적 이데올로기와 쾌락주의적 이데올로기가 융합하여 각각의 언설이 모든 영역에 뒤섞여 있는 단계이다. 오늘날 승리를 얻은 것처럼 보이는 육체는 모순을 갖고 있으면서도 생명력이 있는 심급, 즉 '신화를 파괴하는' 심급을 구성하는 것이 아니라 매우 간단하게 신화의 심급, 도그마, 구원의 도식으로서 다음 세대로의 다리역할을 하는 것으로만 만족하였다. (장 보드리야르, 배영달 옮김, 『소비의 사회』, 문예출판사, 2002, 202-203쪽 참조.)

다. 본고에서 관심을 두고자 하는 것은 이러한 상호모순적인 담론이 끊임없이 순환되면서 한 개인의 몸 인식과 그의 실천 속에서 통합되는 과정이다. 이에 몸과 관련한 담론들이 어떻게 개인에게 자연스럽게 내면화되고, 나아가 자연스럽게 개인 삶의 실천의 한 방법으로 선택되는지 살펴보면서, 이 과정 자체를 '의식' 해 보고자 한다. 마르크스의 말과 같이 의식의 변화가 우리 삶의 변화이며, 문화는 무의식에 기대고 있는 만큼, 의식한다는 것은 바로 변화의 출발선이기 때문이다.

2. 아름다움의 규범과 그 배타성

아름다움이란 객관적 실체가 아니라 사회적 조건에 따라 변화하는 것이기에 시대에 따라 다양한 아름다움의 기준들이 존재해왔다. 이는 사람의 외모 자체가 아름답거나 그렇지 않거나 한 것이 아니라, 사회가 외모를 어떻게 평가하느냐가 아름다움을 규정하는 결정적인 근거가 된다는 것을 의미한다.* 그러나 특정한 아름다움이 아름다움의 기준으로 확고하게 자

* 미적 기준은 특정 사회와 시대의 생산력이나 계층 문화의 발달 등 사회적 조건과 끊임없이 영향을 주고받는 가운데 이루어져 왔다. 사회의 생산력 자체가 획기적으로 증대되기 전까지는 반복되는 전쟁과 흉년으로 식량의 생산량이 불규칙했고 주기적인 기근이 만연했다. 먹을거리의 종류와 양 자체가 제한되어 있는 상황에서 가난한 사람들은 당연히 '마른 몸' 일 수밖에 없었고, 이들과 반대로 풍족한 생활을 누릴 수 있었던 소수의 귀족들은 당연히 '풍만한 몸' 을 가질 수 있었다. 마찬가지로 초기 자본주의 시대로 접어들면서 생산성이 증대되고, 시민 계급이 형성됨에 따라 풍만한 몸들이 다수로 늘어나면 아름다움의 기준은 또다시 마른 몸으로 바뀌게 된다. 이제 마른 몸과 풍만한 몸은 단순한 체형의 차이가 아니라 신분을 구별해 주는 하나의 기호가 되고, 체형의 차이는 곧 계급의 차이를 나타낸다. 이와 같이 아름다움의 기준은 늘 다수를 소외시키면서 소수 계급을 특권화하기 위한 것에서 비롯되었다. 아름다운 몸의 기준이 갖는 사회와의 밀접한 연관성은 실재하는 현실과 기준이 갖는 배타적 거리로서의 연관성을 의미한다. (발트라우트 포슈, 조원규 옮김, 『몸 숭배와 광기』, 여성신문사, 2004, 21쪽, 51-53쪽. 한서설아, 『다이어트의 성정치』, 책세상, 2000, 35-36쪽.)

리 잡고 있는 사회적 상황에서는 언제나 이러한 사실은 간과된다. 오늘날 우리 사회에서 날씬한 몸은 만인의 권리 및 의무로 새겨져 있을 정도로 강제적 보편적 아름다움의 기준으로 간주되고 있다. 사람들은 자연스러운 살붙음을 부정하고 마르고 야윈 몸을 욕망한다. 그것은 흡사 정언적 명령인 듯 더욱 강한 힘으로 사람들을 몰아간다.

「아름다움이 나를 멸시한다」는 릴케의 '두이노의 비가'라는 시詩에서 "우리가 그토록 아름다움을 숭배하는 것은 아름다움이 우리를 멸시하기 때문이다"의 한 구절을 제목으로 차용하면서 아름다움의 이 근원적 속성인 배타성을 환기시킨다. 소설은 혼외출생자인 주인공이 아버지를 첫 대면하던 중학생 시절의 기억에서 출발한다. 아버지가 초대한 고급 식당에서 그는 전혀 다른 세계를 엿보게 되는데, 그 세계의 첫 이미지는 보띠첼리의 비너스로 각인된다.

보띠첼리의 「비너스의 탄생」을 처음 본 날을 잊을 수가 없다. 때늦은 봄눈이 펄펄 내리는 날이었다. 아버지를 따라 카펫이 깔린 이태리 식당에 들어갔을 때 나는 그곳이 내가 알던 곳과는 다른 세계임을 알았다. 테이블 위에는 작은 꽃병과 촛대가 놓였고, 부유하고 세련된 분위기의 사람들이 양식기를 능숙하게 다루며 나누는 나직한 대화가 실내 공기를 조용히 흔들고 있었다. … (중략) … 웨이터가 아버지의 고급 바바리코트와 함께 군데군데 솜이 뭉친 내 낡은 파카를 받아 옷걸이에 걸어주었다. 마주앉은 순간부터 나는 아버지 등 뒤의 벽에서 희미하게 부분조명을 받고 있는 커다란 그림에만 눈길을 주었다. 아버지 얼굴을 똑바로 바라볼 수가 없었다. (78쪽)

인간은 세계와의 관계 통해서 비로소 자기가 몸담고 있던 세계와 자아에 대한 객관적인 조망이 가능해진다. 이때 세계와의 관계를 어떻게 맺는가에 따라 자기 세계와 자아에 대한 규정은 매우 달라진다. 그에게 아버지가 속한 세계가 '세련되고 부유함'의 이미지로 파악됨으로써 그의 세계는 '부끄럽고 열등'한 것으로 인식된다. 비너스의 '매끄럽고 아름다운 얼굴'과 '가냘픈 몸매'가 비너스의 탄생이 축복이고 아름다움일 수 있는 근본 조건으로 전제됨으로써, 그것과 확연히 대비되는 자신의 뚱뚱한 몸은 자신의 입장을 당연히 그 반대의 의미로 규정되도록 이끈다. 어린 날의 경험은 그에게 자기 세계와 자아에 대한 열등성을 확인시켜준 계기가 되었고, 뚱뚱함은 아버지의 세계에 진입할 수 없는 가장 치명적인 걸림돌로 인식하게 된 것이었다. 그것은 서른다섯 살 생일날 아침에 아버지가 위독하다는 전화를 받게 된 그가 병원으로 달려가는 대신 우선 살부터 빼야한다고 생각하는 데서 확인된다. 이십여 년 동안 아버지로부터 외면당한 가장 큰 이유가 자신의 뚱뚱한 몸 때문일 것이라고 생각했던 그였기에 어쩌면 그것은 당연한 반응이었을지도 모른다. 이후 소설은 한 남자의 다이어트 일지日誌라 불러도 좋을 만큼 체중 감량 과정을 세밀하게 기록해 놓고 있다.

소설은 아버지와 혼외출생자인 아들의 관계를 통해서 아름다움의 보편적 기준으로서 날씬함이라고 하는 저 특정한 기준이 사람들에게 '자연스럽게' 인식되는 과정을 암시적이면서도 명료하게 보여준다. 통상 소설에서 인물의 어떤 행위와 관련하여 그에 합당한 동기가 주어지지 않을 때 행위의 논리적 정당성은 위협받는다. 대부분의 독자는 작가가 제시하는 어린 시절의 그와 같은 상처가 한 남자의 다이어트 결심을 이끌어 내는 데 충분한 동기일 수 있다고 받아들인다. 필연성이라고 하는 소설의 논리에서 보면 그의 결심은 당연한 귀결로 보인다. 작가의 이러한 서사적 논리는 뚱뚱한 것보다는 날씬한 몸이 당연히 아름답다고 여기는 독자들의 무의식에 자신 있게 기대어 있다. 작가의 이러한 의도적인 설정은 독자들로 하여금 그가 아버지의 죽음 앞에서 제일 먼저 떠올린 것이 왜 하필 몸이어야 했는가? 라는 질문을 유예케 한다. 그것은 오늘날 우리 사회에서 왜 날씬한 몸이 아름다움의 기준이 되었는가? 라는 물음이 유예되는 이치와 같다. 소설은 결말의 반전을 통하여 이 논리 전개의 자연스러움을 깨트리면서 우리가 유예한 질문들 앞에 우리를 다시 세워놓는다.

소설은 그가 혹독한 자기 통제로 체중 감량에 드디어 성공하는 날 아버지의 죽음을 배치한다. 결국 그는 아버지에게 자신의 날씬해진 몸을 보여주지 못한다. 아버지의 영정 앞으로 걸어가 당신이 돌아가기 전까지 알고 있었던 뚱뚱한 아들의 모습이 아닌 날렵하고 아름다운 모습을 보여주려 하지만 이미 아버지는 죽고 없다. 그에게 다이어트는 추방당한 아버지의 세계로 들어가기 위한 일종의 통과적Passing* 의례였으나 결국 그는 아버지의 세계로 들어가지 못한다. 아버지의 죽음은 곧 그 세계의 '문 닫힘'을 의미하기 때문이다. 그가 아버지의 세계를 아름다움의 기준으로 설정하는 순간, 그 세계는 그를 멸시할 수 있는 당당한 근거를 확보한다. 아버지 세계 즉 아름다움의 세계를 아름다움의 세계일 수 있게 하는 것은 바로 멸시에 있다. 아름다움의 근본적인 속성이 바로 배타성인 까닭이다. 소설

* 샌더 L. 길먼, 곽재은 옮김, 『성형수술의 문화사』, 이소출판사, 2003, 18쪽.

은 아름다움으로부터 멸시당한 그를 통해 날씬함이라고 하는 저 특정한 기준이 자명한 아름다움의 기준인가, 라는 것을 의심하도록 유도한다.

온몸 구석구석에 모피처럼 지방을 뒤룩뒤룩 두르고 코끼리 다리로 당당하게 서 있는 알몸의 여인. 그녀는 또 다른 여신, 빙하기의 비너스였다. 인류학자들은 당시에는 그런 살찐 여인이 존재할 수 없었다고 말한다. 그런 여인은 오직 비너스를 만든 당시 예술가의 머릿속에만 존재했다.*

빙하기 인류의 당면한 과제는 폭설로 인해 고립과 굶주림의 재난을 어떻게 견디어 살아남을 수 있는가 하는 것이었다. 빌렌도르프 비너스의 뒤룩뒤룩한 지방은 생존을 보장해 주는 유일한 조건이었으며, 따라서 당대 인류에게 비너스의 이러한 체형은 환상이며 꿈이었다. 소설은 아름다움의 기준이란 이와 같이 늘 비실재성을 근원적으로 내포한다는 것을 환기시킨다. 보띠첼리의 비너스와 빌렌도르프의 비너스의 대비對比를 통하여 이들 아름다움들이 각 시대 사람들의 실재와 얼마나 불화하고 있었는지를 보여주고 있다. 그 두 비너스가 당연한 듯 누리는 권좌의 비밀은 이렇듯 바로 시대와의 불화에 있다는 것이다. 보띠첼리의 비너스도 빌렌도르프의 비너스도 결국 인류의 꿈이며 환상의 메타포인 것이다. 모든 사람이 다 아름답다면, 혹은 모든 사람이 다 날씬하다면 이미 그것은 아름다움이 아닌 것이다. 아름다움에 대한 기준은 근원적으로 아름다운 소수의 사람을, 아름답지 않은 다수의 사람들과 구분하기 위해 설정되고 있는 것이

* 은희경, 같은 책, 113쪽.

다. 소설은, 제목에서 시사하는 바와 같이 "우리가 그토록 아름다움을 숭배하는 것은, 아름다움이 우리를 멸시하기 때문"이라는, 아름다움이라는 것의 기준이 갖는 역설성과 모순성을 되짚어보기를 제안한다.

3. 다이어트, 몸과 문명의 딜레마

오늘날처럼 음식이 풍부한 사회에서 아름다운 몸매를 갖기 위해서는 음식에 대한 계획적인 거부 프로그램이 필연적으로 요청되는 것처럼 보인다. 이러한 생각은 더욱 발전되어 음식에 대한 거부와 절제를 통한 체중 관리는 단순히 보기 좋은 외양을 갖추려는 개별적 노력이라는 의미를 넘어서서, 개인의 자기관리능력으로까지 인식되기에 이른다.* 따라서 비만은 이제 자기통제라고 하는 의지력의 실천에서 충동과 무절제로 평가됨으로써 대중들에게 공공연한 적으로 간주된다. 뚱뚱한 몸이 무절제하고 무능하며 게으른 사람으로, 그 인격까지를 평가하는 기준으로 작용하는 사회에서 다이어트는 자기 존재를 규명하기 위한 하나의 절박한 선택인 것이다.

* 서구 역사에서 잘 먹을 수 있게 된 시대의 사람들이 아름다운 몸매를 위해서 계획적으로 음식을 거부하기 시작한 것은 잘 알려져 있는 사실이다. 그리스 귀족 문화에서도 다이어트는 극기와 중용을 획득하는 하나의 방안으로 제시되었다. 또 중세에는 육체를 지배하고 정신적인 정화를 위한 단식이 기독교적 실천에서 중요한 위치를 차지하였다. 이러한 형식의 다이어트는 분명 '자아'의 발달을 위한 도구로 간주되었다. 기독교인의 '내적 자아' 든, 그리스인들의 '공적 자아' 든 다이어트는 가장 깊은 의미에서 인간의 탁월성이 실현될 수 있는 영역인 자아의 발달을 위한 것이었다. 따라서 단식의 의식과 금욕주의는 귀족이나 성직자 같은 선택된 소수에게 제한되었으며, 선택된 소수만이 그처럼 뛰어난 정신을 획득할 수 있다고 생각했다. 오늘날 다이어트는 비록 옛날처럼 영혼을 위한 것이 아니라 몸 자체를 위한 일이 되었기는 하지만, 여전히 다듬어진 몸은 개인의 의지력과 자기 관리의 능력을 암시하는 하나의 기호로서 통용되고 있다는 점에서 과거의 전통이 그대로 내재화되고 있다고 할 수 있다. (수전 보르도, 같은 책, 231쪽 참조.)

요즘은 뚱뚱한 사람을 단순히 둔감하고 무신경하게 보는 데에서 그치지 않는다. 게으르고 절제심이 없으며 자기관리를 하지 않는 무능한 사람으로 취급한다. 맞선을 보았던 수많은 여자들은 물론 어머니조차 한번쯤은 나의 성적인 기능이 시원찮을지도 모른다고 생각했으리란 것을 나는 알고 있다. (85쪽)

그의 다이어트 실천은 이러한 편견으로부터 벗어나기 위한 자기 노력의 시작점이라 할 수 있을 것이다. 사람들이 다이어트를 통해 새로운 세계가 열리게 될 것이라는, 지금과는 다른 삶을 살게 되리라는 기대를 갖게 되는 것은 그 때문이다.

B의 말에 따르면 이제부터 나는 새로운 인생을 살게 될 듯했다. 막 닫히려는 만원 엘리베이터를 향해 헐레벌떡 달려가 한쪽 발을 들이밀려는 순간 그 안에서 누군가 닫힘 버튼을 눌러버리는 모욕은 더 이상 겪지 않아도 되었다. 신발 끈을 맬 때마다 변기에 앉았을 때처럼 얼굴이 빨개지면서 또 힘을 너무 준 나머지 자기도 모르게 방귀가 나와 버릴까봐 걱정하는 일에서도 해방이었다. 뚱뚱한 사람은 인상이 비슷비슷해 보이기 때문에 간혹 엄청나게 못생기고 지저분한 뚱보에게 내가 주문한 음식을 날라다주는 식당 아줌마를 큰소리로 불러 세울 수밖에 없는데 그때마다 구겨진 자존심을 내색하지 않아야 하는 고통도 없어지게 되었다. (86~87쪽)

다이어트가 특정한 문화적 제약과 명령 안에서 될 수 있는 대로 삶을 편안하고 즐거운 것으로 만들고자 하는 개인적인 선택이라는 면에서는 일종의 해방의 의미를 지니는 것처럼 보인다. 그러나 오늘날 사회에서 다이어트를 자기결정의 최초의 형태라고 하기에는 몸과 관련한 제도화된 가치와 그 실현 체계가 암암리에 너무 멀리 퍼져 있어, 사회의 한 구성원으로 살아가는 개인에게 애초 자기결정이라고 하는 형태가 과연 존재할까 하는 의문은 여전히 남는다. 특히 아름다운 몸에 대한 기준이 명백하게 설정되어 있는 사회에서라면, 이에 미치지 못하는 개인들의 다이어트 실천은 그래서 더더욱 자기 독자적인 결정이라고 보기는 어렵다. 그런데도 사람들에게 몸만들기가 더 이상 문화적 실천으로서의 잠재적 억압이 아니라 자의적인 선택의 일종으로 자연화 되고 있는 것은 상업주의에 기반을 둔 문화담론들의 끈질긴 설득에 힘입은 바 크다. 다이어트 과정들에서 사람들이 아름다운 외양에 대한 기대감과 그것을 이루어내고 있는 자신의 정신력 혹은 의지에 대한 자긍심의 연합을 보이는 것은 이와 같은 맥락에서 이해될 수 있을 것이다.

문화적 담론 안에서 다이어트는 충동과 욕망의 올바른 통제라는 의미로 제시되며, 문화적 맥락에서의 아름다운 몸을 실현할 수 있는 기본적인 전제는 곧 몸의 요구를 거부하는 것이다. 아름다운 몸을 만들기 위한 다이어트 프로그램이 그 자체로서 자연으로서의 인간 몸과 문화적 맥락에서의 인간 몸의 딜레마인 것은 그 때문이다. 소설은 이러한 사회적 기호로서의 몸만들기에 열정적으로 헌신하는 뚱뚱하고 고독한 사내의 다이어트 체험기를 통해서 그러한 그의 노력들이 얼마나 인간 몸에 대한 잔인한 억압인가를 조명한다.

그가 체중 감량을 위해 택한 방법은 소위 황제 다이어트라 불리는 'A다이어트' 이다. 오늘날 무한히 넓어진 소비 영역은 전통적으로 치료 개념으로 한정되어 있던 의료부분조차도 몸에 대한 관리와 서비스 차원으로 편입된다. "인간의 몸속에 남아도는 탄수화물은 지방으로 바뀌는데 반해 지방은 아무리 많이 섭취해도 탄수화물이 없이는 저장되지 않는다는 A다이어트의 이론"은 그에게 매우 설득력 있는 의학적 근거를 제공한다. 우리 사회에서 이와 같은 상업주의를 토대로 하고 있는 의학 담론들은 무수히 많이 존재한다. 소설에서 제시하고 있는 A다이어트는 그 가운데 하나를 선택하고 있을 뿐이다. 그가 택한 황제 다이어트는 말 그대로 "조상대대로 먹어온 신토불이 건강식인 밥"과, 자신의 생체 리듬을 정면으로 거부하는 다이어트 프로그램이다.

아침은 달걀이나 두부에 야채를 먹었다. … (중략) … 저녁에는 고기와 생선이었다. 누가 보기에도 번듯한 메뉴임에는 틀림없었지만 같은 음식을 매일같이 반복해 먹는 데에는 생각보다 많은 인내심이 필요했다. 이 모두를 밥 없이 먹는 일이 특히 고역이었다. (중략) 식욕은 오직 밥을 원했고 기름기 도는 따뜻한 밥 생각만으로도 몸이 정신없이 흥분했다. 그것은 입맛 때문이 아니었다. 지방은 탄수화물과 함께 섭취해야만 저장이 된다. 그러므로 내 몸속의 본능이 탄수화물을 향해 갖은 구애와 절규를 하는 것이었다. (92쪽)

다이어트가 어려운 것은 몸속에 장착된 수백만 년이나 된 생존 본능 시스템과 싸워야 하기 때문이다. 인간의 몸은 철저히 지방을 모아 저장하는 돌도끼시대의 시스템으로 프로그래밍 되어 있다. 그러나 현대인의 미와 건강의 기준은 몸속의 지방을 남김없이 태워 없애는 것이다. 다이어트는 원시적 육체와 현대적 문화 사

이의 딜레마일 수밖에 없다. (96쪽)

그는 탄수화물의 결핍으로 일상생활에서 빈혈증세 같은 어지러움을 느끼고, 집중력 저하라는 증상에 시달린다. 매사에 의욕이 사라지고 직장 일조차 버거워한다. 그러나 그것은 다이어트를 창안한 A박사가 미리 예견한 증상이므로 A박사의 충고대로 몸의 요구를 무시하는 데 전력을 다한다. 이러한 몸의 증상을 그는 A박사의 말을 빌려 '뇌의 요구'라고 이해한다. 잡다한 노동을 하지 않는 뇌는 에너지를 직접 만들어 쓰지 않고 탄수화물로부터 정제된 포도당을 공급받는다. 그의 다이어트는 이 뇌의 시스템을 공격하여 효과를 얻고자 하는 방식이다. A다이어트의 핵심은 바로 이러한 뇌의 요구 혹은 뇌의 반란을 무시하고, 뇌를 새로운 체제에 적응시키는 데 있다. 그는 새로운 생체 시스템을 구축하기 위해 A다이어트 실천에 더욱 매진한다. 급기야 이십여 년 밥집을 운영했던 어머니의 밥 중심의 밥상을, 시대에 뒤떨어진 낡아빠진 믿음이라고 소리치며 강력하게 거부하기에 이른다. 다이어트에서 일단 통제의 문제가 정신의 핵심적인 사안이 되면, 식욕과 갈등하는 의식은 더 강하게 단련해야 하고, 의지의 성공으로 의식이 힘을 발휘하면 발휘할수록 그 개인 밖에 있는 모든 것은 더욱더 위협적인 적으로서 통제해야 할 대상이 된다. 이때 의지와 무관하게 자동적으로 작동하는 자기 몸도 그 위협적인 것에 포함되기 때문에 통제에 성공할 때마다 더 큰 성공을 원하게 되어, 전능함에 이르기 전에는 더욱더 강하게 압박하게 된다. 이 지점에서 목적의 전환이 이루어진다. 다이어트가 단순히 체중 감량을 위한 자기 규제 프로그램이라는 의미 영역을 넘어서서, 의지 혹은 정신이라고 하는 보다 고양된 의미에서의 새로운 적에 대한 공격으로 그 방향이 전환된다. 그는 더 이상 체중과 싸우는 것이 아니라 그 자신과 싸우는 것이다. 이 과정에서 어느 순간 몸의 유혹을 물리치고 있는 자신의 의지에 스스로 만족감을 얻게 되고 다이어트는 이제 그 자체가 하나의 목적이 된다. 이제 그에게 남은 것은 정신 혹은 의지를 몸이라는 외연을 통하여 증명해 보이는 것이다. 더욱이 그가 선택한 A다이어트는 "동물로서의 자연선택을 버리고, 문명적 선택 단계로 접어든 현생 인류의 새로운 존재증명"까지를 요구하고 있다. 다이어트가 원시적인 몸과 문명화된 몸의 요구 사이에 선 자기 분열의 드라마인 것은 바로 이 때문이다.

나는 내 몸속의 타자他者를 원시인이라고 이름 붙였다. 살아남으려는 동물적인 본능과 거기에 집착하는 내 몸의 시스템에 점점 적의를 느끼기 시작했다. … (중략) … 8킬로그램이 빠졌을 때 나는 이 다이어트야말로 동물로서의 자연선택을 버리고 문명적 선택 단계로 접어든 현생 인류의 새로운 존재증명 방식임을 확신했다. 무엇보다 유전자 전달 시스템에 반항하고 있다는 생각이 나를 만족시켰다. (97-98쪽)

비너스의 탄생을 꿈꾸는 그의 다이어트는 성공한다. 탄수화물, 단 것으로 대표되는 원시 몸의 요구를 거부한 결과이다. 또한 자기 몸과 정신에 대한 혹독한 억압과 징벌의 결과이며, 자기 몸속의 유전자 시스템에 대한 끈질긴 공격의 결과이다. 그런데 그의 몸속에 유전자 시스템을 각인한 사람은 누구인가. 그의 성공이 유전자 시스템에 대한 효과적인 공격에 힘입은 것이라면, 그것은 결국 아버지에 대한 공격에서의 성공을 의미한다. 당연한 귀결처럼 그는 성공을 자축해야 하는 날 아버지의 죽음을 맞는다. 몸의 선線에의 신앙과 날씬한 몸에 대한 매혹이 큰 힘을 발휘하는 이유는 그것들이 폭력의 표현형식이며, 육체가 그곳에서는 문자 그대로 희생의 제물이 되고 있으며, 공희供犧가 한창 진행되는 경우에서처럼 격렬하게 활기를 띠고 있기 때문이다. 몸의 선線에 대한 숭배에서는 아름다움과 억압이 굳게 결합되어 있으며, 아름다움과 억압의 이 결과는 우리 '문명' 의 주요 패러독스 중의 하나이다.*

4. 다이어트, 그 끝없는 수레바퀴

「아름다움이 나를 멸시한다」의 작중화자가 다이어트를 통해서 궁극적으로 얻고자한 것은 무엇이었을까. 남들이 생각하듯 계단을 올라가기 힘들다거나 식비가 많이 든다는 것, 혹은 남의 눈에 띄지 않고는 아무것도 할 수 없다는 그러한 불편한 점 때문이었을까. 물론 살아오는 동안 직장에서나 식당에서 다른 사람과 다른 외모 때문에 불편을 겪은 것은 사실이나 그러한 이유가 그의 다이어트의 직접 동기가 된 것은 아니었다.

유년 이래 내게 뚱뚱한 사람으로 살아온 기간이 결코 짧은 건 아니었다. 불편한 건 사실이지만 인간의 자기애는 아무리 열악한 것이라 해도 주어진 조건에 자신을 적응시킬 수 있으며 그 삶을 합리화하게 마련이다. 삼십여 년 동안 내가 비만

* 장보드리야르, 배영달 옮김, 『소비의 사회』, 문예출판사, 2002, 215쪽 참조.

을 당연하게 받아들인다고 생각했던 만큼 어머니가 수상쩍다는 듯 한참이나 나를 훑어보는 것도 무리는 아니었다. (83쪽)

그러나 묵직하다는 B의 말이 사실이어서 그랬는지 나는 그 정도 이유로는 쉽게 움직이지 않았고, 아니면 평범하다는 그의 말이 사실과 달라서 그랬는지 집단적 가치에 의해 떠밀려가는 건 특히 싫어했다. 나를 바꿀 수 있는 것은 일반적인 다수가 아니라 나에게 중요한 어떤 사람들이다. (86쪽)

그런 그가 어느 날 갑자기 다이어트를 결심한다. 아버지가 위독하다는 소식을 듣게 되자, 그는 무엇보다 먼저 살부터 빼야겠다고 결심하고는, 그날로 다이어트 일지를 쓸 수첩과 다이어트 관련 서적, 그리고 체중계를 산다. 아버지의 와병 소식과 거의 동시에 그는 다이어트 계획을 세운다. 그는 전화를 받기 전까지는 살을 빼야겠다는 생각을 별로 가지고 있지 않았다. 오히려 집단적 가치에 떠밀려 몸과 관련하여 무언가를 시도한다는 것을 싫어하기까지 한 그였다. 그의 이러한 생각을 바꾸게 한 것은 바로 아버지라는 존재였다.

아버지를 만나는 날에는 내가 아버지 마음에 들지 않을 거라는 사실 때문에 항상 슬픈 마음으로 돌아오곤 했다. 아버지는 특히 내가 뚱뚱한 아이라는 걸 가장 못마땅해 했을 것만 같았다. 순진하고 영민한 아이와 함께라면 비극의 주인공이 될 수도 있지만 심술궂거나 아둔해 보이는 뚱뚱한 아이는 자신의 실수와 한때의 어리석음을 환기시켜주는 존재일 수밖에 없다. (80쪽)

그가 다이어트를 통해서 궁극적으로 얻고자 하는 것은, 자신의 존재가 아버지의 한때 실수이거나 한때의 어리석음의 결과가 아님을 아버지에게 확인시켜주는 것이다. 그것은 '영민한' 아들로 거듭나는 것을 의미한다. 영민함이란 아둔함에 대한 상대적 의미이며, 뚱뚱한 몸은 영민한 정신의 외현으로서는 전혀 어울리지 않는 것이기 때문이다. 아버지의 와병 소식은 내면 깊은 곳에 가라앉아 있는 그의 이러한 열패감에 대한 자극제가 된다. 그러한 맥락에서 보면 그의 다이어트는 자신의 존재 증명에 대한 욕망의 다른 형태라 할 수 있다.* 주지하듯이 인간의 욕망이란 억압과 보상으로 위장되고, 경험에 의해 다양해지고, 또한 사회적 규범과 습관에 따라서 그 형태가 만들어져 나타나는 것이기에 인간의 욕망이란 원초적인 모습을 갖지 않게 되는 것이다.

그렇다면 몸이 한 인간의 자기 평가에 있어서 하나의 확고한 기준으로 내면화되도록 강제한 것은 무엇인가. 그가 아버지의 온당한 자식으로 인정받는 데 있어서 뚱뚱한 몸이 가장 큰 걸림돌이라는 생각은 어디에서 연유하게 된 것인가.

여기서 주목하게 되는 것은 우리가 몸담고 살아가는 사회체제가 갖는 특성들이다. 오늘날 자본주의 사회에서는 존재하는 모든 것들이 다 최대한의 이윤실현의 수단이 된다. 상업주의에 토대한 문화적 담론들은 본래

---

* 프로이드가 성적 본능을 강하게 강조한 반면, 아들러는 자기 주장욕, 지배욕, 즉 니체가 말하는 힘에의 의지를 강조한다. 노이로제의 열쇠는 성적인 장애가 아니라 열등감, 특히 육체적인 열등감이다. 노이로제 증상은 이러한 열등감을 감추고 보상하려는 상징적인 방식이라 할 수 있다. 프로이드가 억압에 의해서 설명한 모든 것을, 아들러는 열등의식과 보상심리에 의해서 설명한다. 아들러의 관점에서 보면 어떤 인물로부터의 거절, 특히 사랑을 구하고자 하는 인물로부터의 거절은 거절당한 사람의 자존심을 상하게 하고, 그의 자기 긍정의 필요성을 자극한다.

이윤추구의 장場이 될 수 없는 영역으로까지 도의적 한계를 넘어서 자본의 논리들을 끌어들인다. 이러한 경향은 거대화한 매스미디어와 결합하여 사회기구 · 인간행동 · 문화구조의 심층부까지 침투하고 있다. 오늘날 문화적 담론들은 더 많은 소비를 촉진하기 위해서 보다 교묘하고 은밀한 방법을 동원한다. 바로 각 개인들의 좌절된 욕망에 대한 공격이다. 정보에서 설득으로, 그 다음에는 계획된 소비를 목표로 삼는 보다 은밀한 설득으로 옮겨가는* 과정을 밟는다. 좌절된 욕망에 대한 공격이야말로 가장 은밀한 설득이 아니겠는가. 오늘날 어떤 개인도 상업주의 문화 담론들의 세뇌로부터 자유로울 수 없다. 개인의 몸에 대한 인식이 몸과 관련한 문화적 담론에 의해 철저하게 속박되어 있다는 사실을 우리가 명확하게 이해해야만 하는 이유가 여기에 있다. 소설은 그의 다이어트 실천 또한 그의 좌절된 욕망에 대한 담론들의 끈질긴 공격의 결과라는 맥락에서 읽기를 유도한다.

아버지의 장례식 날 그의 다이어트는 종결된다. 이는 그의 다이어트가 좌절된 욕망에 토대하고 있는 한, 그것의 성공은 언제나 한시적 성공일 뿐이라는 것을 암시한다. 왜냐하면 아버지는 욕망 충족을 종용하는 하나의 매개물이며, 아버지의 죽음은 그 매개물이 사라진 것에 불과하기 때문이다. 그는 아버지의 장례식장에서 그토록 처절하게 거부했던 금기의 음식인 국밥을 먹는다. 지난 6주 동안 완전히 끊었던 탄수화물이었다.

밥알은 달게 씹혀 목구멍 안으로 부드럽게 넘어갔다. 내 몸이 미칠 듯이 환호하

---

* 장 보드리야르, 배영달 옮김, 『사물의 체계』, 백의, 1999, 251쪽.

는 것을 느낄 수 있었다. 위장이 춤추듯 꿈틀거렸으며 뱃속이 흐뭇할 만큼 따뜻해졌다. 자, 네가 그토록 원하는 탄수화물이다. 숟가락질이 점점 빨라졌다. 나는 이상한 감동으로 국밥을 퍼먹고 있었다. 굶주린 자식을 먹이는 아비의 마음을 넘어 고통받아온 몸을 구원하는 메시아 같은 기분까지 들었다. 자포자기, 그리고 자기파괴적이며 충동적인 악의가 팔에 속도를 붙였다. 잔칫집의 초대받지 않은 식객답게 입가로 국물까지 흘리면서 나는 탐욕스러운 속도로 순식간에 국밥 그릇을 깡그리 비우고 말았다. (111쪽)

밥이 들어간다고 몸속 원시인들이 잔치를 벌이는군. 이런 식으로 국밥을 먹으면 몸은 순식간에 도로 지방을 쌓아놓기 시작할 것이다. 그리고 다시 어머니와 나는 우리의 평화롭고 정든 밥상 앞에 앉을 테지…… (112쪽)

욕망의 조형성에서 보자면 그의 좌절된 욕망은, 내재적인 의지로 승화되거나 혹은 무의식의 영역에 머물던 상처가 의식의 표면으로 떠올라 스스로의 해명에 의해서 해결되지 않는 한 늘 미해결 과제로 남게 된다. 따라서 아버지 존재는 그의 인정받고자 하는 욕망을 다이어트 실천으로 전이되도록 이끈 수많은 매개물 중의 하나에 불과한 것이며, 욕망 충족을 추동하는 매개물은 언제든 다시 바뀔 수 있다는 것이다. 그것은 역으로 어떤 상황이 형성되면, 즉 내면에 감추어져 있던 어떤 욕망들이 자극되면 또다시 새로운 매개물이 등장할 것이라는 것을 뜻한다. 소설은 이 점을 아버지의 유품을 통해 의미심장하게 상징화하고 있다.

그때 상주가 조화 뒤의 벽에 가대어 놓았던 커다란 액자를 가져오더니 내게 내밀었다. 액자는 집에서 포장한 듯 신문지로 꼼꼼히 싸여 있었다. 오래전 기억이지만 가로와 세로의 크기가 눈에 익었다. 나는 무엇이냐고 묻지 않았다. (114쪽)

아버지가 유품으로 남긴 것은 보띠첼리의 비너스 액자이다. 아버지라는 매개물은 사라졌지만, 또 다른 매개물의 등장을 예고하는 하나의 상징으로 읽는 것은 우리의 과도한 상상일까. 절대적 아름다움을 각인시켜준 보띠첼리의 비너스. 인류들로 하여금 강박적으로 육체의 아름다움에 몰두하도록 하고, 아름다움에 접근하고 있다는 희망을 주는 한편 다른 생각은 하지 못하도록 결박하는 그 비너스였다.

내가 늘 보띠첼리의 비너스를 바라보았던 것은 다른 뭔가를 보지 않기 위해서였는지도 모른다. 보지 않으려고 하는 것들이 시시각각 눈앞에 떠오를 때마다 비너스는 그것을 차단시켜 나를 다른 문으로 데려다 주었다. 그러나 그녀가 나를 모든 것으로부터 벗어날 수 있게 해준 것은 아니었다. 마지막에는 언제나 닫힌 문 앞에 서 있는 내 뒷모습이 남아있다. (113쪽)

아버지는 바로 이 액자를 그에게 남겨준 것이다. 그는 아버지가 남긴, 눈에 익은 액자를 바라본다. 그리고는 그의 이야기는 여기서 끝이 난다. 소설은 결말에서 그가 그것을 외면하는지, 아니면 받아드는지, 끝내 침묵한다. 우리는 수레바퀴 아래 서 있는 그의 마지막 모습을 기억할 뿐이다. 그러나 그가 액자를 집어 드는 순간 수레바퀴는 그에게로 다시 굴러갈 것이라는 것을 상상하기는 그다지 어렵지 않다. 그렇게 된다면 그의 다이어트는 언젠가는 다시 시도될 것이고, 또 다시 실패하게 될 것이다. 우리들 또한 비너스를 안아 들이는 한에서는 그 수레바퀴를 멈추게 하지 못할 것이다.

5. 건강한 회의주의를 위하여

「아름다움이 나를 멸시한다」는 비너스의 아름다운 탄생을 꿈꾸는 한 남자의 이야기이다. 그가 꿈꾸는 비너스는 날씬한 몸에 방점이 찍힌 비너스이다. 소설은 그의 비만 탈출에 관한 일종의 기록처럼 그 과정을 세밀하게 보여준다. 일견 혼외출생이라고 하는 주인공의 특별한 이력에 서사의 줄거리가 묶여있어 그의 다이어트는 아주 사소한 하나의 에피소드처럼 보이기도 한다. 그러나 이야기가 진행될수록 그의 다이어트 실천이 오늘날 우리 사회에 널리 확산되고 있는 아름다운 몸 숭배와 관련한 매우 다양한 주제들을 포괄적으로 다루고 있음을 알게 된다.

소설이 다루고 있는 문제는 도대체 아름다움의 기준이란 무엇인가, 우리로 하여금 아름다운 몸을 숭배하도록 만드는 것은 무엇인가, 아름다운 몸에 대한 숭배의 결말은 무엇인가라는 것들이다. 물론 소설은 이에 대한 어떤 질문도 답도 명확하게 제시하고 있는 것은 아니다. 소설은 주인공의 다이어트에 얽혀 있는 다양한 사건들이 갖는 상징성에 의존하여 독자로 하여금 다이어트 그 자체가 가지는 문제점들을 낯선 눈으로 바라보도록 하고 있다. 그런 점에서 이 소설은 아름다운 몸만들기에 얽혀 있는 다양한 문화적 담론들과 그것이 안고 있는 문제점들을 충실하게 드러내주는 하나의 텍스트라고 할 수 있다.

소설이 암시적으로 드러내고 있는 것은 아름다움의 기준이 갖는 배타성과 그 역사들이며, 그리고 우리 몸의 생물적 자연스러움을 왜곡하고 구속하는 억압적이고 소모적인 사회적 시스템이다. 소설은 우리에게 아름다운 몸이란 것이 어떻게 규정되는지, 또 그것이 어떻게 일종의 폭력적 규정처럼 개인의 주체성을 상실케 하고 사회문화적 억압기제로 작동하는지에 대해 다각적으로 성찰해 보기를 제안한다. 이는 문화가 제공하는 힘과 쾌락에 대한 건강한 회의주의를 기르는 첫 출발점이 된다는 점에서 매우 중요한 의의를 지닌다.

여전히 많은 사람들이 아름다운 몸을 갈망한다. 아름다운 몸을 향해 단순히 외모의 아름다움일 뿐이라고 짐짓 경멸하면서도 은밀히 선망하는 가운데 마음과 삶의 중심은 어느 새 흔들리고 분열된다. 아름다움을 추구하는 것이 전적으로 잘못된 것이라고는 말할 수는 없다. 그러나 그 과정의 실상은 자기 파괴와, 자기 자신에 대한 부정으로 자주 연결된다는 점에서 이러한 과정 자체에 대한 각자의 성찰이 필요하게 되는 것이다. 타인과의 시선과 평가에 중심을 두는 삶, 타인과 똑같은 시선으로 자신을 바라보면서 비교적 우위가 확인되어야만 안심하는 삶, 신과 같은 위력을 지닌 미디어의 전횡에 내맡겨진 삶, 그런 삶과는 다른 움직임이 시작되어야 하는 것은 그 때문이다.*

오늘날과 같은 아름다운 몸 숭배의 시대에 우리는 문화의 힘과 복잡성, 그 체계적 성격, 그리고 상호 연결된 그물망 같은 문화의 작용을 더 잘 이

---

* 발트라우트 포슈, 같은 책, 10쪽 참조.

해하고 더 잘 의식하여야 한다. 다른 사람의 것이 아닌 바로 자신의 삶이라는 이 특별하고 복잡한, 그리고 끊임없이 변하는 상황에서 그러한 이해는 더욱 필요하다. 그러나 그러한 이해를 언제, 어떻게, 어디에서 사용할 것인지 결정하는 일은 전적으로 우리 자신에게 달려있다. 아버지가 남긴 비너스 액자 앞에 서있는 이 소설의 주인공은 바로 이 결정들 앞에 서있는 우리들의 모습인 것이다.

몸에 대한 인간의 공격, 그리고 화해의 길
— 천운영 「소년 J의 말끔한 허벅지」론

손영지

1. 몸의 시대, 소비되는 몸

현대사회에서 인간의 몸은 경제적 생산과 소비의 중심에 자리 잡고 있다. 전통사회에서는 부를 확장하기 위해 동물의 몸을 착취했던 반면에, 새로운 경제체제에서는 인간의 몸이 전 지구적 경제 발전에 이용되고 있다. 몸은 각종 성형수술을 위한 의학 실험 및 발전의 상업적 대상이 되기도 하고 생물학적 발전 및 군사적 연구의 소재가 되기도 하며, 광고 메시지와 판촉의 매개체로서 현재 맹활약 중이다. 브라이언 터너는 오늘날 인간의 몸이 지대한 관심을 받고 있는 것에 대해 자본주의사회에서 몸은 경제적 생산체계들의 접점에 위치하고 있어 경합의 대상이 되기 때문이라고 하였다.* 그러나 문제는 몸이 전 지구적 생산과 교환체계 속에서 중심으로 떠오른 것에 반해 심각한 손상을 받지 않으면서 일종의 개인과 사회에 부를 가져다주는 재산으로 기능할 수 없다는 것이다.

오늘날 몸이 인간의 삶과 밀접한 관련을 지닌다는 것은 자본주의 사회의 어려운 경제사정이 심화되면 될수록, 그러한 사회적 불안들은 몸으로

---

* 브라이언 터너, 임인숙, 『몸과 사회』, 몸과 마음, 2002, 20-21쪽 참조.

전이되어 나타나는 것을 통해서 알 수 있다. 몸이 경쟁력인 시대에 아름다운 몸에 대한 과도한 집착은 전신 성형과 다이어트 등으로 과도하게 소비되어 우리의 몸에 거식증과 폭식증 등의 심각한 질병이나 심지어 죽음의 위협을 가하기도 한다. 이렇게 인간의 아름다운 몸을 소유하기 위한 과도한 노력과 광적인 집착은 심각한 부작용을 초래하였음에도 불구하고 멈출 기미를 보이지 않는다. 오랜 세월 지속되어 온 아름다움의 기준은 시대에 따라 달랐다.* 그러나 아름다움에 대한 인간의 끊임없는 동경과 외모에 대한 그 이상의 집착은 오늘날 급기야 죽음의 위험을 감수하고서라도 자신의 몸을 최고급의 상품으로 만들고자 하며, 또 어쩔 수 없이 만들어야 하는 지경에 이르게 되었다.

몸은 이렇게 자본주의 시대를 살아가는 우리에게 사람의 가치를 나타내는 척도로서 죽음을 감수하면서까지 가꾸어야 할 정도로 엄청난 가치를 지니게 되었다. 남녀노소를 불문한 모두가 가능한 한 최대의 돈과 시간을 아낌없이 투자하여 아름다워 지기 위해, 젊어지기 위해 노력하는 모습은

---

* 인간의 신체에 결함을 상정하여 부족한 부분을 채우려 하는 것은 새로운 것도, 또 특정한 문화권에 국한된 것도 아니었다. 바로크 시대(17~18C)에는 풍성한 만찬과 살찐 모습이 신분과 아름다움을 나타내는 코드였다. 좀 더 살쪄 보이기 위해 남자들은 허리와 허벅지에 솜을 넣었고, 여성들은 코르셋을 조여 입고 가슴과 살찐 팔뚝 그리고 둔부를 강조하였다. 또한 아시아에서는 10세기경부터 중국의 상류층 어머니들은 딸들의 발이 작고 귀엽게 보이도록 하기 위해 자식에게 고통을 가하는 일도 서슴지 않았다. 전족을 만들기 위해 대여섯 살쯤 되면 길일을 택해 발에다 피륙을 감아서 발이 자라지 못하도록 하여 이른바 '연꽃발'을 만들어 냈다. 결국 여자 아이의 발은 성인이 되어도 8센티미터 이상으로 자라지 못했다. 그런데 중국 남자들은 여성이 제대로 걸을 수 없어서 지팡이를 짚고서 걷든, 들것에 실려 나가든, 도움 없이 제대로 걷지 못하면 못할수록 오히려 더 매력적이라고 느꼈다. 그로부터 수 세기가 지난 오늘날에는 아름다움에 대한 열망이 광적인 집착으로 바뀌고 있다. 자본주의 사회를 살아가는 인간들은 다이어트, 성형과 같은 새로운 코르셋을 만들어 내고, 그것을 소유한 상품이 되기 위해 죽음의 위험도 두려워하지 않는 담대함을 보인다. 발트라우트 포슈, 조원규 옮김, 『몸 숭배와 광기』, 여성신문사, 2004, 51-112쪽 참조.

처절하다. 이러한 현상의 바탕에는 아름다움을 자연스럽게 타고난 것이라 여겼던 과거와는 달리 동경해 왔던 여배우의 얼굴과 모델의 몸매를 자신의 소유로 만들어 낼 수 있다는 사고가 만연해진 탓이다. 조금이라도 지금보다 아름다워 질 수 있고 날씬해 질 수 있으며, 젊어질 수 있는 가능성이 있다고 생각하는 사람들은 그 방법을 모색하기에 혈안이 되어 있고, 어떤 도움도 받기를 주저하지 않는다. 설사 그 길이 죽음의 길과 맞닿아 있다고 할지라도 말이다.*

이렇게 몸이 화두인 시대, 인간에게 있어서 몸의 진정한 의미가 무엇인지에 대한 해답이 절실한 오늘날, 천운영은 「소년 J의 말끔한 허벅지」**를 통해서 몸에 대한 통제 능력을 완전히 상실해 버린 오늘날의 인간과 몸과의 관계를 재조명해 보고자 한다.

2. 기술실험의 장, 몸

우리의 몸에 대해서 명확하게 정의 내리는 것은 쉽지 않은 일이다. 그러나 실제로 우리는 육체가 우리의 일부분임을 인식 할 수 있다. 육체의 질병, 육체의 죽음은 우리의 존재 자체를 뒤흔드는 근원적인 경험임을 너무나 잘 알고 있기 때문이다. 이러한 인간과 몸과의 관계는 정신과 육체의

---

* 미용성형으로 인한 각종 부작용과 사망에 이르게 되는 사례가 최근 들어 자주 보도되고 있다. 한겨레신문 2008년 4월 16일자 보도에 의하면 연도별 성형외과 의료사고 상담건수는 2003년 52건으로 전체 의료사고 대비 비율 3.8%에서 2007년 129건으로 전체 의료사고 대비 비율이 7.1%로 2.5배 상승하였다. 이렇게 수치가 급격하게 증가하게 된 원인에는 과거 쌍꺼풀 정도의 성형 수술에서 이제는 전신 성형이라는 말이 돌 정도로 성형 대상이 넓어졌고, 그에 따라서 성형 수술의 사고 위험성도 높아진 것이다. 이에 따라서 전신마취 등 고위험 성형수술을 받다가 사망에 이르는 치명적인 사고도 증가하고 있다.
** 천운영, 「소년 J의 말끔한 허벅지」, 『그녀의 눈물 사용법』, 창비, 2008. 이하 쪽수만 표시.

분리라는 데카르트*의 이원론적 세계관에도 불구하고 육체의 소외를 극복하기 위한 노력으로 문학에서는 끊임없는 탐구의 대상이 되어왔다.** 그러나 육체가 우리의 일부분이라는 생각은 근대 이래로 인간이 자신의 육체를 무엇인가 결핍된 문제투성이로 느끼게 만들었다. 오늘날 아름다움에 대한 광적인 집착과 열망은 우리의 몸이 우리의 일부분임에는 분명하지만 인간이 자신의 몸을 자연스러운 시간의 흐름의 상태로 보존할 수 있는 권리를 완전히 상실하는 결과를 초래하고 말았다. 이로 인해서 인간은 자신의 몸에 대해 지녔던 박탈된 권리를 되찾기 위해 타인의 시선에 완전히 갇힌 몸에 또 다른 공격을 가하기 시작하였다. 자연스러운 시간의 흐름을 부인하고, 지연시키기 위해서 인간은 자신의 몸을 도구화 하여 최첨단의 과학 기술 실험의 장으로 활용하는가 하면 또 한편에서는 원상복구가 불가능해져 버린 몸을 거부하기 시작한 것이다.

---

* 17세기 중엽 데카르트에 의해서 정신적인 것과 육체적인 것의 이원성이 분명하게 표현되었다. 그는 매우 분명하게 그리고 철저히 몸과 영혼을 분리시켰는데, 영혼과 몸을 각각 '정신적인 것'과 '물질적인 것'으로 대치시켰다. 그리하여 데카르트는 정신은 분리할 수 없으나 몸은 분할할 수 있다고 말한다. 이렇게 영혼과 몸을, 혹은 데카르트의 용어로 '사유하는 본체'와 '연장적인 본체'를 구분하고 분리한 결과로 데카르트는 먼저 인간의 몸을 복잡하고 생동력이 있는 기계로 묘사하고, 그 다음에는 영혼을 따로 묘사한다. 영혼의 특징은 몸과 달리 연장성과 분할 가능성이 아니라, 의지와 오성, 의심과 상상력 등을 모두 포함하는 사유 작용이라고 한다. 그리고 마지막으로 하느님이 몸의 작용에 영혼을 연결시킨다는 것이다. C.A.반 퍼슨, 손봉호, 강영안 옮김, 『몸 · 영혼 · 정신』, 서광사, 2005, 26-27쪽 참조.
** 피터 브룩스에 의하면 근대 이래의 서사물 속에서 인간 육체의 재현 문제는 육체와 정신의 분리라는 근대적 현상과 맞물려 있었지만 육체와 분리된 인간은 이를 극복하기 위하여 끊임없이 육체를 문화의 영역 속에 편입시키려고 시도해 왔다고 보았다. 문학의 경우 육체로부터의 소외를 극복하려는 노력은 주로 텍스트 속에 육체를 묘사함으로써 이루어졌다. 사람은 정신에 대한 체험을 오직 육체적인 것을 통해(몸짓, 말, 필적) 다른 사람에게 전달할 수 있다. 데카르트의 영혼과 몸을 완전히 분리시키려는 노력은 오늘날 더 이상 받아들여지지 않는다. 피터 브룩스, 이봉지, 한애경 옮김, 『육체와 예술』, 문학과 지성사, 2000, 522-523쪽 참조.

오늘날 자연스러운 몸, 즉 생성과 더불어 노화를 거쳐 부패하기까지의 역사적인 몸을 긍정적인 시선으로 바라보는 일은 드물다.* 인간이 태어나서 죽음에 이르기까지의 시간을 타인이 짐작할 수 있도록 자연스럽게 혹은 자랑스럽게 내보이면서 늙음을 미덕으로 삼던 시대는 지났다. 이제 인간의 몸에 가해지는 자연스러운 시간의 흐름을 지연시키고, 급기야 부인하고자 하는 광적인 열망은 우리의 몸을 현대 과학이 제공하는 최첨단 기술의 실험과 발전의 장으로 전락시키는 결과를 낳고 말았다. 눈속임은 더이상 옷이나 화장, 액세서리와 같은 도구들에 제한되지 않고, 이제 의복과 액세서리가 된 살 자체를 기술로서 정복하여 권력을 가진 사회가 요구하는 아름다움에 기꺼이 부응하고자 한다. 사회의 요구에 적절하게 부응하지 못할 경우 인간의 광기가 사회 속에서 추방당한 것처럼 아름답지 못한 몸을 가진 '나' 역시나 배제당할 것을 염려한 탓이다.**

「소년 J의 말끔한 허벅지」에 등장하는 주인공 남자의 아내는 사람을 평

* 쉴링은 근대적 기술의 변화와 더불어 인체는 수술이 개입함으로써 쉽게 변형되고 재창조 될 수 있는 조형성을 새로이 확보하게 되었다고 본다. 만약 근대사회에서 몸으로 표현되는 자아가 의식의 기획이 되고 있다면 몸의 노화는 영원한 젊음이란 사회적 가치에 저주가 되는 셈이다. 끝없는 재생·활동성·젊음에 대한 새로운 신화 속에서 노화와 죽음은 부인되고 거부된다. 실제로 노화로 인한 자연스러운 죽음은 몸을 아름답고 순전히 유동적이고 창조적인 것으로 보는 시각에 기초한 체계의 안정성을 위협하는 것이 되고 있다. 브라이언 터너, 앞의 책, 60쪽 참조.
** 권력은 진실의 추구를 제도화하고 전문화하고, 그것을 보상한다. 진실이 곧 법이라는 측면에서 우리는 역시 진실에 예속되어 있다. 결국 우리는 스스로 특별한 권력의 효과를 담보하고 있는 진실의 담론 속에서 재판받고 선고받고 분류되고 직무를 강요받으며, 사는 방식과 죽는 방식까지 그것에 좌우된다. 17·8세기부터 인간의 육체가 기본적인 생산력이 되면서 생산력의 형성으로 환원될 수 없는 모든 소비들, 다시 말해서 불필요한 것으로 판정되는 모든 소비들이 추방되고 배제되고 억압되었다. 추방의 메커니즘, 감시의 장치, 범죄, 광기, 성욕의 의학화, 이 모든 것이 어떤 순간부터 부르주아지를 유리하게 만들어주었던 권력의 미세 메커니즘이며, 부르주아지가 진정 관심을 가졌던 것은 바로 이런 것들이었다. 미셸 푸코, 박정자 옮김, 『사회를 보호해야 한다』, 동문선, 1998, 43~52쪽 참조.

가하는 절대적인 가치 척도로 자신의 기준에 부합하는 아름다움을 내세우는 인물로, 사회가 휘두르는 권력에 예속화 되어 있는 인물의 전형이라고 볼 수 있다. 사회가 제시하는 몸의 이미지를 그대로 체득하여 그렇게 만들어진, 아니 만들어준 미의 기준에 못 미치는 사람이 있다면 비록 그가 남편일지라도 거침없는 비난을 쏟아내기를 주저하지 않는다. 오직 '정기적인 피부 관리와 체계적인 몸 관리로 젊음을 유지' 하는 사람만이 아내의 눈 속에서, 사회가 제시하는 진실의 기준에서 정상인의 반열에 오를 수 있다.

"확실히 젊은 게 좋아. 안 그래?"
그는 아내의 말 속에 가시 돋친 비아냥거림을 듣는다. 아내가 들으란 듯 내뱉는 말들. 이제 수염까지 하얗네. 당신 옷에서 복덕방 냄새 나. 내가 사준 향수는 어디다 팔아먹었어? 당신이랑 다니면 꼭 아버지랑 다니는 것 같아 … (14쪽)

아내는 아이를 낳으면 모든 걸 잃게 된다고 믿고 있었다. 몸과 젊음과 시간과 모든 즐거움을 아이 때문에 빼앗길 수 없다고 아내는 입버릇처럼 말하곤 했다. 그는 아내 혼자 병원에 가서 아이를 지운 사실을 알고 있다. (23쪽)

아내가 가진 미적 기준에 도달하기 위해서는 인간의 몸에 가해지는 자연스러운 시간의 흐름을 지연시키거나 혹은 부인하여야 하고 그러기 위해서 인간의 몸은 기술의 힘을 빌릴 수밖에 없다. 생생한 상처의 폭력에 복종해야 하는 몸. 바로 이 육체는 사회에서 요구하는 대로, 타인의 시선이 놓이는 대로 달라지려는 욕망 때문에 그 대가를 치르고 사회가 요구하는 미의 기준에 부합하기 위한 구원의 외침을 날카롭게 내지르는 것이다.* 이것이 오늘날 성형 수술이 만연해진 시대의 적나라한 실상이다.

남자는 이러한 아내에게 강한 거부감을 가지고 있다. 아내가 정해 놓은 기준선을 통과할 수 없는 자신의 외모, 그러한 현실 속에서 괴롭게 살아가고 있는 남자는 급기야 한때는 사랑했던 아내에 대한 분노와 거부감을 거침없이 표현하기를 주저하지 않는다.

> 아내가 고개를 돌려 미소를 짓는다. 저 가증스럽고 교활한 미소. 자기가 우위에 있음을 인정하라는 득의만만한 표정. 그는 입꼬리를 살짝 올리는 아내의 미소를 볼 때마다 섬뜩한 한기를 느낀다. 가능한 한 빨리 아내의 눈초리에서 도망가야 한다. (10쪽)

그러나 남자의 분노는 아내와 같이 맹목적으로 아름다움에 집착하는 인간의 모습에서 허탈감과 실망감을 느끼고 그 심각성에 대한 깨달음과 함께 이러한 현상을 뒤집으려는 시도로 나아가지 못한다. 오히려 사진사인 직업을 이용하여 카메라 속의 몸에 집착하는 모습은 타인의 시선 속에 놓일 것을 갈망하면서 기술 실험의 장으로 몸을 파악하던 아내의 모습을 그대로 전유한 것으로 볼 수 있다. 남자는 카메라를 통해서 육체를 바라볼 때 타인의 시선 속에 들어가지 못하고 배제된 채로 주눅 들어 있던 모습과 전혀 다른 모습을 보인다. 그리고 카메라 앞에서는 어느 누구도 자연스러울 수 없다는 점을 이용하여 모델들의 육체를 거침없이 억압하고 구속하려고 한다. 남자는 카메라를 통해 자신만의 기준으로 만들어진 몸을

---

* 샤틀레, 박은영 옮김, 『맞춤육체』, 사람과 책, 2002, 23쪽 참조.

원하는 것이다. 이 때문에 카메라만이 자신이 도달할 수 없는 미의 기준을 제시하는 '아내에게 벗어날 수 있는 유일한 피난처'가 된다.*

남자는 그 동안 억압당해왔던 자신의 처지를 전복시킬 수 있는 기술적 도구로서 카메라의 힘을 빌리고 있다. 그가 시종일관 카메라에 집착하면서 인간의 벗은 몸 찍기에 열중하는 것은 카메라로 인해서 타인의 시선에서 배제된 채로 보잘 것 없다고 치부되어 왔던 자신의 몸에 주눅 들어 살아왔던 과거에서 벗어나 자신만이 가지고 있는 아름다움의 기준을 대중적으로 유포시킬 수 있는 힘을 지니게 되기 때문이다. 그럴수록 남자는 자신 앞에 선 사회가 제시하는 기준에 너무나 적합한 몸을 가진 모델들의 몸에 더 고통을 주려하고 억압하면서 자신만의 복수를 꿈꾼다.

불편한 자세에 온몸을 뒤덮은 은색 메이크업과 차가운 금속판까지, 모델에게는 더할 나위 없이 불편하고 고통스러운 작업이었을 사진. 극적이면서도 차가운 그 사진이 그래서 더 마음에 든다. 그는 가끔 사진 속에 아내를 대신 넣어보곤 한다. 그 징그러운 입을 다물게 하고 끓는 욕정을 식히고 모든 열망과 욕심을 얼려버릴 차가운 누드. 현실에서는 얻을 수 없는 승리감을 그는 사진 속에서 만끽하곤 한다. (26-27쪽)

* 육체를 컨트롤 할 수 있는 4가지의 발명품, 전신거울, 사진술, 체중계, 영화 매체 등이 등장한 이래로 사람들은 시각적으로 자기를 돌아보고 새로운 육체적 정체성을 의식하게 되었다. 전신거울의 등장은 직접 자기 눈으로 외모를 평가할 수 있게 하였으며, 이는 자기 정체성을 체험하는 새로운 방식이었다. 사진술과 이보다 몇 십 년 후에 발명된 영화도 역시 자기 확인 수단이었다. 사진술은 인간의 몸을 빈틈없이 재현해준다. 사진과 영화는 아름다움의 기준을 대중적으로 유포시킬 수도 있었다. 또 이들 매체로 인해 사람들은 남들이 보듯 자신을 관찰할 수 있게 되었다. 마치 우리가 거울 속에서 남들이 보는 우리 자신의 모습 그대로를 보듯이 말이다. 4가지 자기 통제의 도구들은 인간의 육체를 최대한 관찰 가능한 대상으로 만들었다. 아름답지 않은 모든 결점들이 시선에 포착되고 입증되고 비교되고 분류된다. 육체적인 결점도 대중적인 것이 되었다. 그래서 아름다움을 추구하는 일도 대중적인 성격을 띠게 되었다. 발트라우트 포슈, 앞의 책, 36~37쪽 참조.

남자가 몸에 대해서 이러한 인식을 가지게 된 데에는 아내와 마찬가지로 육체를 통해 무엇인가 말 할 수 있고, 의미 표현이 가능하다는 생각을 가졌기 때문이다. 푸코에게 신체는 근대적 규율의 훈육이라는 이데올로기를 담지하고 있는 것이었다. 남자는 이러한 몸이 가지는 의미 체계 전반을 자신의 아내를 통해 형성할 수 있었다. 때문에 아내의 시선을 거부하면서도 오히려 아내의 미적 기준을 그대로 전유하여 아내와는 또 다른 시선으로 인간의 몸을 카메라를 통한 기술의 실험의 장으로 내몰고 있다. 그리하여 아내의 시선에 갇히지 못하는 현실에서 자신의 시선에 타인의 몸을 가두려고 하는 것이다.

3. 방부되는 몸에 대한 거부의 시도

푸코는 권력의 메커니즘은 근본적으로 억압이며 권력은 일반적인 전쟁과는 다른 수단에 의해 지속되는 전쟁이라고 하였다. 정치권력의 역할은 힘의 관계를 일종의 침묵의 전쟁에 의해 제도와 경제적 불평등 · 언어, 그리고 사람들의 육체 안에까지 기입해 넣으려고 한다.* 따라서 이미 권력에 대한 판단과 비판 능력을 상실한 사람들은 자본주의 체제 안에서 소비되는 몸의 이미지에 맞추어 타인들의 시선 속에 상품으로 진열되기 위해서 혈안이 되어 있다. 대중의 시선을 곧 사회의 체제가 가지는 권력에 예

* 미셸 푸코, 앞의 책, 34쪽 참조. 정치 이론들 속에서 몸의 규제, 영혼의 훈육, 사회의 통치는 함께 녹아있다. 수세기 동안 다이어트와 자기 규제는 영혼을 통제하려는 종교적 교육의 일환이었다. 반면 근대사회에서 금욕주의는 수용 가능한 사회적 자아, 특히 성적 상징을 드러내는 자아를 생산하기 위해 설계되고 있다. 우리 사회에서 보기 좋다는 것은 성적으로 매력 있어 보인다는 것을 의미하고, 여성들에게 보기 좋다는 것은 말랐다는 의미가 되고 있다. 근대적 영혼이나 심리는 몸, 다시 말하면 사회적으로 가치 있는, 충전된 몸 이미지를 통해서 표현된다. 젊고 날씬한 몸은 전 생애에 걸쳐 유지해야 할 개인적 · 사회적 자산이다. 브라이언 터너, 앞의 책, 64쪽 참조.

속된, 갇힌 시선으로 본다면 오늘날의 사회는 노골적으로 육체를 억압하면서 개인의 몸을 관리하려고 한다. 육체의 기형과 같은 것은 사물의 질서를 위협하는 자연계의 혼란으로 간주되며, 이렇듯 육체의 불완전성, 추한 모습은 세계에 대한 모독으로 귀결된다.* 이렇게 몸을 통한 사회체제의 억압에 그 속에 예속되어 살아가는 개인이 반기를 드는 것은 쉬운 일이 아니며 거의 불가능하다.

그런데 남자는 사회체제에 예속된 채로 살아가는 인간에게서 보이는 편안함과 안정감이 없다. 그는 관리되는 몸에 집착하는 아내처럼 타인의 시선 속에 드러난 육체의 부족한 부분을 채우는 일에 적극적이지 않다. 늙음을 거부하는 시대를 살아간다는 불편함이 남자로 하여금 갇힌 시선 속의 아름다움이 얼마나 인간을 비참하게 만드는 것인지에 대한 문제로 나아가게 한다. 때문에 남자에게서 기술 실험의 장으로 만들어 버린 몸에 대한 아내의 시선을 전유하면서도 그러한 몸에 대한 거부감을 드러내는 모순적인 태도를 읽을 수 있다.

손을 짚으며 일어난다. 저도 모르게 끙 소리가 난다. 담배 생각이 간절하다. 담뱃갑은 화장대 위에 있다. 담배를 집어 들다가 그는 아내의 보석함에 담배꽁초가 뭉개져 있는 것을 본다. 심하게 비벼댄 꽁초에 지저분하게 뱉어놓은 가래까지. 침실에서 담배를 피운 것만으로도 난리가 날 일인데. 그는 가래로 뒤범벅이 된 액세서리들을 내려다보다 뚜껑을 탁 덮어버린다. 그러곤 침대에 벌렁 누워 담배를 피운다. (17~18쪽)

* 우리에게 아름다움은 의무이며 추함은 금기이다. 의료계는 신화적이고 의기양양한 육체의 이러한 지나친 논리에 아마도 기대이상으로 관여할 것이다. 이 현상은 끊임없이 조장되고 있으며 성형의료계는 이런 사회에서 거의 강박적으로 요구되는 대상이다. 노엘 샤틀레, 앞의 책, 33쪽 참조.

그 동안 아내로 인해서 자신의 몸이 지니는 최소한의 권리도 박탈당한 채 살아왔던 남자는 인위적인 아름다움의 추구와 집착이 아내의 시선에 의한 강요였다는 깨달음이 시작된 순간부터 아내로 대표되는 타인의 시선에 더 이상 갇혀 있지 않으려는 노력은 결국 타인의 몸에 대한 강한 억압으로 바뀌어 버린다. 그가 카메라를 통해 본 수 많은 모델들의 아름다운 곡선을 지닌 육체의 모습은 진정한 미적 대상으로 바라보는 것이 아니라 오로지 자신의 억압 받아왔던 과거를 보상받기 위한 복수의 대상으로만 느끼게 만든다.*

누드 사진을 찍을 때 모델을 편안하게 해주는 것이 우선 요건이지만 그는 오히려 형벌을 내리듯 모델을 불편하게 만든다. 그것이 그가 모델들을 장악하는 방법이다. 조명을 점검하고 광도를 측정하는 동안 모델을 철저하게 외면하는 것도 그의 의도된 행동이다. 그가 시간을 끌고 불친절할수록 모델은 안달이 날 테고, 그 안달남이 모델의 몸에 자유를 부여하리라고 그는 생각한다. … 어서 일어나 물을 길어. 도드라진 등뼈에 가 박히는 한 줄기 붉은 선. 이 비천하고 더러운 몸아, 영원히 채워지지 않을 더러운 욕망아. 어김없이 후려치는 매서운 채찍질. 울어라, 소리쳐라, 절규해라. 무의미하던 여자의 몸이 조금씩 살아 움직이기 시작한다. 애원

---

* 인도철학에서는 몸과 마음에 대한 이분법적인 사유방식을 추구하던 근대 서구의 사상과는 달리 오히려 하나의 연속체로서 파악한다. 몸은 마음의 외피이며, 마음은 몸의 내면이어서 물질적인 차원의 몸과 심리적인 차원의 마음은 상호 유기적인 관계에서 논의되어야 한다고 보는 것이다. 이러한 전제 아래 논의되는 몸에 대한 입장은 몸 긍정과 몸 부정의 철학으로 양분된다. 세계의 본질이 어떻게 규정되느냐에 따라서 인간의 몸에 대한 입장이 결정되는데, 세계의 실재와 가치를 인정하는 경우에는 몸의 중요성을 인정하는 긍정적인 입장이 되지만, 그 반대의 경우에는 몸에 대한 노골적인 경멸과 부정으로 귀결된다. 이거룡 외, 『몸 또는 욕망의 사다리』, 한길사, 2001, 34-35쪽 참조.

하는 등뼈, 절망하는 목, 울고 있는 어깨, 순종하는 엉덩이. 그는 살점이 뜯겨 나가고 피가 난자해질 때까지 가혹한 채찍질을 멈추지 않는다. (9–11쪽)

남자가 이렇게 과거 타인의 시선에 갇힌 자신의 몸의 해방을 위하여, 자신도 모르게 종속당한 채 살고 있는 몸으로부터의 자신의 해방을 위하여 택한 방법은 타인의 몸을 억압하고 고통을 가하며 외면하고 무시하는 것이었다. 육체에 대한 철저한 억압으로 그는 현실로부터 도피하여 잠시나마 억압받았던 자신의 과거에 대한 승리감을 만끽한다. 그러나 남자가 택한 나름의 전복의 방식은 타인의 시선에서 벗어나 자유로운 몸을 가질 수 있는 진정한 방법이 되지는 못했다.

4. 갇힌 몸과 갇힌 시선의 한계

인간의 몸을 단순히 기계로 취급하던 이원론적인 세계관은 이제 의미가 없어졌다. 피터 브룩스는 이원론적 세계관의 극복을 이야기하기 위해 육체가 문화와 밀접한 관련을 가짐에도 불구하고 문화가 통제할 수 없는 다른 극단, 자연에 속해 있는 것처럼 보인다는 것을 지적했다.* 이러한 육체의

---

* 아무리 고차원적인 상징적 구조와 담론 체계라 할지라도 그것들은 모두 육체적 감각으로부터 나온다고 할 수 있다. 그러나 이러한 구조와 체계는 우리를 육체로부터 분리시킨다. 실제로 이것은 기호의 필연적 속성이기도 하다. 육체를 기호에 의해 재현함으로써 우리는 육체를 현재화하려고 노력한다. 그러나 이 현재화는 항상 결여의 틀 속에서만 일어난다. 그러므로 육체는 자신에서 파생된 모든 구성물로부터 분리되어 있는 것처럼 보인다. 즉, 육체는 사회화의 과정 및 지적 호기심의 발달과 밀접한 연관을 가짐에도 불구하고 육체는 문화가 통제력을 발휘할 수 없는 다른 극단, 자연에 속해 있는 것처럼 보인다. 인간이 육체를 언어 속에 포함시키려 하고 재현시키려고 노력하는 것은 어쩌면 이러한 육체의 타자성에 대한 인식 때문일지도 모른다. 피터 브룩스, 앞의 책, 33–34쪽 참조.

타자성에 대한 인식이 인간으로 하여금 육체를 언어 속에 포함시키려 하고 또 끊임없이 재현시키려 하는 형태로 나타난다는 것이다. 더구나 오늘날 인간은 몸을 매개로 하여 타인과 나아가서는 그가 속한 사회와 소통할 수 있는 장을 마련할 수밖에 없는 처지에 놓여 있다. 옷이 아닌 몸이 날개가 되는, 몸 경쟁력 시대에 우리는 너무나 적나라하게 놓여 있기 때문이다.

푸코는 우리의 눈을 멀게 하는 권력의 눈부신 빛은 이 사회 전체를 딱딱하게 굳히고 응고시켜 꼼짝 못하게 하여 결국 일사불란한 질서 속에 그것을 유지시키는 것이 아니라, 사회체를 분할하여 한쪽은 밝게 비추고 다른 한쪽은 어둠과 응달 속에 집어넣는다고 보았다.* 이러한 권력에 예속되어 버린 오늘날의 인간들, 권력의 시선을 전유한 인간들 역시나 그들이 볼 수 있는 몸의 모습은 사회가 제시한 틀 안에서 보게 됨으로 인해 지극히 제한적일 수밖에 없다. 몸은 철저하게 이분법적으로 구분되어지며 급기야 각 개인을 나누는 절대적인 구분 기준조차 사회와 타인의 시선이 제시하는 몸의 아름다움과 추함이 된다.**

따라서 남자는 사회가 제시하는 인위적인 아름다움에 대해서 거부감을 강하게 드러내고 아내로 대표되는 사회의 시선에 분노를 강하게 표출하

---

* 미셸 푸코, 앞의 책, 91쪽 참조.
** 헤르츠의 에세이는 이분법에 기초한 분류체계들에 관한 인류학 이론의 발전에 영향을 미쳤다. 그의 관점에 따르면 상징체계에서 오른손잡이의 우월성은 일종의 사회제도이다. 왜냐하면 오른손 사용은 인간 사회에서 긍정적인 보상을 받고 그로부터 이탈은 전형적으로 처벌을 받기 때문이다. 오른손잡이는 성스러움·남성적 가치·삶·생기와 권력을 표현하는 반면, 왼손잡이는 악과 죽음과 여성을 상징한다. 방패무늬에서 왼쪽 문양은 재앙의 관념과 연관된 '서출'로 간주된다. 서출은 비정통성을 상징한다. 물론 현대사회에서도 여전히 오른손잡이는 가치·손재주·아름다움과 관련된 개념들과 짝지어진다. 따라서 몸은 개인과 집합적 존재가 직면한 위기·곤경·위험·모순들을 은유하고 직유하며 개념화하는 방식들의 심오하고 풍성한 원천이 된다. 브라이언 터너, 앞의 책, 38쪽 참조.

지만 결국 그가 그 속에 놓여 있는 한 그가 시도하는 전복, 사회체제에 대한 저항은 완전하지 않으며 또 다른 시선을 받아들이는 한계점을 지닐 수밖에 없다.* 그가 보이는 사회적 시선에 대한 거부감은 오로지 그 속에 속할 수 없다는 자괴감에서 나온 것이지 타인과 사회를 벗어나서 자연스러운 몸을 갈망하면서 몸 그 자체를 받아들이기 위한 노력은 되지 못했기 때문이다. 따라서 남자는 타인의 몸에 대한 억압을 통해 잠깐의 승리감을 만끽한 후에 자신의 의도와는 다른 상황을 깨닫고는 다시 절망감에 빠져들고 만다.

육체에 정복당한 느낌. 굴욕적이기까지 하다. 눈을 부릅뜨고 카메라 속을 쏘아보아도. 조명을 받지 않은 맨몸을 보아도. 그 느낌에서 도망칠 수는 없다. 그는 눈앞에 보이는 미숙한 두 육체를 훼손하고 싶어진다. 남자의 성기를 세우고, 여자의 가슴을 부풀리고, 서로의 몸을 탐하고, 교성을 지르고, 이 건방진 육체들. … 촬영을 하는 내내 그는 감탄하고 시기하고 두려워했다. 그래서 그는 그 몸을 더욱더 적대시하고 부정하고 음해하려고 애를 썼다. 결국 그에게 남은 감정은 깊은 죄의식이었다. 파괴하고 싶은, 그러나 보존되어야 할 순수한 육체. 그 존재 자체만으로도 불길하고 위태로운 이 낯선 육체. 그는 미간을 좁히며 머리를 감싸 쥔다. (15-16쪽)

---

* 사르트르는 대상적인 몸에 대한 지식은 자신의 주관성을 파악하지 못한다는 경험을 전제로 한다고 주장한다. 사실 몸은 이 주관성 가운데서 작용한다. 그러나 나의 눈과 나의 보는 행위는 대상의 지평 위에 있지 않다. 내가 내 눈에 관해서 많이 알 수 있지만, 이것은 딴 사람의 눈에 대한 지식에서 유래했거나 혹은 타인이 내 눈을 보고 그것에 관하여 이야기를 해주었기 때문이다. 몸에 관해서 말할 때도 항상 타인의 시선을 통해서 이루어진다. 우리는 우리 자신의 육체성에 관해서 타인의 관점에서 말하게 된다. 무엇을 볼 때의 눈, 만질 때의 손, 한 마디로 주관성으로의 몸은 이 모든 행위의 전제이지만 그 자체로는 결코 우리의 시선 앞에 나타나지 않는다. C.A.반 퍼슨, 앞의 책, 138쪽 참조.

남자가 관리되는 몸에 열광하는 타인의 시선에서 환멸을 느끼고 그 속에서 벗어나기 위해 가해졌던 몸에 대한 공격들은 오히려 또 다른 시선을 만들고자 하는 시도에 지나지 않는다. 그것은 자신의 의도와는 상관없다고 할지라도 사회로부터 버림받은 자신의 육체로 인한 패배감에서 벗어나 타인과의 연속성을 얻으려 한 시도였다. 기술적 도구를 이용하여 '승자도 없이 참가자 전원에게 지급될 똑같은 모양의 무의미한 곡선'들을 가진 인간의 몸이 최고의 가치로 대접 받는 세상과 몸에 대해 공격하고자 한 의도는 오히려 그러한 타인의 시선에서, 통용되는 가치에서 버림받은 남자가 요청한 구원의 방식으로 볼 수 있다. 이렇게 아내와 마찬가지로 남자 역시나 자신의 노력에도 불구하고 여전히 사회의 시선 속에 노출되어 있는 상황에서 그의 시도들은 또 다른 사회적인 몸의 의미를 만들고자 한 것으로 밖에는 평가받을 수 없다.

5. 이상화된 몸으로부터 몸 그 자체로

건강한 몸이 최고의 가치를 지니던 시절이 있었다. 그러나 오늘날 인간의 몸은 사회나 타인이 요구하는 아름다움의 기준에 개인의 몸이 얼마나 부합하는지의 여부가 몸의 가치를 나타낸다. 실제로 우리는 일을 하거나 놀러가서도 도처의 광고, 잡지들로 둘러싸여 냉혹하고 차가운 시선 속에 놓이게 된다. 이렇게 타인의 시선에 비추어진 몸에 의해서 인간의 가치를 매기는 풍조가 만연해 짐에 따라 이제 우리의 몸을 구분하는 기준은 두 가지 뿐이다. 아름답거나 추한 얼굴, 뚱뚱하거나 날씬한 혹은 마른 몸매, 젊음과 늙음 등의 극단적인 구분이 있을 뿐이다. 몸이 경쟁력인 시대에 이러한 이분법적 논리는 더욱더 분명하고 지배적이게 되었다. 따라서 인간들은 후자에 속하지 않기 위해서보다 전자에 속해서 자신의 경쟁력을 인정위해 죽음의 위험을 감수하고서라도 처절한 노력을 기울이기를 마다하지 않는다.

주인공 남자는 자연적인 시간의 흐름에 맞는 몸을 가질 권리를 상실하고 타인의 시선에서도 철저하게 배제당한 채 좌절과 절망을 경험하고는 급기야 자신을 그렇게 만든 타인의 육체에 억압을 가하기 시작하였다. 그는 카메라를 이용하여 타인의 육체를 철저하게 기술 실험의 장으로 삼으면서 아내와는 또 다른 방법으로 육체를 억압할 수 있었다. 그러나 결국 그가 깨닫게 되는 것은 육체에 대한 억압을 통해서 그 동안 타인의 시선에 갇혀서 몸에 대한 최소한의 권리를 상실한 삶에 대한 해방을 이루는 것이 아니라 그가 속한 사회나 시선과는 상관없이 인간에게 진정한 몸의 의미가 무엇인가 하는 것이다.

남자는 아내의 태도에 강한 거부감을 보이면서도 철저하게 몸의 이분법적 구분에 익숙해져 있는 모순점을 보였고 그러한 잣대 아래서 자신이 우위를 점할 수 없다는 사실에 분노했던 것이다. 그러던 그가 한 젊은 예비부부의 벗은 몸을 찍어주면서 그는 두 가지의 모습을 보인다. 하나는 젊은 몸에 대해 자신이 가지는 패배의식과 열등감이었고, 또 하나는 몸이라고 하는 것이 사회에서 요구하듯이 도발적이고 육감적이지 않아도 아름다울 수 있다는 사실에 대한 깨달음이었다.

근육이란 찾아볼 수 없이 곱고 메마른 남자의 몸. 도발적이지도 육감적이지도 수줍지도 않은 여자의 몸. 소년과 소녀, 소녀와 소년. 음모와 성기가 아니라면 그들에게 성적인 구분은 전혀 없어 보인다. 그들의 몸이 자아내는 가벼움과 거침없음과 모호함이 그를 당혹스럽게 한다. … 패배한 이 늙은 영혼아. 그들이 스튜디오를 나가고, 다시 바깥이 시끌벅적해지고, 아내가 들락거리는 동안, 그는 그저 멍하니 앉아 내부에서 일어난 낯선 감정들의 정체를 파악하느라 정신이 없다. 하지만 그가 애를 쓰면 쓸수록 그 낯선 감정은 더 모호해지고 어두워져간다. (15-16쪽)

그동안 그가 카메라를 이용하여 수많은 육체에게 가해왔던 억압과 구속이 아무 성적 매력이 느껴지지 않는 평범한 육체도 아름다울 수 있다는 사실을 확인하면서 무의미한 행동이었음을 알게 된다. 그래서 그는 '육체에 정복당한 느낌을 받았다'고 고백한다. 이러한 육체로부터의 공격은 그가 사회적 시선 속에 놓인 몸으로부터 받았던 패배감과는 또 다른 것이었다. 육체에 억압을 가하면서 자신이 과거 받아왔던 열등감과 패배의식에서 벗어나 사회 속에서 진정한 승리자로 거듭나기를 바라고, 카메라를 통해 그런 승리감을 만끽하던 중에 깨달은 이러한 사실은 아내에게 당했던 어떠한 무시보다도 그에게 강렬하게 다가왔다. 그동안의 그의 노력이 수포로 돌아가는 또 다른 패배감의 확인이었기 때문이다.

뒤이어 남자는 젊은 아이와 싸움을 벌이게 된다. 술김에 시작된 싸움이지만 그는 '이깟 풋내 나는 애송이한테 질 수 없다'는 심정으로 죽을힘을 다해 싸우게 되고, 남자 아이를 경찰서에 보내는 것으로 승리감에 휩싸인다. 그는 남자 아이를 자신의 사진관에 조수로 고용하여 승리를 굳히려 한다. 그러나 남자는 자신에게 사정하는 아이의 할머니와 젊고 순수한 모습을 지닌 소년의 마주하고 있는 몸 통해서 인간의 욕망의 대상으로만 존재한다고 믿었던 육체에 대해 그동안 이미 정해져 버린 몸의 의미를 습득하고 거부하기에만 급급하여 잊고 살았던 어린 시절 자신이 직접 경험하고 느꼈던 젊음과 늙음이라고 하는 순수한 자연 그대로의 몸을 떠올린다. 그 속에서 몸은 타인의 시선에 갇혀 버린 어떤 의미체계도 아니었고 욕망의 대상으로 자신을 억압하지도 않았다. 그동안 아내의 시선에 갇혀서 잊고 살았던 몸 그 자체로서 순수했던 시절이 소년과 할머니의 몸을 통해 되살아나게 된 것이다.

상의를 벗고 앉은 여자는 바로 늙고 야윈 노파다. 녀석이 찍고 있는 아름다움의 실체. 주글주글한 목덜미와 탄력 없는 팔뚝과 늘어진 젖가슴을 그대로 드러낸 늙은 여자의 몸. 연방 터지는 플래시에 눈이 멀 것 같다.

그는 조명 아래에서 노파의 몸이 살아나는 것을 본다. 그것은 그가 여태 상상하고 단정 지은 추악하고 안쓰러운 늙음이 아니었다. 늘어진 젖가슴은 사막의 사구들을 닮았다. 노파의 몸은 한없이 부드러운 강물처럼, 풀과 나무와 바위까지 품어안은 대지처럼, 나뭇잎을 살랑이게 하는 시원한 바람처럼, 살아 있는 몸이었다. 소멸과 생성이 공존하는 자연 그 자체. 연한 색깔의 젖꼭지는 이제 막 이차성징을 겪고 있는 소녀의 미숙한 젖꼭지와 같았다. 조명 아래에서 노파의 몸은 부끄러워하고 시샘하고 달아오르는 소녀의 몸이었다. 소멸과 생성이 공존하는 원숙한 자연이자 소녀인 노파의 몸.

그는 뒷걸음질 친다. 허둥대며 스튜디오를 빠져나온다. 무언가 와르르 무너지는 소리가 들린다. 아무 생각도 할 수가 없다. 그는 자꾸 눈물이 나오려는 것을 가까

스로 참는다. (39-40쪽)

남자에게 몸은 그동안 자신이 그렇게도 거부해 왔던 아내의 눈, 타인의 시선으로 바라볼 때의 그 모습 그대로였다. 그는 그런 시선에서 벗어나 자신의 삶을 되찾기 위해 아내처럼 몸을 기술 실험의 장으로 보기도 하고, 많은 시간 타인의 육체를 억압함으로써 몸에 공격을 가하고 그 속에서 승리감을 맛보기도 했다. 그러나 그는 여전히 사회의 시선 속에 있었고 사회에서 통용되는 인위적인 아름다움의 구속에서 진정으로 벗어나지 못했다. 그런데 남자는 전혀 아름다울 것 없는, 오히려 사회에서 요구하는 아름다움의 기준으로 보자면 가장 아래에 있어야 할 노파의 몸에서 타인과 주변 세계와의 상호 관계의 장을 여는 진정한 몸의 모습을 보게 된다.

오늘날 우리 사회에 만연해 있는 타인의 시선을 의식한 아름다움에 대한 인간의 열망과 그 이상의 광적인 집착은 인간이 진정으로 알아야 할 몸의 의미를 퇴색시키고, 그저 인위적인 아름다움의 기준에 몸을 맞추고 더 나아가 그것으로써 한 개인을 평가하는 도구로 삼았다. 이러한 인간의 모습은 그 속에서 어느 누구도 예외일 수 없는 우리에게 허탈감과 실망감을 안겨주면서, 이제는 그 심각성과 함께 반성의 목소리를 내는 지경에 이르렀다. 몸에 대해 평가하는 말들, 늙고 추함이나 날씬하고 뚱뚱한 등의 수식어는 인간만의 일방적인 평가에 지나지 않는다. 그동안 인간은 우리의 몸에 대한 이러한 평가들을 통해서 몸을 억압하고 구속하고 고통을 안겨 주었다. 그러나 몸은 과거에 그랬던 것처럼 여전히 본래의 자신의 모습을 통해서 인간의 정신과 삶을 함께 하기를 원하고 있다. 어긋나 버린 인간과 몸이 진정으로 화해에 접근하는 길은 몸이 가진 본래의 모습을 지켜주는 것이다.

천운영은 인간에게 과연 몸이 가지는 의미가 무엇인가에 대한 해답이 절실한 오늘날, 「소년 J의 말끔한 허벅지」를 통해서 인간이 그토록 집착하는 타인의 시선이라고 하는 규율 속에 내정된 아름다움의 의미를 맹목적으로 추구하는 것이 얼마나 헛된 것인가를 알려 주고 있다. 그리고 오늘날 깨져버린 몸과 인간의 균형이 회복에 이르는, 진정한 화해의 길은 인간이 몸에 종속당하는 것도 아니며, 인간이 몸을 지배하는 것은 더더욱 아닌, 몸은 그 자체로서 인간의 삶을 모습을 담아내고 인간은 또 그러한 몸을 훼손시키지 않고 보존하여 자신의 삶을 담은 몸을 받아들이고 바로 바라볼 수 있는 눈을 가지는 것이다.

3부

미학화된
몸을
넘어서

김만석

이 경

최미진

'주체' 하기 힘든 몸들, 그리고 갱신되는 '서술자'

— 한강論

김만석 (부산대 강사)

1. 이야기 '들'의 침입

한강의 소설은 읽기가 두렵다. 뼈와 살이 자주 뒤섞이는 한강의 소설을
편안한 자세로 읽는다는 건 여간해서는 쉽지 않은 일처럼 여겨지기 때문
이다. 책장이 넘어갈 때마다 뼈가 부딪는 소리가 들리고 살갗이 찢어지
는, 비명이 들리는 느낌에 망연해지는 것도 당연한 일인지도 모른다. 일
그러지거나 뭉개어져서 눈알과 눈썹, 뇌수, 두개골, 이빨, 턱 등이 곤죽이
되어 있는 얼굴을 무표정하게 볼 수 있는 강심장에게야 한강의 소설은 나
약한 인간 군상들의 이야기일 뿐일 수는 있다. 하지만, 한강의 소설은 그
런 강심장을 가진 독자를 애초에 허용하지 않는다는 사실을 감안하면, 이
야기의 후폭풍으로부터 자유로워지기란 여간해서 쉬운 일이 아니다.

일종의 흉몽凶夢으로 엄습하는 그녀의 소설은 독자를 흠칫거리게 하지만
시체들을 늘어놓고 있다든지, 식인귀나 살인마를 소재로 취급하지는 않
는다. 그녀의 소설에 등장하는 것은 기이한 사물이나 이국적인 풍경이 아
니라 일상적이고 가까운 곳에서 늘 관찰할 수 있는 어떤 것을 드러내는
데에 집중되어 있다. 다른 방식으로 말하자면, 일상적이고 평화로운 삶의

자장에 내밀하게 웅크리고 있는 고통스러운 이면을 열어놓는 한강의 소설이 낯선 얼굴로 독자들 앞에 서성거릴 수 있다는 것은 역설적이게도 잔잔한 일상을 다루고 있기 때문이라는 것이다. 아주 포근하고 평화로운 일상이 무시무시한 것들로 가득하다는 사실을 알려주는 한강의 소설을, 두려움을 가까스로 억누르며 읽을 수밖에 없는 것은 바로 이 때문이다.

공포가 익숙한 사물이 낯설게 나타나는 것을 목격함으로써 발생하는 정서라면, 한강 소설의 주요한 관심은 '익숙하지만 낯선Uncanny' 어떤 것을 드러내는 데 있는 것처럼 보인다. 하여, 일상을 공전하고 있는 사물이 한순간 낯설게 여겨지는 일이 종종 생기는 경험을 떠올린다면, 한강의 소설은 해석이 완료되었음에도 끝내 봉합되지 않는 '그 무엇'에 대해 탐사하는 것이라 할 수 있다. 한강 소설의 인물들이 그 대상과 조우하면서 빠져들어가거나 혹은 유혹되는 이유는 이런 점에서 비롯된다. 익숙하지만 선뜻 이해하기 어려운 이야기로 다가오는 한강의 소설은 그래서 탐색과 탐사의 과정으로 채워져 있거나 해석의 과정들로 점철되어 있다. 이 '과정들'은 급기야 소설쓰기 자체를 쇄신하는 데에까지 나아가려 하며 이야기를 들끓게 만든다.

한강은 "'나'가 지워진 자리에서, '나'이면서도 동시에 '나'가 아닌 '나'가 쓰는 것이"* 소설쓰기의 주요한 과제라는 짧은 고백이 이를 명백하게 한다. 즉, 사물의 감각적 인상 그 배후에서 서성거리며, 이를 가능하게 한 '그것' 자체에 도달하려는 이러한 소설쓰기의 방법은 그녀의 소설이 근원적으로 '그 무엇'을 해석하는 데에 주력하고 있다는 것을 논증해

* 한강, 「수상소감」, 『제25회 한국소설문학상 수상 작품집』, 개미, 2000, 328쪽.

주고 있는 대목이 아닐 수 없다. 그녀의 소설이 시종일관 자명한 것으로 여겨지는 일상적 관계의 위상을 박탈하며 그 관계가 침묵하는 것이 무엇인지를 부각시키는 것도 이런 점에서 비롯되는 것이다. 등단작인 「붉은 닻」(1994)에서부터 단편집 『여수의 사랑』(1995), 『내 여자의 열매』(2000), 중편 『아기부처』, 장편 『검은 사슴』(1998), 『그대의 차가운 손』(2002), 「채식주의자125(2004, 『창작과비평』 여름호), 「몽고반점」(『2005 이상문학상 작품집』)에 이르기까지 한강은 '그것' 과 마주치는 것을 주저한 일이 없으며 그로부터 비롯되는 상처를 모두 감당하려 했음을 짐작할 수 있다. 그렇다면 한강이 소설을 통해서 그토록 읽어내고자 하는 그 '무엇' 이란 무엇인지 질문해야 한다. 아니, 그토록 순치되지 않는 대상, 봉합을 뚫고 빠져나가는 대상이 무엇인지 물어야 한다.

왜냐하면, 순치되지 않는 대상이 침입할 때 발생할 문제는 이야기를 이끌어 나가야 하는 '서술자' 의 곤혹스러움과 곧바로 직결되지 않을 수 없기 때문이다. 소설이 '서술자' 라고 부르는 독특한 장치를 통해 진전해왔다면 90년대 무렵부터 소설쓰기를 시작한 한강에게 서술자는 무엇보다 소설의 핵심으로 받아들여지지 않을 수 없는 것 아니었을까? 말하자면, 80년대 소설이 감당해야 했던 혹독한 정치적 상황과 달리 어느 정도 부담을 던 것처럼 여겨지는 서술자가 대면하게 될 이야기는 80년대의 서술자로서는 역설적으로 감당하기 어려운 것들로 충만했다는 의미이다. 한강이 이를 대면하면서 도달한 지점이 '예술' 곧 소설쓰기에 대한 문제일 수 있었던 것도 이 때문이다. 아니, 한강의 소설이 삶을 파국으로 치닫게 하는 두렵기 짝이 없는 그것이, 마치 자명한 것으로 믿어왔으며 의심이 될 수 없었던 서술자를 괴롭게 할 것임은 분명하다.

2. 숙주와 기생충

한강의 소설에서 그 기이한 대상으로 등장하는 것은 '몸[Body], sexuality' 이다. 그렇다 손치더라도 한강의 관심은 몸 그 자체가 낯설게 '보이는' 데 있는 것이 아니라 지각되지 않거나 지각되더라도 자동적인 것으로 인식되 어 '의미' 조차 되지 않던 것이 어느 날부터 '질적' 변환을 일으켜 그것이 전혀 낯선 사물이 '되는' 데에 관심을 집중한다. 즉, 한강의 관심은 스스로 도 제어할 수 없는 '몸' 에 두고 있으며 자명하다고 믿은 '몸' 이 갑자기 질 적인 변화를 일으키며 삶을 기이한 형태로 이끌고 가는 이야기를 빈번히 등장시킨다는 말이다. '몸' 이 주체라도 되는 양, 몸의 이끌림에 일상이 파 국으로 치닫거나 '몸' 때문에 자신의 삶을 변화시키는 인물들이 이야기 속 을 배회하는 것을 한강의 소설에서 목격하는 건 그리 어렵지 않다.

아내는 베란다의 쇠창살을 향하여 무릎을 꿇은 채 두 팔을 만세 부르듯 치켜올리 고 있었다. 그녀의 몸은 진초록색이었다. 푸르스름하던 얼굴은 이제 상록활엽수의 잎 처럼 반들반들했다. 시래기 같던 머리카락에는 싱그러운 들풀 줄기의 윤기가 흘렀다.
— 「내 여자의 열매」 (『97 현장비평가 뽑은 올해의 좋은 소설』 현대문학), 359쪽

「내 여자의 열매」는 아내의 몸에 갑자기 생겨나기 시작한 푸른 반점이 점점 커지면서 녹색으로 변해 온 몸에 퍼지고 아내가 식물이 된다는, 환 상의 형식을 차용한 이야기를 담고 있는 작품이다. 인용문은 남편이 "육

박 칠일 간의 해외출장"을 갔다가 자신의 아파트로 들어오자 아내가 식물로 변해버려 남편이 식물로 변한 아내에게 물을 주기 바로 직전을 그리고 있다. 남편은 아내에게 물을 주면서 "내 아내가 저만큼 아름다웠던 적은 없었다"라는 독백을 씹어 뱉는데, 이는 그 동안 아내의 삶에 무관했던 남편이 처음으로 아내를 '바로 보'기 때문에 가능하게 된 처절한 고백이다. 즉, 남편은 아내의 몸에서 일어나는 변화를 '병원에 다녀오라'는 단 한 마디 말로 일축하거나 그 원인에 대해서 알려고 하지 않았기 때문에 아내의 몸에서 생기는 "반점"들이 단지 저녁잠이 많아 시장을 다녀오거나 일 때문에 외출했다 귀가하는 와중에 이곳저곳에 부딪혀서 난 생채기로만 판단했을 뿐이었던 것이다.

그래서 아무런 문제없이 흘러가던 일상적 삶을 영위하던 부부에게 아내의 작은 반점이 끝내 제어할 수 없는 지경으로 나아가는 과정을 그리고 있는 이 작품은 '몸'이 불가해하며 통제될 수 없다는 것을 정확하게 보여주고 있는 텍스트라고 할 수 있다. 문제는 '통제 불가능한 몸'이, 몸이라는 순수한 대상으로 놓여 있지 않고 의식되지 않는, 몸 자체의 욕망과 매우 밀접한 관련이 있다는 점이다. 요컨대, 한강에게 일상이란 욕망이 들끓는 공간으로 표현되고 있으며, 그 가운데에서 욕망이 구체적으로 실현되는 공간인 '몸'은 욕망의 정체를 들여다보는 열쇠로 이해될 수 있는 것이다. 즉, 한강의 소설이 그리는 것은 스스로 억압해 왔거나 배제해 왔던, 일상에 반하거나 사회적으로 강요된 정체성을 뚫고 솟아오르는 몸의 귀환이라 할 수 있다.

그런 점에서, 도발적으로 표현하자면, 한강의 소설에서 궁극적인 화자는 '몸'이다. 아니, 몸'이' 말한다. 몸은 '대상'이긴 하지만 의식에게 항상 자신에 대해 이야기하는 '주체'이다. 피부를 뚫고 몸속으로 낯선 바이러스가 들어왔을 때, 발열이나 발진증세를 일으키기도 하고 심할 경우 피를 쏟아내기도 한다는 것을 상기하면 몸이 '말하는' 주체라는 사실이 그리 놀라운 것은 아니다. 문자화된 언어를 사용하지 않아도 몸은 의식에게 끝없이 말하고 있으며, 의식 주체는 몸이 하는 말을 들어야만 자신의 생을 보장받는다는 것을 한강은 끊임없이 상기시킨다.

밤의 정적 속에서 그녀(L, 인용자)의 집중한 뒷모습은 고독해 보였다. 삼키는 소리, 씹는 소리, 다 먹고 난 비닐을 구기는 소리. 턱으로 흘러내린 음식물을 후룩 들이마시는 소리. (중략) 열쇠로 문을 열기 전에 토하는 소리를 들을 수 있었다. 꺼윽꺽, 질식하는 듯 한 신음이 뒤섞여 흘러나왔다. 양변기에 물이 고이기 무섭게 그녀는 물을 내리곤 했다. 토사물의 양 때문일 것이다. 계속해서 물을 내리지 않으면 변기가 넘치는 것이다.
— 「그대의 차가운 손」, 142쪽

만약 몸이 하는 말을 듣지 못할 경우 의식은 몸으로부터 거부당한다. 최악의 경우 죽음으로 이행되기도 하는 이런 거부는 의식의 선택이 아니라 몸의 요구로 의식이 이끌린 것이다. 예컨대, 「그대의 차가운 손」에서 거식증에 걸린 'L'의 다이어트에 대한 강박증을 의식은 더 이상 필요로 하지 않는 데에도 불구하고 그것을 제어할 수 없게 된다던가, 초기 단편 「여수의 사랑」에서 '자흔'이 알 수 없는 이유로 결벽증에 시달린다던가 하는

미학화된 몸을 넘어서 179

것도 의식이 아니라 몸의 욕망에 마치 노예처럼 휘둘리고 있는 장면들이다. 특히 「그대의 차가운 손」에 등장하는 'L'이 다이어트를 하기 전 "언제부턴지 몰라요. 입에 먹을 걸 물고 있으면 마음이 편해진 게…… 쉴 새 없이 먹어댔죠. (중략) 40킬로가 불고 나니까 드디어 날 괴물 쳐다보듯 하더군요. (중략) 이 세상에서, 먹는 게 제일 좋아요. 음식이 내 엄마구요. 내 힘이구요. 내 모든 거예요. 따뜻해지구, 배가 부르구, 너무 맛이 있어요."(113-114쪽)라고 진술한다는 사실은 의식으로서 '나'가 '몸'이 말을 하기 시작하면 의식의 의지 따위는 여지없이 무너지고 만다는 것을 정확하게 보여주고 있다.

이 때문에 한강의 소설은 이런 명제를 허용하게 한다. 의식은 몸의 기생충 혹은 바이러스이다. 즉, 의식주체가 몸이 표현하는 언어를 해석해야만 몸에 부착될 자격이 겨우 주어지게 된다는 것이다. 이는 의식/몸이라는 이항대립을 무용하게 만든다. 따라서 몸이 문자화된 언어 그 자체로 말을 하는 것은 아니지만 몸은 언제나 무엇인가를 말하고 있는 것은 분명하다. 식욕, 성욕 따위에만 귀 기울이는 게 다반사이기는 하지만. 물론 한강의 소설에서 〈남편 ― 아내〉가 등장하는 이야기의 경우 대부분 식욕과 성욕은 몸이 귀환하는 첫 번째 통로인 것은 틀림없다. 그럼에도 불구하고, 일반적으로 식욕과 성욕은 의식주체를 확고하게 하거나 의식을 유지하기 위한 보조적인 수단으로 전락할 뿐이지 몸 그 자체의 욕망이 실현된 것이라 할 수 없다.

이런 저간의 사정을 고려하면 서술자가 이들 이야기를 장악하기 어려웠다는 판단을 가능하게 한다. 말하자면, 「내 여자의 열매」에서 남편에게는 아내의 증상을 설명할 수 있는 방법은 주어지지 않았으며, 이를 장악할 서술자의 목소리는 드러나지 않는다. '남편'의 목소리는 시종일관 무기력하며 아내를 관찰하는 행위조차 기이할 정도로 위축되어 있다는 것이다. 하지만, 「내 여자의 열매」는 이를 '환상'의 형식으로 봉합하려 함으로써 이야기를 철저하게 장악하려는 서술자의 위상을 포기하지 않는다. 이는 「그대의 차가운 손」이 액자구성을 취함으로써 액자 내부 이야기의 서술자가 처한 위험을 떨쳐버리기 위한 전략적 장치인 것과 맥을 같이 한다. 즉, 「그대의 차가운 손」은 숙주가 이야기하려는 것을 액자 바깥의 서술자로 막아내면서 힘겹게 기생충의 행로를 지탱하는 형국에 다름 아니다. 그러나 이 서술자는 끝내 숙주의 역습을 가로막지는 못하며 바리케이드는 구멍 뚫리고 만다.

3. 구토 혹은 거식증

'몸'이 의식에 비해 하찮거나 의식의 거푸집에 지나지 않는다는 발상은 상식이다. 이는 의식과 몸을 이항대립으로 분할함으로써 의식을 통해 몸을 장악해온 역사적 경로가 '상식'으로 구성한 것에 지나지 않는다. 물론 이 상식은 몸을 언제나 부차적인 것으로 취급함으로써 의식의 관리 아래 놓아두도록 강제되었다는 점은 짚어야 한다. 이는 역설적으로 의식과 몸을 분리한 다음 몸이 의식보다 저급한 것으로, 헛되고 덧없는 것으로 구성하면서 의식을 통해 몸과 완전히 일치가 된다는 '착란'을 구성해내는 것과 다르지 않다. 의식이 생성됨으로써 몸은 탄생되었지만, 의식으로 몸이 완전히 뒤덮임으로써 의식과 몸은 불행한 (불)일치를 노정해 온 것이다. 의식과 몸은 하나이므로, 몸은 의식에 의해 구석구석 관리되어야만

한다는 명령이 빈번하게 하달되는 것은 이 (불)일치를 흩뜨리지 않기 위한 치밀한 전략이었던 셈이다.

한강의 소설은 '몸' 자체와 몸의 목소리에 민감하게 반응한다는 점에서 전적으로 다른 전략에 기반을 두고 있다. 한강의 소설에서 빈번히 드러나고 있는 구토는 의식적인 것과는 사뭇 다른 양상으로 나타나는 것이다. 가령, 식칼로 자해를 감행한 아내의 병실에 찾아온 장모가 아내에게 녹용으로 만든 보약을 약초만으로 다려만든 보약이라고 속이고 아내에게 먹이는 「채식주의자」의 한 장면은 이를 잘 보여준다.

> "한약 맞아. 얼른 코 막고 먹어라."
>
> "안 먹어요."
>
> "먹어라. 이 애미 소원이다. 죽은 사람 소원도 들어준다지 않든?"
>
> 장모는 아내의 입으로 컵을 가져갔다.
>
> "정말 한약 맞아요?"
>
> "그렇다니까."
>
> (중략)
>
> 나는 링거액 주머니를 들고 아내를 따라갔다. 아내는 링거액 주머니를 화장실 안에 걸어두게 하고 문을 잠갔다. 그리고 몇 번의 신음소리와 함께 뱃속에 들어간 것을 모두 게워냈다.
>
> 허전허전한 걸음걸이로 아내는 화장실에서 나왔다. 아내에게서 역한 위액냄새, 시큼한 음식냄새가 났다.
>
> ─한강 「채식주의자」(『창작과비평』 2004 여름호), 280쪽

어느 날 아내가 갑자기 모든 육류를 냉장고에서 끄집어내 버리는 일이 일어나는 것에서부터 시작하는 한강의 단편 「채식주의자」는 육류를 먹을 수 없게 되었다는 남편, '나'의 불만을 들은 장인이 억지로 아내에게 탕수육을 먹이려다 아내가 손목을 긋고 병원에 입원한 다음날의 대목이다. 아내는 장모가 가져다 준 한약의 내용물을 전혀 알지 못하지만, 몸은 그 내용물이 무엇인지 알고 이를 스스로 거부한다는 사실이 잘 나타나 있다. 다시 말해, 의식이 거부한 것이 아니라 몸이 거부한 것이며 몸에 의해 의식이 변화되었다는 것을 의미한다.

주의해야 할 것은 아내의 신체적 변모가 급작스러운 것이 아니라는 점이다. 소설에서 아내는 "끔찍하고 이상한" 꿈을 꾸며 육류를 냉장고에서 모두 꺼내 버리는 것으로 나타나지만, 이는 이미 아내의 몸이 '채식'의 형태를 욕망하고 있었다고 보아야 한다. 왜냐하면, 아내가 식탁에 오를 수 있는 음식의 종류를 모두 채식으로 바꾸어버리는 행위를 할 수 있는 것은 이미 그녀의 몸이 채식을 요구하고 있었기 때문에 가능한 것이지 꿈이 그녀를 채식으로 이끈 것이 아니기 때문이다. 마치 프로이트가 안나 파펜하임을 치료하면서, '히스테리 환자는 이미 히스테리 환자였기 때문에 아버지의 간병을 한 것이지 아버지의 간병으로 히스테리 환자가 된 것은 아니'라고 주장한 것과 마찬가지이다. 아내의 몸이 이미 채식을 욕망하고 있기 때문에 냉장고에서 육류를 버린 것이지 어느 날의 사건(꿈)이 그녀를 채식주의자로 돌변하게 만든 것은 아니라는 말이다. 이 때문에 남편이 미역국과 상추쌈을 먹는 아내를 보면서 발설하게 되는 "나는 모르고 있었다. 저 여자에 대해서, 아무 것도 모르고 있었다. 갑자기 그런 생각이 들었다."라는 진술은 몸의 말을 듣지 못하는 외곬수 의식의 외마디 비명처럼 보인다.

따라서, 아내의 구토는 몸의 욕망과 밀접한 관련이 있다. 우선 몸의 욕망이 수행되기 위해서는 의식과 몸의 불행한 (불)일치에 누수가 일어나야만 한다. 이 누수를 가능하게 하는 것은 '구토'(혹은 '거식증')이다. 즉 구토(거식증)는 의식으로 지배한 몸에서 의식과 몸을 다시 분리하는 것과 다르지 않다. 다시 말해, 의식이 허용한 것을 토해냄으로써 의식의 지배는 무용지물이 되고 몸으로부터 의식은 떨어져나간다. 구토를 통한 분리는 그저 몸과 의식을 분리하는 데에 그치지 않고 가치를 전도시키는 데에까지 나아간다. 이 분리는 의식이 몸에 투여했던 '리비도 경제'를 중단시키는 결과를 낳게 되며 새로운 방식으로 리비도를 구성해야 할 필요를 암시해주기 때문이다. 물론 이는 당위적이거나 목적론적인 지평으로 나아가지 않고 오직 욕망에 그대로 육박하려는 문제의식의 소산으로 이해되어야 한다.

> 그러나 뻥 뚫린 손목의 입구로 들여다보이는 캄캄한 공동 속에는 혈관도 근육도 뼈도 없었다. 그것은 철저하게 본질이 제거된 공간이었다. 그 때문에 그 손에서는 체온이 느껴지지 않았다. (…) 처음으로 나에게는 마음 놓고 숨을 공간이 생긴 것이다.
> ─ 「그대의 차가운 손」, 91쪽

한강 소설의 대부분에서 이런 구토증세가 지속적으로 나타난다는 사실은 여전히 몸의 욕망이 금지되거나 의식 주위를 에워싸고 있다는 사실을 알려준다. 따라서 "껍질" 혹은 "껍데기"(「그대의 차가운 손」)가 실질으로 존재의 근본조건임을, 우리 삶의 에너지를 제공한다는 것은 분명하다. '내면' 이라고 부르는 것은 단지 공허한 침묵이거나 "텅 빈 어둠"(「그대의 차가운 손」)일 뿐, 그것이 자기를 증명해주지 못한다는 것이다. 내면이란 "숨을 공간"이거나 타인과 접촉할 수 없는 무의미한 고독으로 채색되어 있다는 소설 속의 화자의 진술은 이런 점에서 수긍할만한 지점이다. 의식으로서의 '나' 를 지속적으로 게워내는 '몸' 의 반란이 근원적으로 여성의 '몸' 과 맞닿아 있는 것은 남성적 가치체계와 진리체계가 얼마나 허약한가를 의미하는 것이며 근대사회가 이룩해놓은 성과가 단 한 번에 무너질 수도 있다는 사실도 암시하고 있다.

몸과 의식의 분리를 통해 의식이 튕겨져 나간, '몸' 자체인 아내를 통해 의식이 몸보다 더 우월하다는 이항 대립적 가치에 균열을 일으키는 한강의 소설이 독자로 하여금 고통스러움 혹은 공포를 유발하지 않을 까닭이 없다. '몰랐다' 를 반복하는 남편의 말처럼, 이해할 수 없는 몸의 언어를 해석하기 위해 애써야 하는 것은 바로 이런 점에서 연유한다. 또는 강압적으로 육류를 입안으로 밀어 넣는 아내 아버지가 내지르는, 육식동물이 지니는 공격성은 늘 몸의 말에 귀를 기울여야 한다는 것을 역설적으로 반증해주는 꼴로 읽힌다. 따라서 서술자의 위상은 바닥으로 곤두박질친다.

4. 포식자–서술자의 무기력

「채식주의자」에서 아내의 저 도저한 반란은 한편으로는 남편을 곤궁한 입장에 처하게 한다. 물론 브래지어를 하기 저어하는 아내의 기이한 습벽을 기이함으로만 받아들이는 남편에게, 아내의 그 행동이 육식의 욕망에서 채식의 욕망으로 이행하는 단초로 읽힐 수 없었던 것은 당연한 노릇이다. 남편이 아내의 몸을 대상으로 파악하고 자신의 성욕을 해소하는 공간으로만 이해한 것도 이 때문이다. 하지만, 핵심적인 문제는 남편에게 아내의 몸이 해석해야할 어떤 것으로 점차 다가온다는 데에 있다. 아내의 채식이 남편에게 그 원인이 어디에 있는가를 해석하게끔 유도하고 있고 소설에서 남편은 아내의 기이한 습벽에 대한 해석을 지속적으로 늘어놓는 것은 이런 점에서 연유한다.

나는 마치 타인인 듯이, 구경꾼들 중의 한 사람인 듯이 그 광경을 바라보았다. 지친 듯 한 아내의 얼굴을, 루주가 함부로 번진 듯 피에 젖은 입술을 똑똑히 보았다. 물끄러미 구경꾼들을 바라보던, 물을 머금은 듯 번쩍거리는 그녀의 눈이 나와 마주쳤다.

나는 저 여자를 모른다,라고 나는 생각했다. 그것은 사실이었다. 거짓말이 아니었다. 그러나 어쩔 수 없는 책임의 관성으로, 차마 움직이지 않는 다리로 나는 그녀에게 다가갔다.

… (중략) …

나는 아내의 오른손을 펼쳤다. 아내의 손아귀에 목이 눌려 있던 새 한 마리가 벤치로 떨어졌다. 깃털이 군데군데 떨어져나간 작은 동박새였다. 포식자에게 뜯긴 듯한 거친 이빨자국 아래로, 붉은 혈흔이 선명하게 번져 있었다.

— 「채식주의자」(『창작과비평』 2004 여름호), 284쪽

아내의 몸에 대한 해석자로 등장하는 남편은 그런 점에서 히스테리환자

를 대하는 분석의를 연상시킨다. 이는 일종의 전도이다. 히스테리자의 증상을 이해하기 위해 분석의가 히스테리자가 하는 말을 하나도 빼놓지 않고 기술해야 하는 것과 닮아 있지 않은가. 남편은 이해할 수 없는 아내의 변모를 모두 받아들이지 않을 수 없기 때문에, 남편이 누려왔던 암묵적인 지위를 박탈당하고 아내의 행위를 그저 수용할 도리 외에는 어쩔 방도가 없다.

「채식주의자」가 일인칭 관찰자 시점으로 기술되어 있는 이유도 이런 점에서 보면 흥미롭다. 일반적으로 일인칭 시점은 '나'가 관찰하는 '대상'을 객관적으로 기술할 수 있는 장점이 있지만, 「채식주의자」에서 '나'는 아내의 행동 앞에 무기력해질 뿐 객관적 거리를 유지하지 못한다. 주체의, 시선의 폭력은 이해할 수 없는 대상 앞에서 무한히 후퇴할 뿐 대상을 주체 앞에 놓는 재현Representation은 불가능한 것이다. 오히려 아내의 행동 앞에서 '나'의 시선은 아무 것도 포착할 수 없어 아내의 행동에 따라 조종당하는 형국으로 비춰지고 만다. 가부장적 남편이 파국을 경험하는 것은 바로 이 지점에 와서이다. 남편뿐만 아니라 가부장적 가족제도에 견고하게 발목 잡힌 아내의 가족인 장인과 장모 그리고 남동생과 언니네 식구가 깡그리 아무 조처도 취할 수 없는 것은 물론이다. 무기력하고 아무 것도 알 수 없는 '무능력한' 가부장의 한없는 나락으로의 곤두박질.

따라서, 아내의 구토는 여성을 잡아먹는 포식의 습성을 게워내는 것이다. 포식/피식의 대립항이 사실 피식자에게 포식자의 습성을 은연중에 용인하도록 만드는 기제를 삼투시킴으로써 유지되고 강화되었다면, 피식자의 몸에 각인되어 있는 포식의 욕망을 토해냄으로써 이 관계를 역전시킨다. 이 때문에 피식자가 도리어 포식자에게 윤리적으로 성찰하는 계기를 제공하는 새로운 차원을 「채식주의자」로부터 읽어내는 것은 지나친 일이 아니다. 포식의 윤리가 타자를 생산하고 대상을 강화하는 데에 비해 피식의 윤리는 이 대립항 자체를 무용지물로 만들기 때문이다.

한편 「내 여자의 열매」와 「채식주의자」 두 작품은 닮아 있지만 전혀 상이한 궤도를 그린다. 아무런 문제의 소지가 없던 부부가 어느 날 갑작스럽게 아내의 몸이 전과 달라지면서 전혀 새로운 상황으로 나아간다는 동일한 모티브를 차용하고 있지만 두 작품 사이에는 넘나들 수 없는 심연이 가로 놓여 있다. 두 작품 모두 1인칭 관찰자 시점을 차용하고 있지만 「내 여자의 열매」가 관찰자로서 독자에게 성실한 보고를 수행하는 데에 역점을 두고 있다면 「채식주의자」는 관찰자가 '무능력' 해지는 데로 나아가고 있다는 것이 그것이다.

이 두 작품에서 근본적인 심연이 가로놓여 있다는 사실은 전작이 아내가 식물로 변한 다음 아내에게 관심을 기울이는 것으로 귀결되고 있다면 후자는 철저히 무력하게 그려지고 있다는 단순한 사실로부터 확인된다. 요컨대, 「내 여자의 열매」가 식물로 변한 아내를 위해 헌신한다는 소설의 마지막 설정은 매우 낭만적인 귀결이고 남성중심적 기반이 여전히 유효한 것으로 파악되고 있다면 「채식주의자」에서 병원의 분수대 근처에서 상의를 벗고 해바라기를 하고 있는 아내에게 외투를 덮는 남편이 아내에게 무엇인가 할 수 있는 현실적인 기반은 깡그리 무너지고 없다. 전작이 환상의 형식을 취하게 된 것도 바로 남성중심적 기반 위에 인물들이 놓여있었기 때문임은 이로써 명백해진다. 「채식주의자」가 환상이 아니라 현실로 직행하면서도 현실을 뒤엎는 것은 포식자의 습성을 아내가 갈취함으로써, 즉 동박새를 물어뜯음으로써 섬뜩하게 해소되고 있는 것도 이 때문이다. 아니, 아내가 물어뜯은 것은 동박새가 아니라 포식자의 습성인 셈이다.

물론 「채식주의자」 이전에 쓴 장편 「그대의 차가운 손」에 이르기까지 한강의 소설에서 관찰자로 등장하는 남성화자들은 대부분 무력하지만, 언제나 상대방을 향해 헌신하거나 거기에 전력을 다하며 여성과 화해하고 있다는 점에서 이 '낭만성'은 남성적 욕망을 까발려주는 유효한 장치로 설정되었다는 것은 간과할 수 없다. 이 때문에 90년대 중반부터 소설에 등장하기 시작한 '내면고백'형 서술자들의 목소리와 한강의 소설이 차별성을 획득한다. 90년대 중후반에 등장하기 시작한 서술자들이, 80년대의 서술자들이 일반적으로 강력한 목소리를 지닌 '지식인−서술자'로 설정되었고 사회적 의제를 매개하는 투명한 장치로 기능했음에 비해, 이들 서술자는 이 투명성에 문제를 제기하고 '스스로' 말하는 방법을 터득했기 때문에 '내면고백'형 서술자들이 증가해왔던 것이다. 특히 한강 소설의 서술자는 사회적이고 상징적인 힘을 거의 발휘하지 못하고 그저 이야기가 흘러나오는 대상을 뒤따르거나 추적하는 데에 더 고심한다는 점에서 일반적인 '내면고백'의 서술 궤적에서 비켜서 있다. 「몽고반점」에서 이 경로가 어떤지를 확인할 수 있다.

(…) 그는 그녀의 연둣빛 몽고반점을 보았고, 거기 수액처럼 말라붙은 그의 타액과 정액의 흔적을 보았다. 갑자기 자신이 모든 것을 겪어버렸다고, 늙어버렸다고, 지금 죽는다 해도 두렵지 않을 것 같다고 느꼈다.

그녀는 베란다 난간 너머로 번쩍이는 황금빛 젖가슴을 내밀고, 주황빛 꽃잎이 분분히 박힌 가랑이를 활짝 벌렸다. … (중략) …

지금 베란다로 달려가, 그녀가 기대서 있는 난간을 뛰어넘어 날아오를 수 있을 것이다. 그것만이 깨끗할 것이다. 그러나 그는 그 자리에 못 박혀 서서, 삶의 처음 이자 마지막 순간인 듯, 활활 타오르는 꽃 같은 그녀의 육체, 밤사이 그가 찍은 어떤 장면보다 강렬한 이미지로 번쩍이는 육체만을 응시하고 있었다.

— 「몽고반점」(『이상문학상 수상작품』), 71–72쪽

「몽고반점」에서는 더 이상 '구토'가 등장하는 않는다. 「채식주의자」의 속편으로 보이는 「몽고반점」은 3인칭으로 기술되지만, 「채식주의자」에서 등장하는 '아내'(영혜)와 그녀의 '형부'(그)의 관계에 집중되고 주로 서술 자는 '그'와 심리적 거리를 밀접하게 유지하면서 '영혜'와의 관계를 그려 냄으로써 삼인칭과 일인칭이 교착된 듯하게 해놓는다. 이는 「채식주의자」에서 감각한 포식자—서술자의 무기력함에서부터 한 걸음 더 뗀 것이다. 달리 말해, 이러한 서술적 장치는 의식/몸의 분리와 전도를 더 이상 수행할 필요가 없어졌으므로, '구토'의 과정은 필요로 하지 않게 되었다는 것으로 받아들여질 수 있다. 뿐만 아니라, 사회적이고 상징적인 층위에서 몸으로 분배되던 리비도 경제가 파탄이 남으로써 「몽고반점」은 형부와 처제가 섹스를 하는 데에까지 지향될 수 있었던 이유이기도 하다.

비디오 아트를 하는 '그'는 그의 '처제' 엉덩이에 있는 '몽고반점'에 매혹되어 '처제'의 몸에 꽃을 그려 넣고 비디오로 이를 기록하지만, 이 매혹은 결과적으로 파국으로 치닫고 만다. '그'는 '처제'와 섹스를 하는 장면

을 카메라로 담으면서 예술적 성과물로 만들기 위한 '편집'을 전혀 고려하지 못하고 일종의 '부분대상Objecta'인 몽고반점 때문에 전혀 다른 욕망으로 이행하게끔 구성되었기 때문이다. '그'가 부분대상과 만나 이후 "난간을 뛰어" 넘어 자살하고 싶어 하는 것도 이런 점에서 비롯한다. 즉, 서술자는 편집을 통해 이야기를 더 이상 구성할 수 없게 되고 부분대상에 충동되는 '그'와 이미 부분대상인 '처제'의 몸 자체만 "강렬한 이미지로 번쩍이"며 응시할 도리 밖에 없게 된다는 것이다. 이 때 서술자는 이 관계에 위치할 수 없고 부분대상과 충동들 사이에서 진동할 따름이다. 따라서 포식자—서술자의 운명은 여기서 종결을 고하고 만다.

5. 다른 삶을 기록하는 서술자

자본에 의해서든, 억압의 방식이 새로워졌든 삶이 다양해진 것은 분명하다. 다국적 기업이 생계형 유목민과 일용직 노동자를 양산하는 오늘날에 계급과 계층이 심각하게 세분화되고 있고 보면, 소설은 투명한 서술자를 통해서가 아니라 아직 드러나지 않은 다른 삶을 기록할 수 있는 서술자를 생산해야할 필요성이 제기된다. 근대문학이, 특히 소설이 다양한 서술자를 통해서 진전해왔지만 서술자는 언제나 투명한 존재로 가정되었다는 점에서 한계를 노정해왔다는 점을 인정해야만 한다. 민족과 국가 혹은 민중을 담지하는 서술자로 일정하게 테두리 지워졌던 소설의 서술자를 한 걸음 더 진전시키려는 시도는 필요하지 않을 수 없는 것이다. 그래서 한강 소설은 분명 다양해진 삶을 담아내기 위한 노력의 소산일 터이다. 한강 소설이 초기부터 지속적으로 이 문제에 가로놓여 있었던 것은 한강이 소설쓰기를 시작한 바로 그 시점이 자본의 새로운 축적이 가속화된 시기이기도 했음을 떠올리면, 이미 분절되기 시작한 삶의 양상들을 볼 다른 눈이 필요해지는 것은 틀림없는 사실이 아닐 수 없다. 그런데, 한강 소설이 예술가들의 문제로만 한정되어 간다는 점은 어딘지 모르게 이 서술자의 운명이 너무 자명해질 위험을 내포할 수 있음을 고려하지 않을 수 없다. 예술과 삶의 관계 문제 이외의 문제로 소설이 확장될 때, 새로운 서술자와 소설의 진전이 가능해질 터이다.

낯선 거울
—이상 소설의 여성읽기

이 경 (진주 국제대 교수)

1. 결여와 병리의 몸주체들

근대성은 개인의 자유를 근간으로 한다. 근대성의 주요 계기로 흔히 제시되는 각종 시민 혁명들은 종교와 정치, 그리고 신분의 억압으로부터의 해방을 기치로 내세운다. 인간은 이성적이고 자율적인 주체라는 것을 부각시키는 것이다.

이상이 속해 있던 20세기 초반은 정치 경제 문화적 토대가 근대적으로 전환되던 시기이며 이상 소설 역시 이러한 변화의 자장 속에 놓여 있다.* 이상소설의 키워드로 흔히 제시되는 자아분열 또한 근대적 개인의 발견과 유관하다. 제도와 금기, 일탈과 위반 그 어느 지점에 위치하든 간에 모든 관계의 귀결점은 늘 개인이다. 금기내의 관계든 금기를 위반한 관계든 결국 개인으로 수렴된다. 연애를 다루지만 연애소설이 못 되는 것은 이 때문이다.

---

* 앞서가던 지식인의 열려 있는 태도로 보든, 이것이 피식민지 지식인의 문화적 충격과 경박함의 소산으로 판단하든(김윤식, 『이상 연구』 문학사상, 1997) 간에 "이상은 근대성에 대해 누구보다 강렬한 지향점을 품고 있다" (이성욱, 「한국근대문학과 도시문화」, 『문화과학』, 2004, 181쪽.)는 점에서는 대체로 동의를 표한다. 이경훈 또한 「공복의 유머」에서 "이상의 고향은 근대였다"고 단정한다. 물론 그는 「육체, 이상의 유리창」에서 근대적 경계에 서 있는 반성적 의식에 주목하기도 하였다. 이경훈, 『오빠의 탄생 : 한국 근대 문학의 풍속사』, 문학과지성사, 2003, 223-242쪽.

물론 그가 추구하는 개인은 자율과 해방의 주체이기보다는 혈연을 비롯한 각종 관계의 주술로부터 풀려난 존재에 가까우며 통합적이기보다는 분열적이다.* 개인은 사회로 나아가는 최소단위가 아니라 자아분열을 일상화하는 최대단위가 된다. 관계가 가 닿지 못하는 개인 혹은 개인이 틈입할 수 없는 관계는 이상 소설을 견인하는 주요한 동인이다.

근대의 자율적 주체라는 이상은 그 속에 서열과 차별의 기제를 내장한다. 자유로운 주체라는 미명 아래 타자를 생산하고 또 배제해나가는 것이다. 주체의 경계는 내부의 비정상성과 도착을 끊임없이 제거함으로써 지켜진다.

하지만 이상 소설에서 제시된 개인은 근대의 자율적 주체이기보다는 고립되고 분열된 존재에 가깝다. 하지만 관계의 그물에 포획되지 않는 이러한 인물들은 서열과 차별을 골자로 하는 주체중심주의의 폭력으로부터 자유로운 존재들이다. 상상계의 오인이 만들어낸 통합적 주체의 환상이 무너지면서 개인은 타자와 조우한다.

이상 소설에서의 개인이 의식과 정신의 주체이기보다는 몸주체라는 사실 또한 이를 뒷받침한다. 작중인물의 의식은 몸이라는 매개를 통해서 사물을 향하는 신체적 의식Embodied consciousness이며, 주체 또한 몸주체Embodied subject인 것이다.** 개인으로 수렴되는 의식과는 별도로 몸은 타인 혹은 세계와의 관계 속에 존재한다. 몸주체라는 명명은 이성중심주의와 남근주의와의 오랜 공모관계에 대한 저항의 몫을 감당한다.

---

* "언술주체의 분열"로서 분석한 문흥술(『한국모더니즘 소설』, 청동거울, 2003, 28쪽)의 연구와 "분신을 중심"으로 설명한 김주현(『이상 소설연구』, 소명, 1999, 247-250쪽)의 연구가 있다.
** Merleau-Ponty, Maurice(1962) Phenomenology of Perception, Colin Smith, tr, New York : Routelege & Kegan Paul, 138쪽

이 점에서 소설의 여성인물은 별도의 분석을 요한다. 이상 소설의 연구는 대부분 남성 인물을 중심으로 이루어져 있으며 그때 남성 인물은 흔히 저자 이상과 겹쳐서 해석되어 왔다.* 이에 비해 남성 인물 혹은 화자의 동거인이자 서술 대상인 여성 인물에 대한 해석은 남성인물의 투사에 한정되어 있다. 물론 최근의 연구에서 여성 인물은 제도의 근간을 흔드는 위험한 힘** 혹은 절대적 타자***로 자리매김 되기도 하지만 아직 단편적인 형태로 제시될 뿐이다.

하여 이 글은 이상 소설의 여성 인물에 초점을 맞춘다. 이상의 여성 인물들은 주체로 발견되면서 잉여를 남긴다. 나르시시즘과 매저키즘이라는 여성 주체의 층위를 각인시킨다. 소설 속 여성인물들은 나르시시즘과 매저키즘의 징후를 드러내는 타자들이지만, 그 결여와 병리 속에서 주체를 드러내는 존재들이다. 여성 주체는 나르시시즘과 매저키즘의 징후를 통해 진정성을 획득한다. 이 글은 바로 이 주체의 양상에 주목하고자 한다. 바로 이 지점에서 우리는 언제나 여자를 타자화 해 온 동일시의 거울에서 벗어날 수 있는 다양한 주체의 가능성을 발견할 수 있다. 근대 이성적 인간의 모순을 여성적으로 떠내는 새로운 주체를 상정할 수 있는 것이다.

금기를 위반하는 연애를 통해 개인을 발견하고 나르시시즘과 매저키즘을

---

* 실제작가, 허구적 인격으로서의 작가 이상, 그리고 인물 이상 등으로 다중화 된 주체의 입장에 접근하는 서영채의 경우가 대표적이다. (서영채, 『사랑의 문법: 이광수, 염상섭, 이상』, 민음사, 2004, 251쪽.)
** 서지영은 이상에 대한 것은 아니지만 다른 소설의 분석에서 까페 여급을 이러한 시선으로 바라본다. (서지영, 「여성의 몸과 근대적 욕망의 지형도-식민지시대 기생과 까페 여급을 중심으로」, 한국여성연구소, 『여성의 몸(시각 · 쟁점 · 역사)』, 창작과비평사, 2005)
*** 서영채, 앞의 책, 284쪽.

통과함으로써 주체를 드러내는 이상소설의 낯선 궤적을 따라가 보기로 한다.

2. 매춘과 연애 그리고 개인의 발견

이상 소설의 남녀는 정상성의 벡터에 역행한다.* 「날개」, 「봉별기」, 「지주회시」는 카페 걸 혹은 기생과 지식인 남성의 관계를 중심 서사로 다루고 있다. 신분과 계층을 뛰어넘는 남녀의 결합임에도 불구하고 이들은 낭만적 사랑과 연애결혼이라는 통념과는 정반대의 맥락에 위치한다. 통념 혹은 조건을 뛰어넘는 연애에 초점이 맞추어진 것이 아니라 통념을 뛰어넘는 힘조차도 무의미해지는 지점까지 다루고 있기 때문이다.

1930년을 전후로 대도시가 소비의 장이 되면서 대표적 신흥 소비 공간으로 드러난 것이 카페다. 이와 함께 카페 여급 혹은 카페걸이라는 신종직업이 등장한다.** 카페걸과 룸펜 지식인 계층 남성의 애정관계가 어렵지 않게 성립되었으며 2~30년대 소설에서 이런 관계는 빈번히 재현된다. 이는 근대적 신체관의 노정 혹은 일부일처제의 희화화로 설명된다. 안미영은 육체는 자본화되었지만 정신적 충족은 지식인에게서 찾는 카페걸의 욕망에서 영육의 분리를 파악한다. 정신과 육체의 분리에서 근대적 신체관을 읽는 것이다.*** 서지영은 여성들의 이러한 일탈을 일부일처제를 희화화하고 근대 결혼제도의 틈을 가시화하는 징후로 읽어낸다. 결혼제도 밖에서

---

* 푸코(오생근 역, 『감시와 처벌』, 나남, 1996, 294쪽.)에 의하면 비정상을 통제하고 교정하기 위한 모든 기술과 제도는 오늘날에도 여전히 존속하고 있다. 그것은 이원적인 특성표시로 제시되는데 이상소설은 바로 이 정상성과 비정상성을 가르는 제도 자체를 유머로 만들어버린다. 이와 관련한 것은 이 글의 4장 마조히즘과 유머 참조
** 안미영, 『이상과 그의 시대』, 소명출판, 131-132쪽 참조.
*** 안미영, 앞의 책, 제4장

불륜의 위치에 머무르는 것이 아니라 전통적인 젠더 경계를 위반하고 사랑과 섹슈얼리티에 관한 근대의 규범을 전복시키는 역할을 한다는 것이다.*

이 글은 이러한 일탈적 관계의 결과인 개인의 발견에 초점을 맞춘다. 근대적 신체관의 체현과 관계로부터의 일탈이 나아간 수렴 지점에 주목한 것이다. 소설 속의 남녀는 매춘에서 매춘으로 전전한다. 매춘으로 인해 사랑하고 결혼하며 결혼으로 인해 다시 매춘에 열려 있게 된다. "세상의 모든 여인은 다소간 매춘부의 요소를 품었다"는 신념 또한 이런 맥락에서 이해할 수 있다. 여성이 사적 영역에서 벗어나 공적 영역으로 나아간다는 것 자체가 곧 공적 여성되기의 선택인 셈이다.**

근대적 연애혼과 전근대적 중매혼 전부에 역행한다는 점에 소설의 특이점이 자리한다. 작가는 늘 앞서 있던 모던 보이였으나 정작 그의 인물들은 낭만적 사랑이라는 근대적 판타지를 일거에 부정해버린다. 텍스트는 모더니즘 혹은 미적 근대성이란 개념으로 늘 해석되어 왔으며 아이러니, 패러독스, 몽타쥬 등 미적 장치에 초점이 맞추어져 있다. 20세기 초에 대두된 미적 근대성이 근대성 비판을 그 핵심 내용으로 삼는 것*** 처럼 이상 소설은 근대의 낭만적 사랑이라는 판타지를 거부한다. 사랑에 관한한 봉건뿐만 아니라 근대 또한 반립을 위한 계기에 지나지 않는다. 양자는 모두 희화화의 대상으로 전락한다.

---

* 서지영, 앞의 글, 324쪽 참조.
** E, Wilson(The Sphinx in the City: Urban Life, the Control of Disorder and Women, 1991)에 의하면 서구에서도 근대에 와서는 "도시에서 '여성'이 되는 것, 즉 근대 가족제도의 구성이 되기를 거부하고 개인이 된다는 것은 '매춘부'가 되는 것에 다름 아니었다"고 한다. (서지영, 앞의 글, 323쪽에서 재인용)
*** 문흥술, 『한국모더니즘 소설』, 청동거울, 2003, 14쪽.

소설은 여성을 대상화하는 남성주체의 위치 자체를 조롱의 대상으로 삼는다. 이상 소설은 남/녀, 주체/대상, 포식자/피식자 등의 뚜렷한 이항 대립에서 출발하지만 이것은 출발지점에 그칠 뿐 곧 희화화되고 부정된다. 매춘에서 사랑으로의 진행 자체가 정조와 타락이라는 대전제의 대립관계를 이미 해체하고 시작되기 때문이다.

체대가 비록 풋고추만 하나 깡그라진 계집이 제법 맛이 맵다.
어쨌든 여관으로 끌고 가서 장껭뽕을 해서 정허기루 허세나.
— 「봉별기」

「봉별기」의 도입부분에서 나/금홍의 관계는 이항 대립의 토대위에서 시작되지만 시작되자마자 대립성 자체가 무의미해진다. 소설의 도입부에서는 그 구분이 뚜렷하게 제시된다. 금홍에 대한 '제법 맛이 매운' 이라는 수식어는 맛보는 '주체' 를 전제로 하며 '여관으로 끌고 가서 장껭뽕' 을 해서 그녀를 차지하는 순번을 정한다는 것은 주체/대상의 이분법에 기초한다.

하지만 이와 같은 관계는 곧바로 해체되어 두 번 다시 재구축되지 않는다. 19세기적 도덕관념의 대표단수인 정조관념을 해체하며 관계가 시작되기 때문이다.

지어가지고 온 약은 집어치우고 나는 전혀 금홍이를 사랑하는 데만 골몰했다. 못난 소린 듯하나 사랑의 힘으로 각혈이 다 멈췄으니까.
— 「봉별기」

화폐를 매개로 성립된 관계이지만 '나'와 금홍은 곧바로 사랑의 친밀성 속으로 돌입한다. 도덕관념 그리고 남녀관계에 대한 통념을 넘어선 지점에 이들의 사랑이 위치하지만, 사랑이 목적지가 되지 못한다. 사랑보다는 개인성 혹은 개체성이 훨씬 근본적인 것으로 남는다. 이는 근대의 단위로서의 개인에 대한 자각이기보다는 사랑이라는 관계의 소멸로 인해 불가피하게 획득하게 된 개인성이다. 개인이라는 의식 앞에서는 각혈도 멈추게 할 정도로 힘이 센 사랑 또한 멈추는 것이다.

이들 관계의 변화를 드러내는 모티프는 '가출'이다. '아내가 열일곱으로 보이는' '인간 천국'의 결혼생활은 봉합되지 못하는 균열을 노정시킨다. 「날개」에서 나의 외출처럼 「봉별기」에서 아내의 가출은 관계의 틈을 드러낸다. 가출과 외출은 관계성에서 개체성에 이르는 매개로 작용한다. 술집과 집 사이, 과거생활에 대한 향수와 홈시크 사이에서 절뚝거리는 것이 금홍이라는 존재다. 매춘을 넘어선 결혼은 결혼을 넘어선 매춘으로 귀결되며이 틈새는 결국 '이 생에서의 영 이별이라는 결론'으로 종결된다. 예전생활에 대한 금홍의 향수 자체가 사랑이라는 동일시로 환원되지 않는 타자의 영역이다. 금홍의 분노와 폭력 그리고 가출은 모두 나에게는 불가해의 영역이다. 그것은 해체의 힘으로도 뚫고나가지 못하는 틈이다. 이는 아내가 남편의 구성적 외부로 머무를 수 없다는 타자성의 표식으로 이해된다. 정조/타락의 경계를 무너뜨리며 시작된 결혼은 결국 개체성으로 회귀하고 마는 것이다. 그 결과 '네놈 하나 보구져서 서울 왔지'라는 고백에도 불구하고 두 사람은 '이 생에서의 영 이별'이라는 결론으로 밀려가고 만다. 나 또한 '21년 만에 집으로' 돌아옴으로써 불가피하게 개체성을 수락한다.

정상성과 상식이라는 숲을 헤치고 당도한 곳은 사랑이 아니라 개체성이다. 여기에는 나르시시즘과 마조히즘의 징후들이 매설되어 있다. 여성주체는 나르시시즘 매저키즘적 그리고 잉여적 여성성의 이름으로 탄생한다. 이는 병리학적 징후가 아니라 분열적 주체의 동력을 드러내는 계기로 작용하는 것이다. 여성인물이 주체를 발견하는 방식은 여성적 사랑방식인 나르시시즘을 통해서이다.

3. 여성과 나르시시즘 주체들

페미니즘은 늘 페밀리즘이기에 개인의 탄생은 어렵고 여성의 탄생은 더욱 요원하다*는 한 페미니스트의 말은 재고되어야 한다. 이상소설에 관한 한 나르시시즘 주체로 여성인물은 이미 탄생하였기 때문이다.

여성인물에게 주체성은 나르시시즘을 통해 발견된다. 프로이트는 남근 선망을 전복시키는 여성의 자족성을 나르시시즘에서 찾는다. 그것은 초월성과 자족성이라는 여성의 사랑방식을 의미한다. 남성의 사랑은 대상애Anaclisis에, 여성적 사랑은 나르시시즘에 각각 배치된다. 대상애는 세계로 열리는 적극적이고 이타적인 사랑이며 나르시시즘Narcissism은 자기만족적이고 이기적인 사랑이다. 대상애가 능동적이라면 나르시시즘은 사랑받는 것을 목적으로 하는 수동적 특징을 지닌다.

하지만 대상애적인 연인은 사랑받는 여성의 가치 자체를 높이 평가한 것이 아니라 연인으로서의 자기의 입장에 더욱 많이 기초하고 있다. 그는

---

* 임옥희, 「서막」, 여성문화이론연구소 정신분석세미나팀, 『페미니즘과 정신분석』, 여이연, 2003, 14쪽

대상을 통해 자신의 자아를 확대하고 반영할 수 있게 된다. 자신의 지배력과 통제력 그리고 능동적인 남근의 위치를 즐기는 대상애는 사실상 내보낸 리비도 에너지를 자기 자신에게로 회수해 들인다는 점에서 폐쇄적이고 완결적이다.* 이타적인 것으로 간주되어온 남성적 대상애의 수렴지점은 결국 자기애인 셈이다.

「동해」에서 임이를 대상으로 한 남성들의 태도는 위장된 나르시시즘을 잘 드러낸다. 자신을 확대하고 반영하는 나르시시즘을 충족시키기 위해서 사랑하는 대상이 요청되기에, 사랑 그 자체보다는 자신을 돋보이게 하는 속성이 우선되며 상대와의 비교우위가 보다 중요한 지점이 된다. '일착'과 '이착', '선점'과 '독점'에 대한 작중인물들의 집착은 이를 잘 드러낸다. 임이에 대한 사랑은 정조관념과 순번에 밀려 이차적인 것이 되고 마는 것이다.

> 이착二着 열 번 한 눔이 아무래도 일착 단 한번 한 눔 앞에서 고갤 못 드는 법일세.
> 나는 이착의 명예 같은 것은 요새쯤 내다버리는 것이 좋았다. 그래 얼른 릴레이를 기권했다.
> ―「동해」

"먹다 냉긴 걸 모르고 집어먹었네그려"라는 윤의 언술은 대상애 속에 숨은 남성주체의 욕망을 단적으로 요약한다. 윤/임이는 남/녀, 먹는 자/먹히는 자로, 윤/'나'는 일착/이착, 즉 먼저 먹은 자/먹다 냉긴 걸 먹은 자, 선점독점으로 분할되고 서열화 된다. 여성인물 또한 애인 '아내라는 저 추

---

* 임옥희, 「사랑」, 『페미니즘과 정신분석』, 35-36쪽.

물', 순결한 여자/타락한 여자로 나뉘고 서열화 된다. 「종생기」의 유부남 S는 아내를 '처치해야 할 추물'로 명명하며 애인을 붙들어두고 있고 「동해」의 윤은 '제 마지막 것을 구경시킨 까닭에 남자를 올려다 볼 수밖에 없는' 여자의 입지가 싫어서 견딜 수 없다고 선언한다. 이렇듯 남성중심의 이분법은 여성의 서열화로 귀결된다. 정조 순결 등의 관념은 남성적 대상애, 즉 남성들의 위장된 나르시시즘을 보완하는 장치들로 작동된다. 윤은 이러한 서열화의 정점에 서 있기에 그 왼편에 서 있는 '나'는 '그토록 정밀한 모욕'을 견디지 못한다. '임이 벌거숭이는 내게 독점'되었다는 '나'의 응수나 가난한 연적인 나에게 '동정과 자선'을 베푸는 윤의 태도는 모두 대상애 속의 나르시시즘이 발현된 결과이다.

이렇듯 대상애 속에 나르시시즘이 포섭되어 있는 남성적 사랑과는 달리 여성적 사랑방식은 자족적이며 초월적이다. 그녀에게 문제되는 것은 대상이 아니라 언제나 자기 자신이다.

모두 바보요 연이만이 홀로 눈 가리고 야옹하는데 천재다.

— 「실화」

이 황홀한 전율을 즐기기 위해 정희는 무고의 李箱을 징발했다.

— 「종생기」

그러나 한 번 돌아선 순영의 마음은 – 아니 한 번도 나를 향하지 않은 순영의 마음은 남북 2천 5백리와 같이 차디찬 거리 저편의 것이었다. 그 차디찬 거리 그 이편에 늘 나와 나처럼 고독한 宋군이 오들오들 떨고 있었다.

　—「환시기」

　尹헌테 내어준 육체는 거기 해당한 정조가 법률처럼 붙어갔던 거구요, 또 지이
가 어저께 결혼했다고 여기두 여기 해당한 정조가 따라왔으니까 뽐낼 것도 없능
거구 질투헐 것도 없능 거구, 그러지 말구 같은 선수끼리 악수나 허시지요, 네?

　—「동해」

　니체는 여성적 나르시시즘을 초월성과 자족성에 둔다. 나르시시즘적 자족
성과 초연함 속에 사는 여성은 더 이상 남성의 페니스를 선망하지 않는
다. 오히려 선망하는 쪽은 남성들이다. 남성들이 향수를 가지고 살아갈
수밖에 없는 원초적 나르시시즘을 그들 여성이 보존하고 있기 때문이다.
하지만 나르시시즘적 여성의 정체성은 타자의 욕망이 되는 것에 그 존재 가
치가 달려 있기에 외관상 독자적이고 자족적이지만 여성의 나르시시즘은
타자 지향적이며 타인의 평가에 기초해 있다. 그녀의 나르시시즘은 사실
상 대상애가 됨으로써 결국 타자에게로 열려 있는 셈이 된다.*
　이상소설의 나르시시즘 여성 주체들에게서는 타자에 의존하는 경향보
다는 자신을 스스로 규정하는 능동성과 자족성을 훨씬 선명하게 발견할
수 있다. 하여 나르시시즘 주체를 사랑하는 남성 인물들은 늘 결핍에 허
덕일 수밖에 없다. "울창한 삼림 속을 진종일 헤매고 끝끝내 한 나무의 인
상을 훔쳐오지 못한 환각의 인"(「동해」)으로 남을 수밖에 없다. 여자들은

* 임옥희, 앞의 글, 38-39쪽.

늘 달아나고 있기 때문이다. 때로는 연적의 곁으로 또 때로는 둘 다를 넘어선 지점으로 늘 사라져버리는 것이다.

S와 나와 연이(「실화」) 윤과 '나' 와 임이(「동해」), 송군과 '나' 와 순영이(「환시기」)는 표면상 삼각구도를 취하지만 이는 꼭짓점만 있는 관계이며 선분들은 모두 허수에 지나지 않는다. 대상은 무의미하고 오직 주체의 의지 혹은 감정만 살아 움직인다.

이는 연적인 윤과 '나'를 하나의 괄호로 묶어버리는 임이의 태도에서 단적으로 드러난다. 윤은 임이의 육체에 대한 '선점'을 과시하고 나는 '독점'을 강조한다. 이 두 사람의 대결에 대한 해결로 임이는 "자 선수끼리 악수나 하시지요"라고 제안하는데 그녀의 제안은 임이를 임의대로 선점하고 독점하는 남성 인물에 대한 일격으로 해석된다. 이들은 표면상 연적일 뿐 사실은 여성을 교환 가능한 대상으로 간주하는 숭엄한 동성사회의 연대를 과시하고 있기 때문이다. 대상에 집착하지 않는 나르시시즘 주체는 대상애 속에 숨은 남성 중심주의의 카르텔을 날카롭게 간취해내는 것이다.

라이벌 관계 속에 숨은 동성끼리의 연대를 지적하는 것과 유사한 맥락에서 여성 인물들은 또한 사랑을 통해 사랑을 조롱한다. 이상 소설의 여성 인물들이 대상애를 조롱하는 방식은 되받아치기이다.* 「실화」의 연이

---

* 동일한 개념으로 돌려줌으로써 대상을 조롱하는 것이다. 서영채 역시 '꿰뚫어보고' '거울처럼 남자에게 되돌려 주는' 여자의 속성에 주목하지만 곧장 이를 간과해버린다. '여자가 정말 그런 혜안의 소유자인지 알 수 없지만 그것은 중요하지 않다. 중요한 것은 남자에게 여자가 그렇게 비친다는 것이다' 로 넘어가버림으로써 남성인물에 여전히 초점을 맞추고 있다. (서영채, 앞의 책, 261면) 김주현 또한 임이의 화술에 몰려 낭패를 당했다고 간단히 정리하고 넘어간다. (김주현, 앞의 책, 318)

는 낮에는 대학에서 공부를 하고 밤에는 두 사람과의 더블데이트를 즐긴다. '나'와 만나 사랑과 장래를 맹세한 바로 다음날 S와 옷을 벗는다. 「종생기」의 정희는 "영원히 선생님 한 분만을 사랑하지요"와 "하루 빨리 선생님 전용이 되게" 해 달라는 낭만적 사랑을 고백한 편지를 두 남자에게 동시에 속달로 보냄으로써 낭만적 사랑과 그 대상을 동시에 조롱한다.

이렇듯 여성 인물들에게 있어 대상은 불분명하며 언제나 자신의 욕망만이 구체적이다. 이상소설 속의 여자는 수수께끼의 미망인이 된다. 여성의 수동성은 냉담이나 초연과 혼동된다. 그녀는 언제나 욕망하는 남성의 손아귀 너머에 있다. 남성의 욕망은 언제나 계속된다. 왜냐면 진정으로 그녀를 소유한 적이 없기 때문이다.* 「실화」의 연이는 '홀로 눈 가리고 야옹하는 천재'이며 아직도 수없이 비밀을 지니고 있는 수수께끼의 여성이다. 「종생기」의 정희는 '공포에 가까운 변신술'로 나르시시즘의 '황홀한 전율'을 즐기기 위해 대상을 징발할 뿐이다. 「동해」의 임이는 어리석은 논쟁의 판관 자격으로 윤에게는 거기 해당되는 정조가, 이제 결혼한 나에게는 여기 해당되는 정조가 따로 있음을 당당히 주장한다. 「환시기」의 순영 또한 나와 연적인 송군 모두와 멀리 떨어져 있는, 차디찬 거리 저편의 존재다. 사랑을 고백한 대상에게 장래를 맹세하거나 혹 그 앞에서 옷을 벗는다 하더라도 중요한 것은 상대가 아니라 자기 자신이다. 여성의 전부는 그 일상에 있어 개개 미망인이며 그녀의 마음은 '남북 2천 5백리 차디찬 거리 저편'에 있고 이편에 두 남자는 오들오들 떨고 있을 뿐이다. '두 남자를 건드렸다 말았다 한 손'은 게임에 몰두할 따름이다.

* 임옥희, 앞의 글, 39쪽

바로 이 거리를 확보함으로써 여성인물들은 판단과 재판의 주체로서의 위엄을 유지한다. 비밀이 많은 것이 천재의 속성이 되는 까닭은 여기에 있다.* 대상을 향한 그녀의 모든 고백이 거짓이 되는 것 또한 바로 이 때문이다. 선수/판관, 어리석은 논쟁/재판의 관계에서 남성 인물들은 늘 왼편에 배치된다. 남성 인물들은 '여기서부터는 내 교재에 없다'며 두 손을 들 수밖에 없다. 여성 인물들이 구사하는 '신선한 도덕'에 남성 인물들의 구태의연한 관록은 뒷걸음질 칠 수밖에 없는 것이다.

이상에서 대상애와 나르시시즘의 변형 및 성차를 살펴보았다. 남성 인물들은 위장된 나르시시즘인 대상애를 지배적으로 드러내었으며 여성 인물들은 남성 인물의 구성적 외부이기를 거부하고 초월성과 자족성의 나르시시즘 주체로 자리매김 될 수 있었다.

나르시시즘 주체인 여성은 대상을 넘어 자족하지만 그 황홀을 완성하기 위하여 남성을 가해자의 지점에 배치하기에 그녀는 또한 매저키즘적 주체이기도 하다. 남성인물을 가해자의 입장에 처단함으로써 그녀는 죄의식 자체에 맞서 정상과 통념 자체를 조롱하는 마조히즘적 주체의 유머를 구사한다. 이제 나르시시즘에서 매저키즘으로 나아가는 과정을 살펴보기로 한다.

4. 매저키즘적 주체와 유머

이상소설에는 사디즘과 매저키즘이 병존하지만 매저키즘이 압도적이

---

* 안미영은 이 비밀 역시 근대성의 표상으로 이해한다. 전통사회에서 비밀은 일종의 불경이었으나 정신과 육체의 자율성이라는 근대적 인식이 생성되면서 개인의 사적생활이 생겨나고 사적 비밀을 소유할 수 있는 내면의 확장을 초래했다는 것이다. (안미영, 앞의 책, 172쪽)

다. 그러나 그는 처벌받는 피해자의 역할에 그치지 않고 유머와 능동성을 통해 그것을 뛰어넘는다. 처벌을 금지된 쾌락의 전제로 간주함으로써 죄의식에 직접 대항하는 매저키즘의 유머를 드러내는 것이다.*

들뢰즈는 프로이트가 주장하는 것처럼 매저키즘이 단순히 자신으로 선회한 새디즘으로만 정의될 수 없다고 주장한다. 그는 양자의 상보성을 강조함으로써 성립되는 프로이트적 분석틀을 비판하며 양자가 서로 다른 질적인 원리에 입각해 있음을 보여주고자 한다. 즉 새디스트와 매저키스트는 전혀 다른 성격을 가진 개별적 드라마를 연출하고 있으며 내적으로나 외적으로나 양자 간의 의사소통은 불가능하다는 것이다.**

매저키즘의 특징은 죄의식이 아니라 처벌받고자 하는 욕망이다. 들뢰즈에게 매저키즘은 무엇보다도 처벌의 의식을 중요시한다. 이는 스스로를 위해 마련한 무대에서 상대방과의 계약을 통해 연출되는 연극이다. 매저키즘의 목적은 죄의식에 대한 불안을 해소하여 성적 만족을 얻고자 하는 데 있다. 따라서 매저키즘은 자신에게 선회하는 과정이기보다 이 과정에서 자신에게 선회한 공격성이 다시 성화되어야 가능하다.***

작중인물들은 매저키즘을 통해 자신을 드러낸다. "경동맥을 따면 요물은 선혈을 댓줄기 뻗치듯 흘리리라"는 새디즘적 욕망은 '그러나'에 의해 무화되고 잠 자살 사체−되기 등에 대한 욕망으로 귀결된다. "난 잔인하게 아내를 밟았다"란 언술 또한 "쇠와 같이 독한 꽃"이라는 표현에 의해 그 힘을 상실한다. 대신 압도적인 것은 매저키즘이다. 「날개」와 「지주회시」

* G. Deleuze, 이강훈 역, 『매저키즘』, 인간사랑, 1996, 91–102쪽 참조.
** 성미라, 「매저키즘」, 『페미니즘과 정신분석』, 81–82쪽.
*** 성미라, 앞의 글, 80쪽.

의 '나'는 스스로를 '형언할 수 없이 거북살스런 존재' '아내를 빨아먹는 거미'로 규정하며 그 규정에 걸맞게 그는 사육 당한다. 그가 먹은 음식이 '모이'로, 그의 생활이 '감금'으로 표현되는 것은 이 때문이다.

그러나 그가 감금당한다는 사실이 곧 아내가 사육한다는 것은 아니다. 아내는 오히려 남편의 기생을 감수하는 숙주역할을 한다.* 제도교육이 만들고 방치한 존재이기에 게으를 수 있는 권리에 처단된 그 또한 아내에게는 기생자로 존재한다. 아내라는 '꽃에 매어달려 사는 형언할 수 없이 거북살스런' 존재 혹은 '아내를 빨아먹는 거미'에 해당하는 것은 남편이며 아내들은 그 거북함과 착취를 견디는 존재라는 바로 이 점에서 아내는 매저키즘 주체로 탄생한다. 매저키즘 주체는 처벌방식을 스스로 선택한다. '저를 빨아먹는 거미를 제 손으로 키우는 세음'(「지주회시」)이라는 마유미의 말은 여성적 매저키즘을 단적으로 설명한다.

이상소설의 여성인물들은 또한 매저키즘을 통해 대상을 주체화한다. 아내는 자진해서 착취당하나 자신을 착취하는 남편 또한 매저키즘 주체이다. 사육과 감금의 주체는 없고 당하는 주체들만 존재한다. 그는 스스로 사육당하며 강금 당하기 때문이다. 「날개」의 '나'는 스스로 모든 사육과 감금을 기획하고 실천한다. 아내가 없을 때면 아내의 물건을 통해 아내를 느끼는 패티시즘 역시 이 공모와 기획의 일부이다. 매저키스트는 환상 속으로의 도피를 선택하기 때문에 물신숭배 없는 매저키즘이란 가능하지 않다.** 대체물을 가정하는 물신주의는 여성에 대한 혐오와 공포를

---

* 안미영은 이런 관계를 허용하는 이유를 여급의 정신적 충족에서 찾는다. 소모적 육체에 대한 정신적 충족을 위해 지식인 남자와 동거한다고 해석한다. (안미영, 앞의 책, 137–138쪽)
** 들뢰즈, 앞의 책, 35쪽

상쇄시키고 남성이 이성애 과정으로 진입하기 위해서는 필수적일 수밖에 없다.* 아내가 외출만 하면 나는 아내 화장지 휴지 돋보기 거울을 가지고 노는데 이 모든 아내의 물건들은 모두 아내의 패티시로 기능한다. 작중인 물의 이러한 행동에서 우리는 이 상황을 수락하고 여기에 적응하려는 공 모와 기획의 의도를 짐작할 수 있다.

아내는 '나'를 사육하지만 아내가 사육할 수 있도록 조직하는 것은 어 디까지나 나이다. 방의 옆 켠에서 들려오는 내객의 더러 거슬리는 소리가 있어도 그것이 자신의 귀에 들렸다는 이유로 충분히 안심되는 것은 매저 키즘 주체의 자장 안에서 모든 가학성 언술이 제시되어야 하기 때문이다.

이런 전제는 「동해」, 「지주회시」, 「실화」에서 더욱 두드러진다. 아내의 '실없는 정조'에 의해 잠과 죽음이라는 타나토스적 욕망을 품기에 이르기 까지의 전 과정은 남편 스스로가 도모한 것이다. "상, 연이와 헤어지게. 내 눈에는 똑 부러 그러는 것 같아서 못 보겠네"라는 S의 말은 이 연극을 잘 설명한다. 자신을 극화시켜 농담의 대상으로 만들고 있다는 데에서 우 리는 스스로를 이중화하는 유머의 시선을 읽을 수 있다. 마조히즘적 유머 는 그의 주체성을 더욱 확고히 해 주는 한편 그를 매저키즘 상태로 밀어 넣는 제도와 통념을 조롱한다.

초자아의 의도를 비켜가게 하는 기술로서의 매저키즘은 이상소설의 유 머를 잘 설명한다. 매저키즘에서 초자아는 외형상 판결의 능력을 계속 유 지하는데 그 능력을 많이 유지할수록 초자아의 능력은 더욱 우스꽝스럽다. 매저키스트의 부인에 의해 초자아가 실제로 죽었기 때문이다.** 법보다 더

* 배수경, 「페티쉬」, 『페미니즘과 정신분석』, 129쪽.
** 성미라, 앞의 글, 82쪽.

높은 층위로 초월해버림으로써 법을 무력화하는 것이 사디즘의 아이러니라면 초자아의 강령을 과도하게 지킴으로써 그 불합리성을 입증하고 그로 인해 강령을 희화화하는 것이 매저키즘의 유머다.* 이상소설은 정조개념과 순결 콤플렉스에 사로잡힌 척하면서 결과적으로는 그 관념들을 희화화한다. 매를 맞고 있는 것은 그 자신이면서 동시에 그 안에 숨어 있는 19세기적 관념이다. 아내의 혼전관계에 대해 "한 번 이상 — 몇 번 몇 번인가"라고 묻는 나의 과장된 반응, 이미 탈색된 지 오래인 정조관념에 대한 이 과잉반응 자체가 정조반응을 희화화하는 매저키즘적 유머인 것이다.

그는 이러한 유머를 끝까지 밀고 나간다. 충격에 대하여 잠 혼도 현기증 등의 반응을 드러내는 것은 충격을 위한 일종의 방어기제로서 일종의 나르시시즘으로 해석된다.** 이 도피기제는 마침내 '죽었다'라는 과장으로까지 이어진다. 아내의 살에서 허다한 지문 내음새를 맡은 데 대한 작중인물의 반응은 '가을과 겨울을 잤'다는 것이다. '정희의 변신술에 속고 또 속고 또또 속은' 데 대한 나의 응은 혼도하거나 죽어버리는 것이다. 이외에도 '절대로 보아서는 안 될 것을 그만 딱 보아버린' 결과 극심한 현기증에 시달린다. 작중인물은 처벌받고자 하는 욕망을 통해 정조관념을 조롱하려는 의지를 관철시킨다. 의사죽음을 동원해서까지 잠과 죽음으로 도피한다는 것은 자기를 처벌하는 방식인 동시에 자기를 보호하는 방식인 것이다.

---

* 들뢰즈, 『매저키즘』 91-102, 117-125쪽 참조.
** 김주현은 뚜렌의 '자기 파괴적 주체성 추구'의 개념을 인용하여 자살과 정사를 '주체화'의 욕망으로 해석한다. 본연의 주체로 재구성하는 시도라는 것이다. 전게서, 327면의 각주24 참조. A. Touraine, 정수복, 이기권 역, 『현대성비판』, 문예출판사, 1995, 354-358쪽. 이 글에서는 이를 자기방어를 통해 주체를 보호하려는 것으로 보고자 한다.

이에 비해 여성주체는 도피기제 없이 세계의 폭력과 직접 대면한다. 그녀들은 세상의 폭력 그리고 남편의 폭력에 자신을 완전히 노출시키며 오히려 그것과 공모한다. 카페걸에 대한 사회적 시선의 폭력 그리고 남편의 착취로 인해 짓밟히는 현실의 폭력의 피해자 역할에 적극적으로 가담한다. 하지만 매저키즘적 자아가 초자아에 의해 짓밟히는 것은 단지 표면적인 것일 뿐이다. 연약함을 가장하는 자아 뒤에는 무례함과 유머 불굴의 저항과 궁극적인 승리가 숨어 있다. 자아의 허약함이라는 것은 매저키스트가 상대에게 자신이 부과한 역할을 수행하기 위한 이상적 상황으로 유도하기 위한 전략인 것이다.*

저이가 거짓말쟁인 줄 제가 모르는 줄 아십니까. (……) 어쨌든 그따위 끄나풀이 한 마리 있어야 삽니다. (……) 하룻밤에 삼사 원씩 벌어야 뭣에다 쓰느냐 말이에요. (……) 그래두 저런 끄나풀을 한 마리 가지는 게 화장품이나 옷감보다는 났습니다. 좀처럼 싫증나는 법이 없으니까요 – 즉 남자가 외도하는 – 아니– 좀 다릅니다. 하여간 싸움을 해가며 벌어다가 그날 저녁으로 저 끄나풀한테 빼앗기고 나면 속이 시원합니다. 구수합니다. 그러니까 저를 빨아먹는 거미를 제 손으로 기르는 세음이지요. 그렇지만 이 허전한 것을 저 끄나풀이 다수굿이 채워주거니 하면 아까운 생각은커녕 즈이가 되려 거민가 싶습니다.

　— 「지주회시」

나/아내, 오/마유미의 관계는 아내의 노동으로 부부가 먹고사는 기생/

---

* 들뢰즈, 앞의 책, 139쪽

숙주관계라는 점에서 구조적으로 동일하다. '거짓말쟁이' '끄나풀' 이라는 기생자를 마유마는 '좀처럼 싫증나는 법 없는 장난감' 으로 수락한다. '싸움을 해가며 벌어다가 그날 저녁으로 끄나풀에게 빼앗기고 나면 속이 시원합니다, 구수합니다' 는 그녀의 언급은 매저키즘 주체로서의 자세를 단적으로 드러낸다. 고진은 피지배자만 고백하며 지배자는 고백하지 않는다는 사실에서 고백은 왜곡된 또 하나의 권력의지임을 밝혀낸다. 고백은 나약해 보이는 몸짓 속에서 〈주체〉로서 존재할 것, 즉 지배할 것을 목표하는 것이다.* 자신을 빨아먹는 거미를 제 손으로 키운다는 마유미의 고백 또한 주체의 의지를 드러낸다. '오' 는 거짓말쟁이고 '한 마리 끄나풀' 에 지나지 않지만 바로 그의 기생에 의해 그녀 자신이 주체로 존재한다는 것이다.

이 선택의 의지는 유머를 통해 정치적 힘을 획득한다. 유머의 정치학은 자기 존재의 모순을 인식하는 데서 나온다. 고진에 의하면 프로이트는 자신을 메타레벨에서 내려다보는 것을 유머로 정의한다고 한다. 유머는 자아의 고통에 대해 초자아가 아무 것도 아닌 것이라 격려하는 것이다. 유머는 이를 듣는 타인까지 해방하는 힘으로 고진은 정리한다. 유머는 유한한 인간조건을 초월하는 동시에 그 일의 불가능성을 고지하는 것이다. 유머는 자기이중화 즉 '동시에 자기이면서 타자일 수 있는 힘' 을 뜻한다.* 이상 소설은 제도의 자장 안에서 제도를 비판한다. 작중인물은 오염된 제도 안에서 오염된 자신을 인식하는 동시에 거리를 두기에 자신을 포함하여 제도를 비판하는 유머의 시선을 확보하는 것이다. 그 체계 안에 있으

---

* 기라타니 고진, 『일본근대문학의 기원』, 민음사, 1999, 116쪽.

면서 그것을 무대화하여 조롱한다는 데에 유머의 정치성이 자리한다. 여성인물은 제도에서 밀려난 타자이지만 그 체계가 허구임을 아는 유머의 존재이기에 제도 자체를 농담으로 만들어버린다. 정조와 일부일처제를 비틀어내고 사적 영역과 공적 영역에 남/녀를 안배한 근대의 배치 자체를 전도시키고 희화화시킨다. 공적 영역을 점유한 여성들의 대표 단수가 공적 여자Public woman가 되고 제도교육을 받은 지식은 남성은 사적 영역에 감금되어 있음을 드러냄으로써 공/사의 근대적 배치와 정조개념 자체를 희화화한다.

정조관념이라는 윤리, 남녀의 성역할이라는 상식은 외형상 판결의 능력을 유지하고 있을 뿐 사실은 우스꽝스러운 것이다. 이를 유머로 만들어버리는 매저키즘 주체의 능력은 아무리 강조해도 지나치지 않다.

5. 분열적 여성주체의 동력학

이 글은 작가 이상 혹은 이상이라는 퍼소나의 거울상으로서만 부각되었던 여성인물을 초점화 함으로써 이상소설의 이해에 다각적으로 접근하고자 하였다. 여성인물의 주체화를 통해 대화적 상상력의 여지를 드러냄으로써 분열의 내면성으로 수렴되었던 이상연구를 보다 역동적으로 수행하고자 하였다. 나르시시즘과 매저키즘의 징후에 착안하여 여성인물의 주체성을 드러내고자 하였고 그 결과 내면을 향한 구심력과 함께 외부를 향한 원심력의 가능성 또한 상정할 수 있게 되었다. 나르시시즘과 매저키즘 주체의 동력으로 제도의 강고함을 허물어내는 반담론의 가능성을 확보하

* 기라타니 고진, 『유머로서의 유물론』, 문화과학사, 2002, 127, 128-129, 130쪽.

게 된 것이다.

이상의 논의를 요약하여 결론으로 삼으면 다음과 같다.

첫째 이상소설은 금기를 위반한 연애를 중심사건으로 다루고 있지만 정작 그 모든 연애는 실패로 귀결된다. 금기의 위반에만 방점이 주어져 있지만 실상은 그 위반의 동력조차도 넘지 못한 경계가 개인이라는 벽인 셈이다. 금기를 넘어선 관계를 다루지만 그 위반적 관계도 개인이라는 경계를 위반하지는 못한 것이다. 이 실패를 주도하는 것은 여성인물이다. 남성인물은 관계의 시작을 주도하지만 모든 관계의 종언을 유도하는 것은 여성인물이다. 늘 타자화 되어 왔던 여성인물이 이상소설에서는 관계로부터의 일탈을 주도하는 주체로 자리매김 된다. 개인의 발견에는 개인주의에 함몰될 위험에 항상 열려 있지만, 늘 타자화 되어 왔던 여성인물의 경우 이는 주체성의 확보라는 중요한 미덕을 지닌다.

둘째, 개체성은 근대의 자율적 주체를 드러내는 단위이지만 이 글은 자율적 주체라는 근대적 개인 이면에 숨은 병리적 징후에 주목한다. 이는 나르시시즘을 통한 주체성 획득의 과정을 통해 잘 드러난다. 나르시시즘이라는 병적 징후는 여성 주체의 표지로 전환된다. 초월성과 자족성을 골자로 한 여성적 나르시시즘은 남성중심의 낭만적 사랑이라는 판타지를 거부하고 주체의 위엄을 확보하는 매개로 작용한다. 또한 일착과 선점에 집착함으로써 자신에게로 수렴되는 남성적 대상애와 달리 여성적 나르시시즘은 타자에게로 열려 있는 가능성을 확보하고 있음을 확인할 수 있었다.

셋째, 매저키즘 또한 여성적 주체성의 주요한 표지가 된다. 나르시시즘 주체인 여성은 자신의 나르시시즘을 완성하기 위해 남성을 가해자로 선택한다. 남성을 가해자의 폭력에 처단함으로써 그녀는 정상과 통념을 조롱하는 유머를 구사한다. 창부인 여성인물들은 그 자체로 이미 사회적 윤리의 피해자인 동시에 남성인물들이 기생하는 숙주이기도 하다. 주류에서 밀려난 존재이지만 이들은 수동적 피해자의 위치에만 머무르지 않는다. 제도가 짜 놓은 방식대로 나아가지 않는 일탈성이 이들 여성인물이 갖는 유머이자 힘이다. 윤리와 통념의 피해자인 이들은 바로 그 피해를 정면으로 수락함으로써 오히려 그 통념과 윤리를 조롱한다. 바로 이 유머를 통해 여성인물들은 매저키즘 주체성을 획득하는 것이다.

이상에서 개인의 발견에서 분열적 주체의 층위로 이행되는 궤적을 따라가 보았다. 나르시시즘과 매저키즘으로 설명되는 주체의 등장은 남성과 다른 목소리를 내는 여성주체의 현현으로 이행됨으로써 이상소설은 관념과 의식의 서사에서 대화적 상상력의 서사로 해석의 지평이 이동할 수 있는 여지를 가지게 되었다. 여성적 주체를 통해 타자를 향해 나아가는 좁은 길을 상정할 수 있게 된 것이다. 수동성의 배치에서 일탈하여 근대 주체의 남성중심성에 대한 반담론의 가능성을 꿈꿀 수 있게 된 셈이다.

로맨스 소설에 나타난 아름다운 몸의 도전과 한계

최미진 (부경대 연구교수)

1. 서론

지금 한국사회는 몸에 대한 지대한 관심과 열정을 쏟아 붓고 있다. 웰빙을 외치며 유기농 먹을거리와 건강보조 식품들을 기웃거리는 일은 우리의 일상을 파고든 지 오래이다. S라인 몸매를 만들기 위해 피트니스 클럽에서 종합적인 관리를 받고, 44사이즈 옷을 입기 위해 요요현상을 감수하며 각종 다이어트를 시도하며, 동안童顔을 만들기 위해 경락 마사지, 피부과, 성형외과 등을 섭렵하기도 한다. 게다가 개성 있는 몸을 연출하기 위해 차밍스쿨에 가입하고 의상, 화장, 액세서리 등을 조언 받는다. 우리의 일상적 삶이 건강한 몸을 유지하는 데에서 나아가 이상적인 몸을 가꾸고 변형하는, 다양한 몸의 실천에서 완전히 자유롭지 못한 셈이다.*

이즈음 미용성형산업의 확대와 사회적 인식의 변화는 급격한 양상을 보이고 있다. 임인숙의 연구에 따르면, 1975년에서 2000년까지 25년 사이 성형전문의는 의료 전 분야의 전문의 수 증가율 7.8배를 5배나 웃도는 42.1배의 증가를 보여준다. 여성잡지 『여성중앙』에 실린 미용성형 광고 비율 또한

---

* 심광현, 「육체, 무엇이 문제인가」, 《문화과학》, 1993년 9월, 148쪽.

1971년 4.6%에 불과하던 것이 2001년 1월호에는 18%에 달한다.* 특히 1995
년 이후 미용성형산업의 확대는 기하급수적인데 이것은 사회적 인식에도 영
향을 미치고 있다. 한국 갤럽이 1994년 실시한 조사에서 '성형수술을 고려
해 본 적이 있다'는 응답이 13.9%에 불과했으나, 1999년 조사에서는 59%로
4배 이상 늘었다. 뿐만 아니라 1996년 여대생을 대상으로 한 조사에서는
'성형수술을 받는다면 다른 사람에게 떳떳이 그 사실을 밝힐 수 있는가'란
질문에 76.5%가 '굳이 숨기지 않겠다'고 응답할 정도로 성형은 더 이상 비
밀스런 일탈이나 병리적인 자아도취의 산물로 간주되지도 않는다.**

　이러한 몸에 대한 대중적 실천과 인식은 몸의 정체성을 자아의 정체성으
로 인식하는 후기 근대사회의 특성을 띠고 있다. 기든스에 따르면, 후기 근
대사회에서 몸은 억압당하는 수동적 대상이 아니라 성찰적인 행위체계의
일부이다.*** 몸은 신뢰할 만한 자아감을 구성할 수 있는 토대로 개인의 내
적 기질과 태도를 상징적으로 체현한다. 이때 몸 관리 양식은 개인이 선택
한 특정한 생활양식Lifestyle에 따라 형성된다. 그것은 자아 성찰적 기획의 결
과물이지만 현대사회의 표준화하는 영향력들과 상호관련성이 있다.****
후기 근대사회에서 몸은 근대사회에 비해 능동적이지만 여전히 그 사회문
화적 조건들에 깊이 연루되어 있다. 개인의 몸 관리 양식은 사회적 불평등
을 재생산하는 사회적인 몸 프로젝트의 함정을 내재하고 있는 셈이다.

　부르디외 또한 유사한 맥락에서 몸 관리가 계급에 따라 차별적이라고

* 임인숙, 「한국사회의 몸 프로젝트: 미용성형 산업의 팽창을 중심으로」, 『한국사회학』, 제36권
제3호, 한국사회학회, 2002, 190쪽과 195-196쪽.
** 임인숙, 위의 글, 184쪽 재인용.
*** 앤소니 기든스, 권기돈 옮김, 『현대성과 자아정체성』, 새물결, 1997, 146-147쪽.
**** 앤소니 기든스, 위의 책, 43-44쪽.

지적한 바 있다. 그는 몸을 개인이 속한 사회계급의 육체적 성향과 습성이 체현되어 있는 문화자본의 한 형태, 즉 육체자본으로 본다. 그러나 육체자본을 생산하는 몸 관리 양식은 민중계급일수록 몸과 도구적 관계를 맺는다. 민중계급에게 육체자본은 곧 경제자본으로 전환되는, 목적달성의 수단이지만 그 전환은 제한적이다.* 이에 비해 지배계급은 육체자본에 대한 가치를 부여하며 다양한 몸 프로젝트를 선택하고 있다.** 그리고 경제자본이나 사회자본으로 쉽게 전환된다. 이렇듯 몸의 실천은 사회 공간상의 위치와 궤적뿐 아니라 계급 내부에서도 육체자본의 양과 질의 정도, 성性, 연령 등에 따라 차별적으로 적용된다.

그렇다면 한국사회에서 몸 프로젝트는 어떻게 작동되는가. 한국사회의 몸 관리 유행을 분석한 최근 연구들은*** 몸 프로젝트의 대표적 변수로 대중매체, 외모중시의 사회풍조, 소비자본주의 문화 등을 꼽는다. 이들 연구에 따르면, 남녀 간의 불평등한 권력관계를 규범화하는 한국의 가부장제 사회에서 몸 관리 유행에 민감하게 영향을 받고 있는 것은 대부분 여성이라 지적한다. 여성이 '아름다운 몸'을 가꾸고 유지하기 위해 노력하는 일은 육체자본의 효과가 직접적인 한국의 사회문화적 조건에 힘입는다. 외모중시의 사회풍조는 아름다운 외모나 몸이 경제자본이나 사회

---

* 피에르 부르디외, 최종철 역, 『구별짓기:문화와 취향의 사회학』, 상권, 새물결, 1995, 342-343쪽.
** 지배계급 내부에서도 몸 자체의 관계라는 측면에서 실천의 내재적-외재적 이익이나 비용을 어떻게 지각하고 평가하느냐에 따라 다르게 나타난다. 교수 층의 귀족적 금욕주의는 '자기 자신의 몸을 정복하고 있다는 느낌'에 집중한다. 이에 반해 물질적-문화적 수단을 소유한 현대의 관리직은 '속물적인 대중들이 근접할 수 없는 경치를 향유한다는 느낌'을 중시하는 건강한 쾌락주의를 드러내는데, 경영자 층은 건강한 쾌락주의와 함께 별도의 외재적인 이익, 예를 들어 사회자본을 축적하고자 한다. 피에르 부르디외, 위의 책, 352-353쪽.

자본으로 전환이 용이하게 한다. 이와 맞물려 몸 관리 산업은 각종 소비재를 개발하여 그 영역을 확장시키고 있다.**** 특히 대중매체는 여성이 몸 관리에 자발적으로 나서도록 부추기고 있다. 대중매체는 현대인의 일상 깊숙이 파고들어 아름다운 외모와 이상화된 몸 이미지를 획일적으로 유포한다. 대중매체에 대한 수용자의 관심이나 내면화 정도에 차이가 있다 하더라도,***** 가공된 대중매체 속의 몸 이미지는 여성이 자신의 몸을 평가하는 준거로 자리매김하고 있다. 여성들은 대중매체가 유포한 몸 이미지를 만들기 위해 자신의 몸을 가꾸고 변형하는 일에 자발적이고 적

*** 몸 관리 유행과 관련된 연구들은 2000년 이후 급증하였으며, 대표적 논문들은 다음과 같다. 정주원 「몸의 소비문화적 의미와 현상에 대한 고찰」 『소비문화연구』 제9권 제1호, 한국소비문화학회, 2006, 83~101쪽 : 유창조 · 정혜은 『소비자의 아름다움 추구행위에 관한 탐색적 연구-남성의 치장과 여성의 화장, 성형 및 피트니스를 중심으로」 『소비자학연구』 제13권 제1호, 한국소비자학회, 2002, 211~232쪽 : 윤태일 「여성의 날씬한 몸에 관한 미디어 담론 분석」 『한국언론학보』 제48권 제4호, 한국언론학회, 2004, 5-31쪽 : 윤태일 · 이명천 「텔레비전 시청이 육체이미지 혼란에 미치는 영향: "성별"의 조절역할과 "육체이미지 처리"의 매개역할」 『한국방송학보』 제16권 제3호, 한국방송학회, 2002, 331-363쪽 : 임인숙 「다이어트의 사회문화적 환경: 여대생의 외모차별 경험과 대중매체의 몸 이미지 수용도를 중심으로」 『한국사회학』 제38권 제2호, 한국사회학회, 2004, 165-189쪽 : 임인숙 「한국사회의 몸 프로젝트: 미용성형 산업의 팽창을 중심으로」 『한국사회학』 제36권 제3호, 한국사회학회, 2002, 183-205쪽 : 정재철 「한국의 여성 몸담론에 관한 비판적 연구: "몸의 시대, 살빼기와 성형 열풍"을 중심으로」 『언론과학연구』 제7권 제1호, 한국지역언론학연합회, 2007, 292-318쪽 : 정희준 · 박수정 「소비자본주의적 몸의 등장과 운동의 사회문화적 의미의 변화」 『한국스포츠사회학회지』 제18권 제1호, 한국스포츠사회학회, 2005, 119-133쪽 : 최옥선 「여성잡지에 나타난 몸담론 연구-성형의료산업과의 관련성을 중심으로」 『한국출판학연구』 제46집, 한국출판학회, 2004, 26-313쪽 : 이상훈 「육체관리행위와 여성 정체성-스포츠센터 여성이용자에 대한 참여관찰을 중심으로」 『언론과학연구』 제7권 제3호, 한국지역언론학회, 2007, 404-433쪽.
**** 특히 남성이 외모 관리의 새로운 주체로 떠오르고 있는 현상은 주목할 만하다. 이에 대한 연구는 임인숙, 「남성의 외모관리 허용수위와 외모불안지대」 『한국사회학』 제39집 제6호, 한국사회학회, 2005, 87-118쪽 등을 참조하라.
***** 맥퀘일 · 윈달, 임상원 · 유종원 역 『커뮤니케이션 모델 : 매스커뮤니케이션의 이해』 나남, 2001, 임인숙(2004), 앞의 글, 170쪽 재인용.

극적으로 뛰어들고 있는 셈이다. 이러한 상황을 보여주는 대표적인 예가 리얼리티 프로그램 《도전, 신데렐라》이다.

여성전문 케이블 방송인 동아 TV에서 방영 중인 《도전, 신데렐라》는 공개 선발된 시청자에게 성형수술을 해주는 프로그램이다. 이 프로그램은 여성들의 모자란 '美'를 채워주어 자신감 있는 인생을 살게 해 주겠다는 기획 아래 2003년 12월 8일에 첫 방송을 보낸 이래 현재 제 6기를 맞고 있다.* 도전자를 선발할 때마다 높은 경쟁률을 기록할 만큼 이 프로그램에 대한 관심은 매우 높다. 프로그램 신설 당시부터 여러 여성단체들로부터 비난과 방송위원회로부터 '시청자에 대한 사과', '방송편성 책임자에 대한 징계' 등의 조치를 여러 차례 받았으나 현재까지도 여러 시즌이 제작되고 있다.** 이러한 비난과 관심은 한국의 몸 관리 열풍과 사회문화적 분위기를 반영하면서 하위문화 텍스트의 창작과 수용에도 이어지고 있다.

이 글은 동아 TV의 《도전, 신데렐라》를 패러디한 창작 로맨스 소설 「성형 신데렐라」***를 대상으로 몸의 서사화방식을 로맨스 소설의 장르적 규범 및 소통방식과 관련지어 고찰하는 데 목적을 둔다. 로맨스 소설에서 여성의 몸 관리와 맞물려 소통되는 방식은 로맨스 장르에 대한 폄하된 시선을 차치하고서라도 후기 근대사회를 살아가는 한국 여성의 위상과 이

---

* 제5기를 방송중인 2008년 현재 《도전 신데렐라》는 《New 도전, 신데렐라&미니변신》으로 변화 발전하였는데, "일상에서 소외된 사람들의 유리구두가 되어 한걸음씩 세상을 나올 수 있도록 도와"준다는 제작의도 아래 대상을 확대하고 방식을 다양화하고 있다. http://www.dongahtv.com/program/cinderella/
** 김정현, 「리얼리티 프로그램의 수용 특성에 관한 연구-〈도전, 신데렐라〉를 중심으로」, 서강대 석사학위논문, 2005, 3-4쪽.
*** 김경화, 『성형 신데렐라』, 문진미디어, 2006. 이하 인용은 쪽수만 밝히기로 하겠다.

면을 드러내는 데 유효하리라 여겨진다.

2. 리얼리티 프로그램 《도전, 신데렐라》의 패러디와 지배적 해독의 코드들

『성형 신데렐라』는 이민 2세 이유진이 《도전, 신데렐라》 프로그램에 참여하여 성형을 한 후 재벌인 로건 알렉산더를 우연히 만나 우여곡절 끝에 결혼에 성공한다는 이야기이다. 국내 창작 로맨스는 1990년대 초반 이래 여중·고생들에게 인기를 누렸던 할리퀸 문고나 순정만화의 독서체험과 트랜디 드라마의 시청경험 등을 토대로 창작된 성인용 로맨스 소설이다. 인터넷 소설로 불리는 하이틴 로맨스 소설과 달리 20대에서 30대 초반 여성을 주된 독자층으로 삼는 창작 로맨스 소설은 "사랑을 이야기하는 것이 아니라 결혼을 이야기하는 보수적인 소설"이다.* 이 소설은 모험적인 연애에 뛰어든 여성의 긴장 다른 한편에 안정적인 결혼이 놓여 있고, 돈과 권력을 가진 멋진 남자라는 솔깃할 만한 세속적 가치 위에 사랑받는다는 충만함을 얹어 놓은 로맨스 소설의 공식성을 따르고 있다.**

『성형 신데렐라』는 여성 주인공 이유진의 '성형'이라는 낯선 사건이 서사를 추동하면서 독자들의 관심을 환기시키고 있다. 로맨스 소설에 친숙한 독자들은 '사건을 어떻게 보여줄 것인가'보다 '어떤 사건을 보여줄 것인가'에 관심을 둔다.*** 그러니까 로맨스 소설의 선택과 독서행위는 독자들의 관심을 끌 만한 새로운 사건의 설정 여부에 좌우되는 것이다. 이

---

* 한미화, 「여성에 의한, 여성을 위한 장르소설-국내 창작 로맨스 소설의 현황」, 『북페뎀』 제5호, 2004년 여름호, 193-196쪽.
** 우지연, 「꿈꾸는 세계가 있는 자만이 장르를 지지한다」, 『북페뎀』, 제5호, 2004년 여름호, 46쪽.
*** 송경아, 「장르문학과 순문학의 벽을 넘어서」, 『북페뎀』, 제5호, 2004년 여름호, 54쪽.

소설은 이유진의 '성형'을 새로운 사건으로 설정하고 그것을 둘러싼 작중 인물들의 내외적 갈등을 서사의 전면에 내세우고 있다.

『성형 신데렐라』는 미국사회를 배경으로 하는 이 소설은 미국 ABC 방송에서 방영된 'Extreme Makeover'를 모태로 삼은 동아 TV의 《도전, 신데렐라》을 패러디하여 이유진의 '성형'제 과정을 보여주고 있다. 이유진이 「도전! 신데렐라」에 참여하여 선정된 것은 인터넷 사이트를 통해서이다. 「도전! 신데렐라」는 인터넷 사이트를 통해 시청자들의 사진과 사연을 받고, 방송국 측에서 수술이 가장 많이 필요한 사람을 추첨하는 방식을 취한다. 이것은 《도전, 신데렐라》가 독자적인 홈페이지를 개설하여 시청자들의 참가 신청을 받고 있는 것과 동일하다. 그러나 선발 방식은 상이하다. 《도전, 신데렐라》는 매 기수별 5명의 출연자를 2단계 면접을 통해 선발하고, 매주 출연자의 변신모습을 시청자의 '포인트 점수' 이벤트와 연계하여 매 기수 최고의 성형미인을 선정한다.* 그러나 이유진이 「도전! 신데렐라」에 신청한 "오만 명이 넘는" 경쟁자를 물리치고 선정된 것은 그녀 앞에 갑작스럽게 카메라를 비추는 순간이었다.** 소설 『성형 신데렐라』는 《도전, 신데렐라》보다 극적인 선발방식을 선택하고 있는 셈이다. 그것은 지리멸렬한 선발과정보다 선발 이후 과정에 보다 눈길을 두기 위함으로 보인다.

「도전! 신데렐라」는 《도전, 신데렐라》처럼 3개월 동안 이유진의 성형 과정을 밀착 취재한다. 이유진은 3개월이라는 짧은 기간 동안 다양한 분야

---

* http://www.dongahtv.com/program/cinderella/program.asp
** 이유진은 메일을 통해 「도전! 신데렐라」 예비 후보자 10명 중 한 명이라는 사실과 사연 확인을 위한 방문 일정을 통보받으나 선정자 확정 사실은 알지 못한 상태였다.

의 의학적 도움을 받아 변신을 꾀한다. 그녀는 "성형외과, 피부과, 치과, 안과 의사들, 헬스클럽 코치와 정신과 의사"의 도움을 받아 수술을 위한 식이요법을 시작으로 안면 성형, 가슴 축조수술, 허리와 엉덩이 그리고 허벅지의 지방 제거수술 등을 받는다. 이는 동일 기간에 다이어트, 피부 케어, 치아성형 등과 병행한 전신 성형수술뿐 아니라 패션, 헤어, 화장법 등을 통해 "머리부터 발끝까지" "최고의 변신"을 꾀하는 《도전, 신데렐라》에는 미치지 못한다.* 문제는 이러한 성형이 과연 3개월 만에 현실적으로 가능한가라는 점이다. 짧은 기간에 이루어지는 변신 성공은 《도전, 신데렐라》의 선발자 선정과정에서 여전히 변수로 작용하고 있다는 점을 감안한다면,** 100kg의 이유진이 성형의 흔적을 지우고 60kg으로 감량하여 변신에 성공하는 것은 말 그대로 소설이기 때문에 가능한 일, 즉 허구에 기댄 환상 만들기 쯤으로 비춰진다. 그만큼 독자들이 성형 수술의 혁신적인 발전에 경탄할 가능성은 높은 편이다.

이유진의 성형 과정은 '先체험 後방송'의 형식을 취하는데, 이것은 「도전! 신데렐라」와 《도전, 신데렐라》가 유사하다. 다만 소설에서는 「도전! 신데렐라」의 마지막 생방송 촬영분을 초점화하여 제시하고 있다. 3개월이 끝난 날, 이유진은 「도전! 신데렐라」의 출연진과 성형에 참여한 의료

---

* 동아 TV의 《도전, 신데렐라》는 'Extreme Makeover'가 성형수술, 운동요법, 헤어미용, 의상법 수준에서 행한 것보다 전면적인 변신을 꾀하고 있다.
** 《도전, 신데렐라》 1회분에서는 도전자의 선발기준을 '노력을 통해 거듭날 수 있는 그런 방송 취지에 부합되는 사람', '끼가 많아 방송에 적절한 사람', '3개월 동안 방송 효과가 날 수 있는 사람'이라 언급하고 있다. 다분히 제작진의 의도에 따른 선발과정에 대해 시청자들은 "도전자들이 정말 성형수술이 필요한 사람들이냐"라는 비판적 목소리와 함께 "정말 구원의 손길이 필요한 분들"에 대한 참여를 요구하고 있다. 김정현, 앞의 글, 66~67쪽.

진, 그리고 관중들이 모여 있는 방송에 처음으로 출연하여 변화된 자신의 모습을 보여준다. "대회에 뽑혔을 때의 반응과 성형수술 과정을 거친 석 달간의 모습"을 "짤막한 영상"으로 다시 확인한 후 이유진이 전신거울을 통해 처음으로 자신의 변신을 확인하는 과정은 방송 로비에 들어섰을 때 관중들의 "경악에 찬 환호성"에 버금가는 극적 감동을 전달한다. "자신의 몸을 내려다보며" 변화된 몸매를 확인하고 가뿐함을 느끼는 것과 달리 이유진이 "거울을 통해 정면으로 자신의 몸을 보는" 행위는 성형 과정에서 가중된 불안감과 고통을 한꺼번에 해소하고 기대감에 더한 만족감으로 전환시킨다. "눈가가 촉촉이 젖어"드는 감동은 초청된 가족들에게 새로운 인정과 사랑을 확인하면서 보다 강화된다. 그것은 성형을 한 이유진 자신 과 그녀에 대한 상호 인정을 자연스럽게 확보하고 있다.

이렇듯 『성형 신데렐라』는 리얼리티 프로그램 《도전, 신데렐라》를 패러 디하여 주인공 이유진의 성형을 보다 극적이고 감동적으로 재현하고 있 다. 그럼에도 간과할 수 없는 사실은 패러디한 대중매체 자체가 환기하는 지배적 해독의 가능성에 여전히 노출되어 있다는 점이다.

첫째, 이유진의 성형은 대중매체가 유포하는 여성의 아름다움에 대한 획 일화된 이미지를 따르고 있다는 점에서 몸의 식민화를 가중시킬 가능성이 높다. 이유진은 성형을 통해 "웨이브 진 윤기 나는 흑단 같은 머리카락, 턱 이 조금 각이 졌지만 갸름한 얼굴, 짙은 눈썹, 동양인 특유의 쌍꺼풀이 없는 눈매, 오뚝한 콧날, 그리고 약간은 도톰한 입술에 이어진 적당한 가슴과 잘 록한 허리선에 이어진 긴 다리"(35쪽)를 지닌 성형미인으로 거듭난다. 그것 은 서양인이 생각하는 "코도 낮고, 쌍꺼풀이 없는 찢어진 눈에 동그스름한 이목구비"(146쪽)를 지닌, "밋밋한" 동양 여성의 외모를 배제하고 이목구비가 뚜렷하고 늘씬한 키와 몸매를 지닌 서양여성을 닮아 있다. 성형의 기준이 서양여성의 아름다운 미모와 이상적인 몸인 셈이다. 리얼리티 프로그램을 통해 그러한 몸 이미지가 획일하게 유포된다는 점은 여성의 아름다운 몸에 대한 기준을 사회적으로 승인하고 미적 압력을 행사할 가능성을 시사한다. 가부장제 사회에서 여성의 몸은 열등하고 수동적인 대상으로 억압되거나 남성의 볼거리로 취급되어 왔다는 점을 감안한다면, 사회적인 미적 기준에 부합되는 성형은 여성의 몸이 남성의 식민화를 자처하고 있다고 볼 수 있다. 뿐만 아니라 그 여성의 몸은 동양적인 가치를 배제하고 서양적인 아름다움을 따른다는 점에서 그 식민화에 순응하고 있다. 미국사회를 배경으로 하지만 "한국에서 뽑은 미스코리아"도 서양여성의 미적 기준을 따르고 있다는 이유진의 지적을 감안한다면, 이유진의 성형은 남성에 대한, 서양에 대한 이중적인 식민화를 체현하고 있는 셈이다. 이러한 몸의 식민화는 대중매체를 통해 여성의 의식과 무의식에 파고들어 가는 비가시적인 통제라는 점에서 근대사회보다 더 큰 위력을 지닌 상징적 폭력이 될 수 있다.

둘째, 이유진의 성형은 TV 방송과 다양한 의료진 등이 결탁한 소비자본주의의 결과물이라는 점이다. 성형은 몸의 물적 대상화와 억압을 필연적으로 수반한다. 이유진의 몸은 수술대 위에서 무력한 물적 대상일 뿐 아니라 수술 후유증과 다이어트*의 고통 등을 스스로 억압해야 하는 열등

---

* 여성의 다이어트는 자신의 신체를 최소화하려는 노력이다. 이러한 노력의 근거에는 신체는 열등한 것이며 따라서 정신의 조종과 통제를 받아야 한다는 이성 중심의 위계적 미학이 작동하고 있다. 김주현, 「여성의 몸과 외모 꾸미기-금욕주의와 나르시시즘을 넘어서」, 『미학』, 제47집, 한국미학회, 2006, 40쪽.

한 것이다. 그러나 재미에 대한 시청자의 요구와 산업적 필요가 결합하여 탄생된 리얼리티 프로그램 「도전! 신데렐라」는 이유진의 몸을 몸 해방의 새로운 실험을 탐색하는 것으로 우상화한다. 이 프로그램이 내건 〈미운 오리 백조 되기〉라는 슬로건은 "누구든 행복을 얻기 위해 자신을 개조할 수 있다"는 계몽주의적 이념*을 기반으로 한다. 이러한 이념은 방송 제작 진과 의료진들이 공모하여 시청자들에게 반복적으로 제시된다. 다양한 선발자들의 성공 사례들을 통해 시청자들은 자신들의 욕망을 진작하고 확대시킨다. 성형에 성공한 이유진의 몸은 시청자들에게 몸 해방의 가능 성을 보여주는 물질적 대상이자 그들 자신의 욕망을 추동할 유용한 소비 재인 것이다. 즉 이유진의 몸은 소비자본주의가 설정한 몸 해방의 우상화 된 논리를 체현하는 소비상품으로 물상화 되어 있는 셈이다.

이러한 지배적 해독은 여성의 성형이 가부장적이고 소비자본주의적 이 데올로기에서 완전히 자유로울 수 없음을 보여준다. 그럼에도 지배적 해 독이 단선적인 해석과 비판으로 치달아서는 곤란하다. 독자들은 「도전! 신데렐라」를 통해 공론화된 지배적 현실을 직시하고 그러한 현실에 대한 재정의와 개선을 모색할 가능성이 없지 않기 때문이다.** 적어도 다른 해독의 가능성을 엿볼 수는 있을 것이다.

3. 성형미인이라는 육체자본과 참조적 서사 전략

『성형 신데렐라』에서는 로맨스 소설의 공식성에 따라 성형한 이유진이

---

* 샌더 L. 길먼, 곽재은 옮김, 『성형수술의 문화사』, 이소출판사, 2003, 39쪽.
** 김정현, 앞의 글, 53쪽.

겪는 삶과 사랑을 전경화화고 있다. 그것은 「도전! 신데렐라」에 참여한 후 사뭇 달라진 그녀의 현실과 욕망 사이의 갈등을 보여주는데, 성형 이전의 모습을 참조하는 서사전략이 두드러진다. 성형 이전과 이후를 비교하는 전략은 미용성형 광고에서 성형수술의 필요성을 설득하기 위해 곧잘 사용되는 것이다. 광고에서 성형 전후의 모습을 비교한 사진들은 성형수술의 긍정적 효과를 부각시키기 위해 성형 전의 모습을 부정적으로 묘사한다. 부정되어야 할 성형 전의 모습과 달리 성형 이후의 모습은 여성의 아름다움과 연결시키면서 자신감의 회복과 행복한 삶을 약속한다.* 이러한 광고 전략처럼 『성형 신데렐라』는 성형 이후 이유진의 달라진 삶이 이전 삶을 참조하면서 전경화 되어 있다.

무엇보다 이유진의 달라진 삶은 성형미인이라는 육체자본을 토대로 한다. 서사를 추동하는 토대는 성형미인인 이유진의 '아름다운 몸'이다. '아름다운 몸'은 이제 육체자본으로 사회적으로 유용한 여성의 자본이나 권력으로 작용한다. 그것은 이유진이 성형 이전에 상상하지 못했던 일들을 현실로 맞닥뜨리는 사건들을 통해 드러난다. 이 소설에서는 크게 두 측면에서 육체자본이 서사를 추동하고 있다.

첫째, 성형미인이라는 육체자본을 토대로 이유진이 꿈꿔왔던 가수를 실현시키는 과정을 서사화하고 있다. 그녀는 「도전! 신데렐라」를 계기로 자신의 꿈이 가수임을 가시화하고 적극적인 노력을 통해 현실화한다. 성형 이전 그녀가 음악을 좋아하고 "한 번 들은 곡은 그대로 따라 부를 수 있"으며 작곡·작사의 자질까지 갖추고 있다는 점은 가족조차 모르던 사실

* 임인숙(2002), 앞의 글, 197-199쪽

이다. 그러나 「도전! 신데렐라」에 참여한 후 그녀는 그 꿈을 실현시키기 위해 혼자 LA에 가서 오디션을 본다거나 클럽 가수를 지망하는 등 도전을 시도한다.

이때 달라진 점은 성형미인이라는 육체자본이 그녀 자신뿐 아니라 그녀 주변 사람의 관계를 변화시키고 있다는 점이다. 그녀 자신을 두고 본다면, 그녀가 이전보다 적극적으로 도전하고 실패에 대한 두려움을 앞세우지 않는다는 점이다. 오디션에 떨어져도 언젠가 가능할 것이라는 긍정적인 시각과 꼭 해내리라는 자신감은 그녀가 실패를 두려워하지 않는 '당당한' 여성으로 자리매김 시킨다. 그것은 "오디오형이지 비디오형 가수가 아니라고 가능성이 없다"는 절망적인 평가 속에서 포기했던 것과 뚜렷하게 대조적이다.

그리고 주변 사람과의 관계에서 본다면, 성형미인인 육체자본은 어렵지 않게 경제자본이나 사회자본으로 확대되고 있다. 그녀의 아름다운 몸은 주변 사람들의 이목을 끌고 관계를 원만하게 형성한다. 특히 주변 사람들은 그녀의 음악적 재질을 평가받을 기회를 제공해주는 데에도 호의적이다. 뮤지컬 오디션에서 만난 요아나는 가수 데뷔 기회를 얻을 수 있는 루비아나 클럽 가수 오디션을 제의하고, 그 클럽의 매니저 스테판은 싼 방을 임대해 주며 용기를 북돋워주며, 클럽을 찾은 YN 음반기획사 사장 토니는 성형사실을 알고도 신비주의 전략을 동원하여 가수 데뷔를 추진하는 등 그녀의 주변 사람들은 대부분 호의적인 조력자이다. 그들은 과거에 상상할 수 없었던 '친구'들이기도 하다. 성형 이전 그녀가 학교뿐 아니라 가족에게 "괴물" 취급을 받으며 "왕따"를 당하거나 "주변인"으로 숨죽이고 겉돌았던 것과는 판이하게 다르다 하겠다. 이렇듯 성형미인이라는 육체자본은 그녀 자신뿐 아니라 주변 사람과의 관계까지 긍정적인 변화를 이끌어낸다.

이러한 육체자본의 효과는 외모중시적 사회풍토를 문맥화하면서도 성형을 통한 여성의 자기효능감을 강조하고 있다. 한편으로 "예쁘면 모든 것이 용서된다."는 세간의 표현처럼 외모지상주의를 양산시킬 위험이 끌어안으면서, 다른 한편으로는 성형을 통해 자기효능감을 회복하고 있다는 사실이다. 주목할 점은 이유진의 꿈이 달라진 외모만으로 실현된 것이 아니라는 것이다. 이유진은 뚱뚱한 동양 여성의 외모와 소극적인 성격 등이 결합된, 심각한 외모 콤플렉스를 시달리면서도 가수, 작곡, 작사를 겸비할 수 있는 엔터테인먼트의 자질을 쉼 없이 갈고 닦으며 도전해왔다. 「도전! 신데렐라」를 계기로 이유진은 자신의 꿈을 실현하는 데 당당함과 자신감을 드러내는, 자기효능감을 보여준 것뿐이다. 그것은 독자들이 한국사회에서 피해갈 수 없는 외모지상주의를 인정함과 동시에 당당한 주체로서 자신의 꿈을 실현하는 그녀에게 공감대를 형성할 가능성을 높여준다. 소설에서 '얼굴 없는 가수' 이유진의 노래가 대중들에게 회자되고 개인 콘서트를 성공적으로 끝맺는 것도 성형을 통해 자기효능감을 확인이자 기대심리의 반영이다.

둘째, 성형미인이라는 육체자본을 토대로 이유진이 로건 알렉산더와 사랑을 꿈꾸고 실현하는 과정을 서사화하고 있다. 『성형 신데렐라』가 로맨스 소설의 장르적 공식성, 그러니까 이상적인 남성과 아름다운 여성의 우연한 만남, 극적 갈등, 그리고 행복한 결말*을 따르고 있다. 여기에서 이유진이 사랑을 실현하는 과정은 성형 이전과 대조되는 양상을 참조하며 전경화되어 있다.

이유진과 로건 알렉산더는 로맨스 소설에서 친숙한 주인공, 이상적인 남성과 아름다운 여성에 해당된다. 로건은 185㎝가 넘는 키에 단단한 근육질 몸매를 지닌 매력적 이탈리아계 남성일 뿐 아니라 젊은 나이에 R&C 투자사의 사장에 오를 만큼 사업적 수완과 재력을 겸비한 인물이다. 이유진은 그보다 열등한 사회적 지위에 있지만 성형미인이라는 육체자본과 이국적 매력이 그녀를 사랑의 주인공으로 만든다. 두 주인공의 만남은 차량접촉사고라는 우연한 사건 때문이지만, 그는 이유진의 외모에서 "묘한 이끌림"을 느끼고 이례적으로 그녀를 임시 가정부로 채용한다. 여기에서 "묘한 이끌림"은 자신의 의지와는 무관하게, 설명할 수 없는 어떤 힘에 사로잡히는 열정을 의미한다. 열정은 사랑에 있어서 대상 선택의 자유를 정당화시킨다.** 로건이 열등한 지위에 있는 이유진을 선택하고, 그것을 납득할 만하게 만드는 것도 열정 때문이다.

이러한 선남선녀의 우연한 만남은 성형 이전 이유진의 사랑 이야기와는 대조적이다. 고등학교 시절, 학교에서 "분홍 돼지"로 불렸던 그녀는 출중한 외모와 단단한 몸매를 과시했던 라틴계 남성 안드레 크루즈를 짝사랑했다 퇴짜를 당한 경험이 있다. 안드레가 이상적인 몸의 소유자였다면 그녀는 아름다운 여성과는 거리가 멀었다. 4년 동안 짝사랑하고 용기를 내

---

* 행복한 결말은 육체자본 자체보다 그 '통과'에 초점을 두고 있기 때문에 4장에서 함께 논의하기로 하겠다.
** Niklas Luhmann, Love as Passion: The Codification of Intimacy, trans. Jeremy Gaines and Doris L. Johns, Standford UP, 1998, pp.58-75.

어 고백하는 것도 전적으로 그녀 몫이었다. 결과 또한 안드레에게 "너도 여자야?"(22쪽), "너라는 가시네한테 좋아한다는 말을 듣는 건 내 인생의 최대의 수치야."(23쪽) 등의 힐난조의 경멸을 받는 것이었다. 결국 "분홍 돼지"라는 육체자본은 상대에게 먼저 다가서는 것조차 거부되는, 그래서 짝사랑만 허락한다는 사실을 환기한다. 그것은 성형미인이라는 육체자본이 로건으로 하여금 먼저 다가오게 하는 것과는 대조적이다. 이 소설에서 로건과의 사랑이 발전되는 과정은 "분홍 돼지"였던 과거의 실연을 참조하는 서사 전략을 취하고 있는 셈이다.

『성형 신데렐라』에서 이유진과 로건의 이끌림은 '아름다운 몸'에서 출발하고, 성적 매력과 성경험의 기억이 그들의 관계를 지탱해나가는 원동력이다. 그들은 상대의 성적 매력과 육체적 이끌림이 긴장감과 즐거움을 동반하는 열정적 사랑을 보여준다. 루만에 따르면, 열정적 사랑은 프랑스 고전주의 시대 귀족들의 혼외정사를 원형으로 쾌락과 관능을 수용하지만 결혼과는 분리된다. 열정적 사랑이 지닌 이중성과 역설을 결혼제도로 봉합한 자기 준거적 사랑이 낭만적 사랑이다. 이 소설에서 이유진의 사랑은 열정을 수반하고 있지만 대상 선택의 자유로 제한되지 않는다. 그들의 열정은 성과 결합하여 쾌락과 관능을 재현한다. 그것은 자기 준거적 사랑을 지지하는 낭만적 사랑과 노골적인 성적 묘사로 도배한 음란 소설의 중간쯤에 놓여 있다. 이유진이 처녀성을 간직한 여성이었다는 점은 낭만적 사랑의 가능성을 슬쩍 걸쳐 놓고, 그들의 열정적 사랑을 아슬아슬하게 재현하는 것은 음란 소설적 혐의를 얕게 드리우고 있다. 열정적 사랑은 독자들에게 사회적 금기로부터 일탈과 해방감을 만끽하게 하면서도 질서와 안정을 엄격하게 요구받는다. 이유진과 로건의 관계가 단속적인 이유도 거기에 있다. 로맨스 소설이 늘 그렇듯 그들은 서로 다른 상황과 기대, 그리고 오해로 말미암아 갈등을 겪지만,* 갈등의 꼭짓점은 육체자본이 환기하는 성적 매력과 성경험의 기억이 자리매김하고 있다. 로건이 집안문제로 파혼을 하고, '얼굴 없는 가수' 이유진의 소속사 YN 엔터테인먼트 회사를 인수할 정도로 그녀를 쉽게 잊지 못하며, 이유진 또한 제이슨과 사귀면서도 모멸감을 준 로건을 잊지 못한다. 그렇기에 그들의 재회는 서로를 생채기내는 언쟁에도 불구하고 육체적 이끌림을 확인하는 것으로 끝난다. 단속적인 그들의 관계가 위태롭게 유지되는 것도 이 때문이다.

이상에서 보듯 성형미인이라는 육체자본은 개인이나 사회적으로 유용하다. 개인적으로는 성공적인 결과를 차치하더라도 가수라는 꿈에 도전할 용기를 북돋우고 자아효능감을 높이며, 사회적으로는 그것이 경제자본과 사회자본으로 확대되는 양상을 보여주었다. 뿐만 아니라 성형미인이라는 육체자본은 새로운 사랑을 꿈꿀 수 있는 토대가 되었다. 그것은 성형미인 이전의 이유진이 상상하지도 못했던 과거와 대비되면서 외모지

---

* 첫 번째 갈등은 그들이 상대에 대한 태도와 기대가 어긋나 있다는 점이다. 로건은 재벌가 출신의 약혼녀와 파혼을 할 의사가 없는 상황에서 성적 본능과 호기심을 해결할 대상으로 이유진을 곁에 두고 싶어 한다. 이에 반해 이유진은 로건을 "실습대상"으로 삼아 성형미인이라는 육체자본의 효과와 남성 심리를 알아가려 하지만 정작 사랑에 빠지면서 성형미인임이 들통날까봐 불안해한다. 그들의 갈등은 첫 번째 성관계를 한 다음날 이유진이 집을 나가는 것으로 끝난다. 두 번째 갈등은 로건이 사라진 이유진의 행선지를 추적하다 동거 중인 스테판을 동성애자인 줄 모르고 애인으로 간주한 오해에서 빚어진다. 그가 창녀로 취급하는 순간 그들의 관계는 소원해진다. 로건은 결혼을 서두르고, 이유진은 제이슨이라는 새 연인이 생겼기에 더욱 그러하다. 세 번째 갈등은 로건이 '얼굴 없는 가수' 이유진의 소속사를 인수하는 과정에서 그녀가 성형미인이라는 사실이 밝혀진 데 따른다. 이유진은 로건에게 "인조인간" 취급을 당하고, 대중을 피해 기약 없이 한국으로 도피하고 만다.

상주의적 사회풍조를 여실하게 반영하고 있었다.

4. 신데렐라의 '통과' 양상과 자기 정체성의 혼란

로맨스 소설의 독자들은 작중인물의 내면에 자신을 이입하고 위태위태한 사건에 몰입하면서 마침내 감동받기를 기대한다.* 통찰과 지성을 요구하는 정교한 플롯과 세련된 문체 등에 크게 영향 받지 않는다. 오히려 단순한 스토리, 안이한 갈등해소 방식, 단조로운 서술기법, 심지어 서사 과정의 오류까지도 질끈 눈감아 준다. 그만큼 독자들이 주인공에게 몰입하고 감동받기를 기대하는 셈이다. 그것은 지배적 해독 대신 대안적이고 저항적인 해독의 가능성을 높여주는 부분이기도 하다. 『성형 신데렐라』는 독자들의 관심과 기대가 이유진을 향하도록 서사화되어 있다. 그것은 성형을 선택하고 꿈을 실현하는 과정에서 부딪히는 그녀만의 고민들을 독자들과 공유하는 것에 다름 아니다. 소설 제목처럼 성형이 한 여성을 신데렐라로 만들 수 있느냐에 초점이 맞추어져 있다.

성형은 자연으로서의 몸을 거부하고 변형하는 행위이다. 외모 차별적 경험이나 풍토 등 외적인 속박을 거부하고 인간의 역할을 최대한 실행하고자 하는 바람을 자율적으로 선택하고 통과하려는 수단이 성형이다.** 즉 성형은 "내가 알고 있는 나의 실체와 내가 옮겨 가고 싶은 이상적 범주" 사이에 배제와 포함이 존재하는 '통과'로서 의미를 지닌다.*** 그 '통과'는 현실적 범주와 이상적 범주를 이항 대립시키고 위계화하는 과정

* 송경아, 앞의 글, 55-56쪽.
** 샌더 L. 길먼, 앞의 책, 48쪽.
*** 샌더 L. 길먼, 위의 책, 43쪽.

의 산물이다. 거기에는 개인적이고도 사회적인 편견, 통념, 인식 등이 뒤섞여 있다.* 그리고 성형이 수반하는 기술적 한계와 미적 기준의 변화는 존재의 불안을 가중시키는 요인으로 작용할 수 있다. 그렇기에 성형은 현실과 환상 사이를 위험하게 통과하고 있으며, 그 통과는 성형수술과 그 이후 전 과정에 걸쳐 있다. 그러한 과정은 육체자본이 형성되고 개인과 사회에 '통과' 되는 양상을 두루 포함한다 하겠다. 『성형 신데렐라』에서 이유진이 미국사회에서 신데렐라로 '통과' 하는 양상을 세 가지 측면으로 나누어 살펴보기로 하겠다.

첫째, 외양적인 '통과' 는 성형의 신화를 재현하는 듯 하지만 결국 자아 정체성의 혼란을 초래한다. 성형은 외양에 있어 "못생긴 뚱뚱한" 이유진을 완벽한 성형미인으로 만드는, 성공적인 '통과' 를 보여준다. 그 '통과' 는 신체적 약점을 치료하여 자신감을 회복하고 나아가 삶의 질을 높일 수 있다는 성형수술의 신화에 바탕을 둔다.

성형은 신체적 약점 때문에 개인이 속하거나 귀속되기를 바라는 사회나 집단에서 배제되었다는 믿음에 근거한다. 이유진은 그 믿음의 원인을 외모중시적 사회풍토에서 찾고 있다. "여자를 판단할 때 세상의 잣대는 외모를 기준으로"(155쪽) "예쁘면 착하고, 못생기면 성격도 개차반이라고"(155쪽) 여기는 사회 풍토를 내세운다. 킴벌리 엘리나 버그먼에 따르면, 여성

---

* 윤태일은 이영자 살빼기 파문을 둘러싼 미디어 담론 분석을 통해 '날씬한 몸' 과 '뚱뚱한 몸' 의 이항대립이 함축적인 가치평가를 포함하는 또 다른 이항대립들, '아름다움 : 추함', '건강함 : 허약함', '자부심 : 부끄러움', '여성성 : 비여성성', '운동, 식이요법 : 성형수술, 약물', '부지런함 : 게으름', '절제 : 방종', '자율성 : 타율성', '권능 : 복속', '영웅 : 악당', '행복 : 불행' 등으로 변형되고, 그것은 한국사회에서 날씬한 몸의 의미가 신화의 수준으로 상승하면서 사회적 통과하기 욕망을 충족시킨다고 밝히고 있다. 윤태일, 2004, 앞의 글, 5-31쪽.

이 성형을 선택한 것은 가부장적 사회 내에의 여성 이미지가 낳은 반응, 즉 "자기 비하와 그것이 초래한 결과, 외모에 대한 강박적 관심, 자신의 자질과 적성에 대한 폄하, 그리고 미모를 통해 얻으려는 보상에 직접적으로 접근할 수 있는 다른 종류의 사회적 성취에 대한 낮은 기대 수준"이 낳은 결과이다. 가부장제 사회의 젠더 정치가 여성이 성형을 선택하게 하는 이유를 제공하는 것이다.* 이유진이 파악한 외모중시적 사회풍토, 그러니까 몸이 영혼의 가치를 반영한다는 통념은 그녀의 편견일 가능성을 염두에 둘 만큼 단순하고 소박하다. 그러한 사회풍토에 대한 통찰 대신 그녀는 오랫동안 지속된 외모 차별적 경험이 대인관계의 예민성, 우울증, 열등감, 자살 충동 등으로 발전했던 자신의 경험을 초점화하여 토로하고 있다.** 그것만으로도 그녀가 성형을 선택한 이유를 정당화하고,*** 독자들의 감성을 자극하여 그녀의 내면세계를 공유하도록 이끌고 있다. 성형 과정의 고통과 고민들이 선택 과정의 것들과 겹쳐 있어 독자들의 공감대를 두텁게 형성하고 있다.

아울러 성형의 신화를 뒷받침하는 것은 의료진에 대한 이유진의 믿음이 수술 이후에도 건재한다는 점이다. 과학기술의 발전이 성형의 부작용을 줄이고 자연스러운 아름다움을 표현할 수 있다 하더라도, 성형에 뒤따르는 위험을 완전히 해결하지 못한다. 때문에 성형 전후 망설임과 두려움이

---

* 샌더 L. 길먼, 위의 책, 58쪽.
** 변금순 외, 『신경정신의학』 제38권 제1호, 1999, 94-103쪽.
*** 여기에서는 성형이 외모 콤플렉스를 치유하는 동시에 조장될 위험을 안고 있다는 점을 간과하고 있다. "분홍 돼지" 이유진이 성형미인으로 거듭나고 그 후 당당하게 자신의 꿈에 도전하는 과정만 초점화해서 읽는다면, 성형이 외모 콤플렉스를 '완벽하게' 치유한다는 대중적 믿음을 유포하고 역으로 외모 콤플렉스를 조장할 가능성이 높다.

잔존할 수밖에 없다. 그러나 이 소설에서는 그러한 고민들이 의료진들에 대한 믿음과 환상으로 채워지면서 생략되어 있다. 그녀는 성형수술의 부작용을 걱정하는 언니 유희에게 "방송에 나올 정도면 최고수준"(34쪽)이라고 "검증된 분"이라며 의료진에 대한 믿음을 강하게 내비친다. 그것이 대중매체에 대한 대중들의 환상이 결합된 믿음이라는 사실을 간과한 채 그녀는 "기대 이상"의 수술 결과를 보고 의료진에 대한 믿음과 고마움을 눈물로 화답한다. 수술 이후에도 성형의 부작용을 의심하기보다 주변인들의 찬사에 당혹스러워할 정도이다. 그만큼 의료진들에 대한 이유진의 믿음은 성형의 신화를 뒷받침한다 하겠다. 이러한 점은 독자들에게 성형에 대한 유혹 혹은 의존을 양산할 위험을 안고 있다.

문제적인 것은 성형의 신화를 재현하는 성형미인 이유진이 겪는 자아정체성의 혼란이다. 성형미인 이유진은 변화된 몸의 정체성에 비해 자아정체성은 쉽게 변화시키지 못하고 있다. "외모는 그녀가 원하던 모습보다 훨씬 아름다워졌지만, 내면은 옛날 그대로 아직도 자신감이 결여된 소심한 성격 그대로"(41쪽)인 그녀는 성형 이전의 이유진과 이후의 이유진이 결합되어 있다. 더욱이 "다시 옛날 모습으로 돌아가는"(41쪽) 악몽은 그녀가 성형 이전의 이유진을 거부할수록 오히려 거부당하는 성형 이후의 이유진을 발견할 뿐이라는 사실을 환기한다. 그렇기에 동생 유호에게 "예전 모습이 애벌레라면 지금은 아름다운 나비인데도 아직 깨닫지 못하고"(41쪽) 있는 것으로, 로건에게 "어떤 남자도 해코지 하지 않을 것"이라 믿기 어려운 확신을 드러내는 것으로 드러난다. 성형 이전의 이유진과 이후의 이유진이 혼재하고 어느 것도 진짜 이유진의 실체를 갖지 못한다. 성형

이전의 이유진도 성형 이후의 이유진도 진짜 '나'의 행세를 하는 가짜 '나', 시뮬라크르를 보여 줄 뿐인 것이다. 특히 성형미인이라는 사실이 밝혀질까 두려워하는 심리는 자아 정체성의 혼란과 겹쳐 존재에 대한 불안을 가중시키고 있다. 이렇게 본다면 이유진은 외양만 성형의 신화를 '통과' 했을 뿐 내면은 '통과' 했다고 볼 수 없는 셈이다.

둘째, 가수로서 '통과'는 성형미인이라는 육체자본이 접근성을 용이하게 하지만 결정적인 장애요소로 작용하여 반만의 성공으로 끝맺고 있다. 이유진이 「도전! 신데렐라」에 참여한 이유 중 하나는 "스포트라이트를 받으며 수많은 관중들에게 자신의 노래를 들려주고, 환호성을 받는 그런 황홀한 꿈"(17쪽)을 실현시키기 위해서였다. 성형미인 이유진은 "분홍 돼지"였던 과거에 비해 그 꿈에 한 걸음 다가서는 데 유리하다. 그녀가 루비아나 클럽가수가 되고 YN음반기획사의 오디션 제의를 받은 것은 실력 이전에 미모 때문이다. 그만큼 '성형미인'이라는 기표는 가수의 꿈을 실현시키는 데 중요한 가치를 지니고 있는 것이다.*

그러나 성형미인이라는 육체자본은 "수많은 관중들"의 가수로서 '통과' 하는 데 걸림돌이 된다. 그것은 미용성형에 대한 젠더화된 시각에 기인한다. 성형을 여성적인 행위로 규정짓는 사회적 인식은** 그러한 여성을 허영에 찬 존재, 진정성을 결여한 위선자, 부도덕한 존재 등으로 낙인

---

* 3장에서 밝혔던 육체자본이 경제자본과 사회자본으로 전환되는 지점과 맞물려 있다.
** 미용성형에 대한 젠더화 된 시각은 성차와 무관하게 여성의 성형에 대해서는 너그러운 반면 남성의 성형에 대해서는 엄격하다는 최근의 한 연구결과에서도 확인 가능하다. 그것은 여성은 육체적 아름다움을 가꾸어야 하는 존재라는 젠더 이데올로기에 기인하는 바 크다. (임인숙 (2005), 앞의 글, 105쪽)

찍는 행위와 결합되어 있다.* 이러한 시각 탓에 이유진은 성형 사실을 밝히는 순간 고향 사람들에게 "경멸조로 내려다보는 눈빛"(43쪽)을 받아야 했다. 그리고 성형미인이라는 "타이틀을 달게 되면 구획정리를 당"(34쪽)해 가수로 성공하는 데 한계가 있을 것을 예감하고 있다. 때문에 그녀는 지인들뿐 아니라 대중들에게 성형 사실을 숨기며 그것이 밝혀졌을 때의 반응을 두려워한다. 그러면서도 실력으로 인정받을 수 있다는 기대감을 버리지 않는다. 결국 이유진은 성형 사실에 대한 그들의 반응이 확인되기까지 두려움과 기대감 사이를 오갈 수밖에 없다. 그것은 독자들에게 그녀의 고민을 함께 하고 성형에 대해 동의를 구하는 과정에 다름 아니다.

"안티가 곳곳에 생겼어. 노래하나 잘 부른다고 모든 게 용서는 안 된다고. 인간성도 중요하다나. 모든 걸 공짜로 해결하려는 심보가 맘에 안 든다는 등 여러 가지 유언비어까지 돌고 있어. (중략)* 이유진이 나한테 성형수술을 밝혔을 때 신비주의 컨셉을 잡지 말고 직접 그대로 보여 줬어야하는 건데. 그럼. 이렇게까지 큰 타격을 받지는 않았을 거야."(332-333쪽)

---

* 임인숙(2002), 앞의 글, 194~195쪽과 샌더 L. 길먼, 앞의 책, 58-61쪽 참조. 이러한 시각을 반영한 연구물로 서정희, 「여자 대학생 소비자의 허영과 성형요구-부산, 울산 및 김해를 중심으로」『소비문화연구』 제8권 제1호, 한국소비문화학회, 2005, 1-13쪽).
** 중략 부분은 가수로서 '통과'가 동양인에 대한 인종차별적 시각과도 관련이 있음을 지적하고 있다. 그것은 미국사회가 동양인에 대한 인종차별이 심하다는 인식을 전제로 한다. 그 전제는 가수로서뿐 아니라 연인으로서 '통과'에도 한계 요소로 작용한다. 그러나 이 소설에서는 단편적인 인식 수준에서 언급되거나 이유진의 남매에게 적용되지 않는 등 그 전제가 허약하게 설정되어 있다. 결국 그것은 미국사회라는 특수성을 보여주기 위한 작가적 전략으로 보이지만 효과적으로 제시되어 있지 않은 셈이다. 오히려 이 소설은 미국사회를 통해 한국의 외모지상주의적 사회풍토를 가늠하는 반사적 효과에 초점화 되어 있다. 때문에 인종차별적 전제는 소설 분석에서 꼭 필요한 경우를 제외하고는 생략하였다.

인용문은 이유진의 성형 사실이 대중들에게 알려진 후의 반응을 보여주는 대목이다. 대중들의 반응은 "인간성"이나 "모든 걸 공짜로 해결하려는 심보" 등 이유진을 비판하는 것 일색이다. '얼굴 없는 가수'라는 "신비주의 컨셉"도 대중들에게 성형 사실을 눈가림하기 위한 수단으로 비춰졌기에 더욱 그러하다. 이러한 반응은 진정성, 도덕성, 허영을 문제 삼는 미용성형에 대한 젠더화된 시각을 다시 확인시켜 준다. 아울러 "가수는 노래만 잘 부르면 됐지."라고 이해해줬던 토니 사장의 말이나 그것에 일말의 기대감을 지녔던 것과 달리 당면한 현실은 분명하게 괴리되어 있다. 때문에 "어쩌면 영영 가수로서의 생명이 끝날지도 모른다는 생각"(332쪽)은 현실화되고 만다. 이유진은 작곡가로서 활동하며, 로건의 도움으로 자신만의 팬들을 위한 무대에만 나설 수 있을 뿐이다. 결국 성형미인이라는 사실은 가수로서 '통과'를 대중들이 허용하지 않은 셈이다.

이러한 결과는 이 소설이 미국사회를 배경으로 하고 있다는 점에 어느 정도 기인한다. 작가는 미국사회가 한국사회보다 성형에 대해 엄격하고 보수적이라는 시각을 견지하고 있다. 소설에서 한국사회를 "성형천국"으로 꼬집은 《오프라 윈프리 쇼》*를 직접적으로 언급하여 미국사회와 차별화하고 있는 것도 그 때문이다. 이것은 한국사회와 거리두기를 통해 비판적 태도를 드러내는 대목이기도 하다.

셋째, 결혼으로 '통과'는 성형미인이라는 '사실'이 장애요소로 작용하지만 그것을 극복하는 성공적인 양상을 보여준다. 그것은 험난한 장애요

---

* 2004년 10월 6일 미국 CBS TV에서 방송된 《오프라 윈프리 쇼》는 세계 17개국 30세 여성의 삶을 비교하면서 한국 여성들에 대해 '서구적인 미모를 갖고 싶어 하는 열등성을 지녔고 한국은 성형수술의 천국'이라고 소개했다. (김정현, 앞의 글, 26쪽)

소를 극복할수록 사랑의 영원성과 낭만성을 강조하는 장르적 특성과 무관하지 않다. 그런 점에서 이유진과 로건의 사랑에 계급적이고 인종적 차이는 큰 갈등을 낳지 않는다. 그들의 사랑에 결정적인 장애요소로 부각되는 것은 이유진이 성형미인이라는 '사실'이다. 성형미인이라는 육체자본이 이유진이 로건과 사랑을 꿈꾸고 그들의 관계를 단속적으로 이끌어내고 있음은 주지의 사실이다. 이때 그 관계는 이유진이 성형미인이라는 '사실'을 감춘 상황에서 이루어지고 있다. 때문에 이유진은 로건에게 성형미인이라는 '사실'이 들통날까봐 전전긍긍한다. 동생 테드가 그것을 알아채자 위기감을 느끼고, 로건의 단호한 입장을 에둘러 확인한 후 절망감을 맛보기도 한다. 이유진은 엎치락뒤치락하며 심각한 내적 갈등을 보여주는데, 그녀에게 몰입한 독자들은 조마조마한 그녀의 감정을 함께 공유하며 상황의 추이를 지켜볼 수밖에 없다.

"온몸을 성형수술 했다는 소리이군. 완전히 싹 바꾼 다음에 나 같은 부유한 남자를 잡고 싶었던 거야? 아무리 성형수술이 유행한다고 해도 그렇지. 어떻게 180도로 사람의 외모가 바뀔 수 있는 거야? 완전히 딴 인물이군. 코 하나도 아니고 이건… 완전히 모두 뜯어고친 성형수술인데. 한 마디로 '인조인간'이군."

이유진의 얼굴이 창백해지다 못해 파랗게 질렸다. 그녀의 성형수술을 알게 되면 그가 놀란 반응을 보일 거라고 예상은 했지만 이렇게까지 적대적인 모습으로 바뀔 거라고는 미처 몰랐다. 그녀가 사람을 죽인 살인마도 아니고, 남의 등을 친 사기꾼도 아니고, 정치범도 아닌 단순히 외모를 성형수술 한 것뿐이었다. 그리고 왜 성형수술을 결심했는지에 대해서는 묻지 않는 걸까. 그녀의 가슴이 무너져 내렸

다. (327쪽)

　인용문은 로건이 이유진의 성형 사실을 안 직후의 반응을 보여주는 대목이다. 로건은 이유진이 성형미인이라는 '사실'을 속였다는 점에 크게 분노한다. 그는 성형수술 자체나 그것을 알리지 않은 것 모두 "사기"로 간주한다. 성형미인인 그녀는 "비정상적인""인조인간"에 불과하다고 비난한다. 이때 오해로 빚어진 그녀의 이미지, 즉 "돈과 성공이라면 물불을 안 가리는 악녀"(328쪽)는 보다 "적대적"으로 변한다. 더 이상 그녀는 매력적인 성적 대상도, 어렴풋하게나마 사랑의 감정을 일깨웠던 대상도 아니다. 그런 로건에게 이유진은 "왜 성형수술을 결심했는지" 물어주고 이로써 이해해주기를 기대한다. 하지만 현실은 전혀 그럴 가능성이 없음을 참담하게 인식하는 것뿐이다. 성형미인이라는 '사실'이 로건에게 '통과' 될 수 없는 현실을 극명하게 드러내는 셈이다.

　그러나 로맨스 소설은 거의 행복한 결말을 보여준다. 그리고 그 결말의 주도권이 남성에게 있다는 점은 쉽게 바뀌지 않는다. 결국 결혼의 '통과'는 전적으로 로건에게 좌우된다. 로건이 그토록 혐오하는 성형미인인 그녀를 받아들이느냐의 여부가 결혼의 '통과'를 결정짓는다. 그는 이유진이 행방을 감춘 후에야 〈도전! 신데렐라〉 방송을 찾아본다. 그토록 그녀가 바랐던 "왜 성형수술을 결심했는지"를 지켜보는 셈이다. 그는 〈도전! 신데렐라〉를 보며 그녀의 상처들을 가슴 아파하고, 그녀의 행선지를 추적해 한국행을 결행한다. 그것도 그가 이유진을 사랑한다는 사실을 인정하고 어떻게 고백할 것인가를 고민하면서 말이다. 결말에 와서야 사랑한다는 사실 자체가 사랑의 정당화의 기재로 존재하는 자기 준거적 사랑이 결혼 제도와 결합하고 있다. 로맨스 소설이 "가부장적 텍스트"라는 래드웨이의 지적은* 이 소설에서도 예외적이지 않은 셈이다. 이 소설은 육체자본을 토대로 한 열정적 사랑과 자기준거적인 낭만적 사랑을 위태롭게 결합시키고 있다 하겠다.

여기에서 주목할 만 한 점은 로건의 내면적 변화이다. 그는 "결혼은 사업"(163쪽)이며, "여자는 단순히 필요에 의한 존재"(191쪽)에 불과하다고 여길 만큼 여성을 사물화하고 대상화한다. 이러한 인식은 사업가로서 "냉혈한"의 이미지와 결합되어 마초적 남성상을 강하게 드러낸다. 그러나 로건이 성형미인인 그녀를 받아들이고 결혼하는 순간 마초적 남성상은 사업에만 국한되고 자상한 남성상으로 변화한다. 그것은 여성이 멋진 남성에게 사랑받는다는 대리만족을 충족시키기 위한 로맨스 소설의 장르적 특성이기도 하다. 이때 장르 독자들은 '멋진' 남성의 외부적 조건보다 '사랑받는다 느낌'을 초점화 한다.** 남성이 '냉혈한'의 이미지를 벗어버리고 여성을 자상하게 대하는 태도에 감동받는 것이다.

이상에서 살펴보았듯이 성형수술과 그 이후 보여준 '통과'의 제 양상은 외양적인 측면에서 '신데렐라'로 거듭나는 것을 제외하면 그다지 성공적이지 못하다. 성형의 신화, 특히 자신감을 회복하고 당당한 여성 주체로 자리매김할 것이라는 신화는 말 그대로 신화에 불과하다는 사실을 분명

---

* Janice Radway, Reading the Romance: Women, Patriarchy, and Popular Literature, London: Verso, 1987, p.217
** 정이원, 「그래요, 데릭은 나를 사랑했어요-로맨스 소설의 숨겨진 매력」, 『북페뎀』, 제5호, 2004년 여름호, 113쪽.

하게 드러내고 있다. "소극적이고 뚱뚱한" 이유진이 외양적으로 '신데렐라' 로 변신하지만 자아정체성의 혼란을 심각하게 겪을 뿐 아니라 가수의 '통과' 가 좌절되고 가까스로 결혼의 '통과' 하는 과정은 '신데렐라' 가 아닌 '신데렐라 콤플렉스' *를 가진 여성에 가깝기 때문이다. 결국 결혼의 '통과' 는 신데렐라 콤플렉스를 지닌 여성의 재생산을 보여주고 있는 셈이다. 소설의 제목과 달리 성형이 '신데렐라' 를 만든다는 것은 현실을 유보하고 환상에 기댈 때만이 가능하다는 사실을 환기시켜주는 셈이다. 이러한 점은 독자들의 해독이 지배적인 가부장적 소비자본주의 이데올로기에 기울어지지 않을 가능성을 열어 둔다.** 독자들 개인의 편차를 고려한다면, 이 소설은 대안적이거나 저항적 해독의 가능성을 충분히 지니고 있다. 성형수술 자체뿐 아니라 성형한 여성의 자아 정체성의 혼란과 신데렐라 콤플렉스 회귀 현상, 그리고 지난한 사회적 '통과' 가 환기하는 당대 사회현실 등을 다시금 직시할 수 있기 때문이다.

5. 결론

이 글은 창작 로맨스 소설 『성형 신데렐라』를 대상으로 몸의 서사화방식을 로맨스 소설의 장르적 규범 및 소통방식과 관련지어 고찰해보는 데 목적을 두었다. 『성형 신데렐라』는 여성 주인공 이유진의 '성형' 을 새로

---

* 신데렐라 콤플렉스는 주로 억압된 태도와 불안이 뒤엉켜 여성들이 그들의 의욕과 창의력을 마음껏 발휘하지 못하는 일종의 미개발 상태로 묶어두는 심리상태를 일컫는다. 콜레트 다울링, 이호민 옮김, 『신데렐라 콤플렉스』, 나라원, 1989, 32쪽.
** 물론 독자들이 성형의 신화를 신데렐라의 환상으로 채워 해독할 가능성을 완전히 배제할 수는 없다.

운 사건으로 설정하고 그것을 둘러싼 작중인물들의 내외적 갈등을 서사의 전면에 내세우고 있었다. 그것을 간략하게 정리하면 다음과 같다.

우선, 이유진의 '성형'은 리얼리티 프로그램 「도전! 신데렐라」를 통해 이루어지는데, 그것은 동아TV에 방송 중인 동명의 리얼리티 프로그램 《도전, 신데렐라》의 제 과정을 패러디하고 있었다. 이유진이 「도전! 신데렐라」에 참여하는 것은 《도전, 신데렐라》와 동일한 인터넷 사이트를 통해서이지만, 그 선정방식은 《도전, 신데렐라》의 선발단계를 축소시켜 극적으로 구성하고 있었다. 이유진의 성형 과정은 《도전, 신데렐라》처럼 3개월 동안 다큐멘터리 형식으로 밀착 취재되어 '先체험 後방송'된다. 소설에서는 마지막 생방송을 초점화 하고 있는데, 그것은 이유진의 성형을 보다 극적이고 감동적으로 재현하기 위함으로 보였다. 그러나 대중매체를 통한 성형 제 과정은 지배적 해독에서 완전히 자유롭지 못했다. 이유진의 성형이 대중매체가 유포하는 여성의 아름다움에 대한 획일화된 이미지를 따른다는 점에서 여성의 몸의 식민화를 가중시킬 가능성이 높다는 점과 TV 방송과 다양한 의료진 등이 결탁한 소비자본주의의 결과물이라는 점에서 가부장적 소비자본주의 문화의 지배적 이데올로기에서 완전히 벗어나기 힘들었다. 그럼에도 그러한 현실을 당당히 공론화함으로써 독자들 스스로 당면한 현실을 재정의 하고 개선을 모색할 가능성을 전혀 배제할 수는 없었다.

다음으로, 성형 이후 이유진의 삶과 사랑은 성형미인이라는 육체자본을 토대로 전경화 되어 있으며, 성형 이전의 것을 참조적 서사전략으로 사용하고 있었다. 여기에서 육체자본이 서사를 추동하는 방식은 크게 두 가지 측면에서 고찰되었다. 첫째, 성형미인이라는 육체자본을 토대로 꿈꿔왔던 가수를 현실화하는 과정을 서사화하고 있었다. 이때 성형미인이라는 육체자본은 자기효능감을 강화시키고 있었을 뿐 아니라 경제자본과 사회자본의 확대를 보여주고 있었다. 둘째, 성형미인이라는 육체자본은 이유진이 로건과 사랑을 꿈꾸고 실현하는 과정을 서사화하고 있었다. 그것은 로맨스 소설의 창작과 향유방식을 따르고 있었다.

 마지막으로, 소설의 제목처럼 성형이 이유진을 신데렐라로 '통과' 시키는 양상을 세 가지 측면에서 고찰되었다. 첫째, 외양적인 '통과' 는 성형의 신화를 재현하지만 그 결과 자아 정체성의 혼란을 초래하고 있다는 사실을 환기시키고 있었다. 둘째, 가수로서 '통과' 는 성형미인이라는 육체자본이 접근성을 용이하게 하지만 결정적인 장애요소로 작용하여 반만의 성공으로 끝맺고 있었다. 특히 대중들이 지닌 성형에 대한 젠더화 된 시각이 그 '통과' 에 걸림돌로 작용하고 있었다. 때문에 이유진의 꿈은 단발적인 시도에 그치고 말았다. 셋째, 결혼으로 '통과' 는 성형미인이라는 '사실' 이 결정적인 장애요소로 작용하지만 그것을 극복하는 성공적인 양상을 보여주었다. 그 '통과' 는 남성 주인공 로건에게 주도권이 주어져 있는, 전형적인 로맨스 소설의 문법을 따르고 있었다. 이때 그들의 사랑은 열정적 사랑과 낭만적 사랑이 결합되는 특성을 보여주었다. 이러한 '통과' 의 제 양상들은 독자들이 주인공의 내면에 자신을 이입하고 사건에 몰입하여 감동받도록 서술되어 있다는 공통점을 지니고 있었다. 그럼에도 신데렐라의 '통과' 가 성형의 신화와 달리 성공적이지 못하다는 점에서 독자들이 지배적 해독으로 치우치지 않을 가능성을 충분히 엿볼 수 있었다.

한국사회에서 성형은 대중화된 화두이지만 여전히 껄끄러운 사회적 인식을 동반하고 있음은 주지의 사실이다. 로맨스 소설 『성형 신데렐라』는 이러한 사회적 현실과 인식을 미국사회라는 배경으로 삼아 에둘러 맥락화 하고 있었다. 성형을 비롯한 몸 관리 열풍을 직접적으로 보여주는 방송매체와 멀리 거리를 두는 보수적인 재벌사회 사이에 놓여 있는 주인공의 삶과 욕망 속에서 중심 잡기 힘든 현대 여성의 자화상을 엿보는 일은 그리 어렵지 않았다. 이 소설은 로맨스 소설의 문법에 따라 주요 독자층인 20~30대 여성들이 겪음직한 자신의 꿈과 사랑에 대한 고민들을 성형에 대한 갈등에 얹어 소박하게 풀어내고 있었다. 장르적 특성과 한계를 감안하더라도, 후기 근대사회 한국사회에서 '성형'이나 '몸'을 둘러싼 하위문화 주체들의 삶과 욕망을 엿볼 수 있었다는 점에서 유의미하리라 생각한다.

월운月芸 김 정 자金亭子

1943. 5. 26. 경남 통영 태평동에서 아버지 김원주金沅柱 님, 어머니 박삼목朴三木 님의 1남 1녀 중 장녀로 태어남.

1955. 3. 통영초등학교 졸업

1958. 3. 통영여자중학교 졸업

1961. 3. 경남여자고등학교 졸업

1965. 2. 서울대학교 사범대학 국어과 졸업

1965. 5. 3. ~ 1966. 4. 28. 부산 남여자상업고등학교 재직

1966. 4. 29. ~ 1970. 2. 28. 부산여자중학교 재직

1968. 2. 25. 曺純 (본명 조형순) 시인과 결혼

1970. 3. 1. ~ 1972. 2. 28. 수영중학교 재직

1972. 3. 1. ~ 1973. 3. 6. 수정여자중학교 재직

1973. 3. 7. ~ 1980. 12. 31. 부산대학교 사범대학 부속고등학교 재직

1978. 2. 부산대학교 대학원 국어국문학과 석사

1980. 3. 1. 부산여자전문대학 강사

1981. 2. 부산대학교 대학원 국어국문학과 박사

1981. 3. 1. 부산대학교 인문대학 전임강사

1988. 4. 1. 부산대학교 인문대학 국어국문학과 부교수 승진

1990. 12. 『월간문학』「김명순金明淳, 그 사랑과 어둠의 사변가思辨家」로 평론 부문 신인상 받으며 등단

1992. 독일 Munster 대학 교환교수로 1년간 근무

1993. 3. 한국문인협회 평론 분과 이사

1993. 4. 1. 부산대학교 인문대학 교수로 승진

1996. 3. 한국현대소설학회 이사

1996. 3. 한국여성문학연구회 회장

1998. 2. ~ 2004. 12. 부산여성문학인회 회장

1999. 3. 한국비평문학이론학회 이사

2002. 2. ~ 2005. 2. 한국현대소설학회 부회장

2004. 3. ~ 현재. 부산가톨릭신학교에서 강의

수상

1970. 7. 문교부 장관상 모범 공무원상 수상

2002. 12. 부산시 문화상 문학부문 수상

2004. 11. 제 7회 일맥문화대상 수상

저서

1985. 『한국 근대소설의 문체론적 연구』, 『한국 근대작가 연구』(삼지원) 출간

1989. 『한국 현대 장편소설 연구』(삼지원) 출간

1990. 『글을 어떻게 쓸 것인가』(경문사) 출간

1991. 『한국 여성소설 연구』(민지사) 출간

1992. 『한국문학에 있어서의 집 그리고 가족의 문제』(우리문학사) 출간

1994. 『페미니즘』(우리문화사), 『현대소설론』(평민사) 출간

1995. 『1950년대 한국소설연구』(한국현대소설연구회), 『전후문학연구』(삼지원) 출간

1997. 『한국 현대문학의 성과 매춘 연구』(태학사) 출간

1998. 『소외의 서사학』(태학사) 출간

1999. 『현대문학과 양가성』(태학사) 출간

2002. 『몸의 역사와 문학』(태학사) 출간

2007. 왜 다시 토지를 말하는가』(태학사) 출간

2008. 평론집 『안드로메다로 간 낙타』, 에세이집 『내 생에 아다지오 논 몰토』, 논문
집 『살아 있는 마네킹 ― 성형·몸·젠더』(도서출판 우리글) 출간

시집

1997. 제 1시집 『모짜르트를 들을 수 없는 날들』(태학사) 출간

2000. 제 2시집 『세상은 온통 아름다운 비딱 걸음』(태학사) 출간

2003. 제 3시집 『멀수록 네 얼굴은 가깝고』(도서출판 우리글) 출간

2007. 제 4시집 『프리지어 꽃을 사고 싶었던 날』(도서출판 우리글) 출간

장편 소설

2003. 첫 장편소설 『내 시간의 푸른 현絃』(푸른시대) 출간